仲夏夜之梦

【英】莎士比亚　著
朱生豪　编译

知识出版社
Knowledge Publishing House

图书在版编目（C I P）数据

仲夏夜之梦 / （英）莎士比亚著；朱生豪编译. -- 北京 : 知识出版社，2016.1
（莎士比亚经典作品集）
ISBN 978-7-5015-8926-5

Ⅰ. ①仲… Ⅱ. ①莎… ②朱… Ⅲ. ①喜剧－剧本－作品集－英国－中世纪 Ⅳ. ①I561.33

中国版本图书馆CIP数据核字（2015）第315057号

仲夏夜之梦 【英】莎士比亚 著 朱生豪 编译

出 版 人 姜钦云
策划制作 北京和平雅华文化传播有限公司 和平雅华 HE PING YA HUA
责任编辑 易晓燕
装帧设计 罗俊南
出版发行 知识出版社
地 址 北京市西城区阜成门北大街 17 号
邮 编 100037
电 话 010-88390659
印 刷 金世嘉元(唐山)印务有限公司
开 本 710mm×1000mm 1/16
印 张 18
字 数 294 千字
版 次 2016 年 1 月第 1 版
印 次 2025 年 5 月第 3 次印刷
书 号 ISBN 978-7-5015-8926-5
定 价 68.00 元

出版说明

威廉·莎士比亚（William Shakespeare，1564—1616），英国文艺复兴时期伟大的剧作家、诗人，西方文艺史上最杰出的作家之一，全世界最卓越的文学家之一。他流传下来的作品包括37部戏剧、154首十四行诗、2首长篇叙事诗和其他诗歌。他的戏剧被翻译成所有现在使用着的主要语言，并且表演次数远远超过其他任何戏剧家。马克思将他和古希腊的埃斯库罗斯并称为“人类最伟大的戏剧天才”。

莎士比亚的作品从20世纪初首次出现在中国戏剧舞台上开始，就成为中国人心目中的戏剧经典。后来，在胡适的组织下，众多翻译家们，如梁实秋、闻一多、徐志摩等人一起翻译了莎士比亚戏剧全集。在此期间，取得翻译成就最大的是朱生豪。

朱生豪（1912—1944），著名的莎士比亚戏剧翻译家、诗人，浙江嘉兴人。曾就读于杭州之江大学中国文学系和英文系。1933年毕业后在上海世界书局任英文编辑。他从24岁起，以宏大的气魄、坚韧的毅力，经数年呕心沥血，译稿3次被毁，翻译出版了《莎士比亚戏剧全集》，共31部剧。他打破了英国牛津版按写作年代编排的次序，将莎剧分为喜剧、悲剧、史剧、杂剧4类，自成体系，从而更加方便中国读者阅读。迄今，他所译的《莎士比亚戏剧全集》是中国莎士比亚翻译作品中最完整的、质量较好的译本。唯一遗憾的是，朱生豪未能完成莎士比亚全部作品的翻译。

本套“莎士比亚经典作品集”以1947年世界书局出版的朱生豪译本为底本，分8卷对其进行编辑整理，共收录了包括莎士比亚四大喜剧、四大悲剧在内的31部经典作品。编辑过程中，编者仅对个别字词、标点符号及原稿中的剧名、人名、地名进行修正，最大限度地保持了朱生豪译本的原貌。如有不当之处，敬请读者朋友指正。

编　者

MIDSUMMER NIGHT'S DREAM

译者自序

于世界文学史中，足以笼罩一世，凌越千古，卓然为词坛之宗匠，诗人之冠冕者，其唯希腊之荷马，意大利之但丁，英之莎士比亚，德之歌德乎。此四子者，各于其不同之时代及环境中，发为不朽之歌声。然荷马史诗中之英雄，既与吾人之现实生活相去过远，但丁之天堂地狱，复与近代思想诸多抵牾；歌德去吾人较近，彼实为近代精神之卓越的代表。然以超脱时空限制一点而论，则莎士比亚之成就，实远在三子之上。盖莎翁笔下之人物，虽多为古代之贵族阶级，然彼所发掘者，实为古今中外贵贱贫富人人所同具之人性。故虽经三百余年以后，不仅其书为全世界文学之士所耽读，其剧本且在各国舞台与银幕上历久搬演而弗衰，盖由其作品中具有永久性与普遍性，故能深入人心如此耳。

中国读者闻莎翁大名已久，文坛知名之士，亦尝将其作品译出多种，然历观坊间各译本，失之于粗疏草率者尚少，失之于拘泥生硬者实繁有徒。拘泥字句之结果，不仅原作神味荡焉无存，甚且艰深晦涩，有若天书，令人不能卒读，此则译者之过，莎翁不能任其咎者也。

余笃嗜莎剧，尝首尾研诵全集至十余遍，于原作精神，自觉颇有会心。廿四年春，得前辈同事詹文浒先生之鼓励，始着手为翻译全集之尝试。越年战事发生，历年来辛苦搜集之各种莎集版本，及诸家注释考证批评之书，不下一二百册，悉数毁于炮火，仓促中唯携出牛津版全集一册，及译稿数本而已，厥后转辗流徙，为生活而奔波，更无暇晷，以续未竟之志。及三十一年春，目睹世变日亟，闭户家居，摈绝外务，始得专心一志，致力译事。虽贫穷疾病，交相煎迫，而埋头伏案，握管不辍。凡前后历十年而全稿完成（按译者撰此文时，原拟在半年后可以译竟。讵意体力不支，厥功未就，而因病重辍笔），夫以译莎工作之艰巨，十年之功，不可云久，然毕生精力，殆已尽注于兹矣。

余译此书之宗旨，第一在求于最大可能之范围内，保持原作之神韵，必不得已而求其次，亦必以明白晓畅之字句，忠实传达原文之意趣；而于逐字逐句对照式之硬译，则未敢赞同。凡遇原文中与中国语法不合之处，往往再四咀嚼，不惜全部更易原文之结构，务使作者之命意豁然呈露，不为晦涩之字句所掩蔽。每译一段竟，必先自拟为读者，察阅译文中有无暧昧不明之处。又必自拟为舞台上之演员，审辨语调之是否顺口，音节之是否调和，一字一句之未惬，往往苦思累日。然才力所限，未能尽符思想，乡居僻陋，既无参考之书籍，又鲜质疑之师友。谬误之处，自知不免。所望海内学人，惠予纠正，幸甚幸甚！

原文全集在编次方面，不甚惬当，兹特依据各剧性质，分为喜剧、悲剧、杂剧、史剧四辑，每辑各自成一系统。读者循是以求，不难获见莎翁作品之全貌。昔卡莱尔尝云："吾人宁失百印度，不愿失一莎士比亚。"夫莎士比亚为世界的诗人，固非一国所独占；倘因此集之出版，使此大诗人之作品，得以普及中国读者之间，则译者之劳力，庶几不为虚掷矣。知我罪我，唯在读者。

生豪书于三十三年四月

目录

Contents

A MIDSUMMER NIGHT'S DREAM
仲夏夜之梦

疯子、情人和诗人，都是幻想的产儿。

导 读

《仲夏夜之梦》是莎士比亚深受观众喜爱的一部戏剧作品，也是莎翁青春时代最后一部富有浪漫色彩的喜剧，不少人就是通过《仲夏夜之梦》开始接触莎士比亚作品的。

本故事发生在仲夏夜晚，两对恋人为了对抗一道荒谬无比的律法而出逃。当他们逃往森林后，精灵的介入使彼此爱的对象混淆。一阵混乱之后，众人终于恢复理智和谐。此剧的结构非常对称，仿佛几何图形一般，城市与森林、清醒与睡眠、真实与梦幻之间形成对比，忒修斯掌管现实的雅典城，奥布朗则是梦幻的森林之王，两人分别象征理智和潜意识。这部喜剧因含有梦境成分，剧中许多场景非常适合舞台表现，例如夏夜、森林、精灵、魔法、好事多磨的两对恋人，或是仙后和驴头乡巴佬的恋情等，整部剧充满了轻快梦幻的色彩。

《仲夏夜之梦》是莎翁众多剧本当中少有的极具原创性的剧本，具有不凡的文学价值与戏剧价值。

剧中人物

忒修斯　雅典公爵

伊吉斯　赫米娅之父

拉山德
狄米特律斯　} 同恋赫米娅

菲劳斯特莱特　忒修斯的掌戏乐之官

昆　斯　木匠

斯纳格　细工木匠

波　顿　织工

弗鲁特　修风箱者

斯诺特　补锅匠

斯塔佛林　裁缝

希波吕忒　阿玛宗女王，忒修斯之未婚妻

赫米娅　伊吉斯之女，恋拉山德

海伦娜　恋狄米特律斯

奥布朗　仙王

提泰妮娅　仙后

迫　克　又名好人儿罗宾

豆　花
蛛　网
飞　蛾
芥　子　} 小神仙

其他侍奉仙王仙后的小仙人们

忒修斯及希波吕忒的侍从

地　点

雅典及附近的森林

第一幕

第一场　雅典。忒修斯[1]宫中

【忒修斯、希波吕忒、菲劳斯特莱特及侍从等上。

忒修斯　美丽的希波吕忒，现在我们的婚期已快要临近了，再过四天幸福的日子，新月便将出来。但是，唉！这个旧的月亮消逝得多么慢，她耽延了我的希望，像一个老而不死的后母或寡妇，尽是消耗着年轻人的财产。

希波吕忒　四个白昼很快地便将成为黑夜，四个黑夜很快地可以在梦中消度过去，那时月亮便将像新弯的银弓一样，在天上临视我们的良宵。

忒修斯　去，菲劳斯特莱特，激起雅典青年们的欢笑的心情，唤醒活泼的快乐精神，把忧愁驱到坟墓里去。那个脸色惨白的家伙，是不应该让他加入我们的结婚行列中的。（菲劳斯特莱特下）希波吕忒，我用我的剑向你求婚，用威力的侵凌赢得了你的芳心。但这次我要换一个调子，我将用豪华、夸耀和狂欢来举行我们的婚礼。

【伊吉斯、赫米娅、拉山德、狄米特律斯上。

伊吉斯　威名远播的忒修斯公爵，祝您幸福！

忒修斯　谢谢你，善良的伊吉斯。你有什么事情？

伊吉斯　我怀着满心的气恼，来控诉我的孩子，我的女儿赫米娅。走上前来，狄米特律斯。殿下，这个人，是我答应把我女儿嫁给他的。走上前来，拉山德。殿下，这个人引诱坏了我的孩子。你，你，拉山德，你写诗句给我的孩子，

---

① 忒修斯是希腊神话里的英雄，曾远征阿玛宗，克之，娶其女希波吕忒。

和她交换着爱情的纪念物。你在月夜到她的窗前用做作的声调歌唱着假作多情的诗篇。你用头发编成的腕环、戒指、虚华的饰物、琐碎的玩具、花束、糖果——这些可以强烈地骗诱一个稚嫩的少女之心的“信使”来偷得她的痴情。你用诡计盗取了她的心，煽惑她使她对我的顺从变成倔强的顽抗。殿下，假如她现在当着您的面仍旧不肯嫁给狄米特律斯，我就要要求雅典自古相传的权利，因为她是我的女儿，我可以随意处置她。按照我们的法律，逢到这样的情况，她要是不嫁给这位绅士，便应当立时处死。

忒修斯　你有什么话说，赫米娅？当心一点吧，美貌的姑娘！你的父亲对于你应当是一尊神明。你的美貌是他给予的，你就像在他手中捏成的一块蜡像，他可以保全你，也可以毁灭你。狄米特律斯是一个很好的绅士呢。

赫米娅　拉山德也很好啊。

忒修斯　他本人当然很好。但是要做你的丈夫，如果不能得到你父亲的同意，那么比起来狄米特律斯就要差一筹了。

赫米娅　我真希望我的父亲和我有同样的看法。

忒修斯　实在还是你应该依从你父亲的看法才对。

赫米娅　请殿下宽恕我！我不知道是什么样的一种力量使我如此大胆，也不知道在这里倾诉我的心思将会怎样影响到我的美名，但是我要敬问殿下，要是我拒绝嫁给狄米特律斯，就会有什么最恶的命运临到我的头上？

忒修斯　不是受死刑，便是永远和男人隔绝。因此，美丽的赫米娅，仔细问一问你自己的心愿吧！考虑一下你的青春，好好地估量一下你血脉中的搏动。倘若不肯服从你父亲的选择，想想看能不能披上修女的道服，终身幽闭在阴沉的修道院中，向着凄凉寂寞的明月唱着黯淡的圣歌，做一个孤寂的修女了此一生？她们能这样抑制热情，到老保持处女的贞洁，自然应当格外受到上天的眷宠。但是结婚的女子有如被采下炼制过的玫瑰，香气留存不散，比之孤独地自开自谢，奄然朽腐的花儿，在尘俗的眼光看来，总是要幸福得多了。

赫米娅　就让我这样自开自谢吧，殿下，我不愿意把我的贞操奉献给我心里并不敬服的人。

忒修斯　回去仔细考虑一下。等到新月初生的时候——我和我的爱人缔结永久的婚约的一天——你必须做出决定，倘不是因为违抗你父亲的意志而准备一死，便是听从他而嫁给狄米特律斯。否则就得在狄安娜的神坛前立誓严守戒律，终身不嫁。

狄米特律斯　悔悟吧，可爱的赫米娅！拉山德，放弃你那没有理由的要求，不要再跟我确定了的权利抗争了吧！

拉山德　你已经得到她父亲的爱，狄米特律斯，让我保有着赫米娅的爱吧。你去跟她的父亲结婚好了。

伊吉斯　无礼的拉山德！一点没错，我喜欢他，我愿意把属于我所有的给他。她是我的，我要把我在她身上的一切权利都授给狄米特律斯。

拉山德　殿下，我和他出身一样好。我和他一样有钱。我的爱情比他深得多。我的财产即使不比狄米特律斯更多，也绝对不会比他少。比起这些来更值得夸耀的是，美丽的赫米娅爱的是我。那么为什么我不能享有我的权利呢？讲到狄米特律斯，我可以当他的面宣布，他曾经向奈达的女儿海伦娜调过情，把她弄得神魂颠倒。那位可爱的姑娘还痴心地恋着他，把这个缺德的负心汉当偶像一样崇拜。

忒修斯　的确我也听到过不少闲话，曾经想和狄米特律斯谈谈这件事。但是因为自己的事情太多，所以忘了。来，狄米特律斯。来，伊吉斯。你们两人跟我来，我有些私人的话要开导你们。你，美丽的赫米娅，好好准备着，丢开你的情思，依从你父亲的意志，否则雅典的法律将要把你处死，或者使你宣誓独身。我们没有法子变更这条法律。来，希波吕忒。怎样，我的爱人？狄米特律斯和伊吉斯，走吧。我必须差你们为我们的婚礼办些事，还要跟你们商量一些和你们有点关系的事。

伊吉斯　我们敢不欣然跟从殿下。（除拉山德、赫米娅外均下）

拉山德　怎么啦，我的爱人！为什么你的脸颊这样惨白？你脸上的蔷薇怎么会凋谢得这样快？

赫米娅　多半是因为缺少雨露，但我眼中的泪涛可以灌溉它们。

拉山德　唉！我在书上读到的，在传说或历史中听到的，真正的爱情，所走的道路永远是崎岖多阻的。不是因为血统的差异——

赫米娅　不幸啊，尊贵的要向微贱者屈节臣服！

拉山德　便是因为年龄上的悬殊——

赫米娅　可憎啊，年老的要和年轻人发生关系！

拉山德　或者因为信从了亲友们的选择——

赫米娅　倒霉啊，选择爱人要依赖他人的眼光！

拉山德　或者，即使彼此两情悦服，但战争、死亡或疾病侵害着它，使它像一个声音，一片影子，一段梦，黑夜中的一道闪电那样短促，在一刹那间展现了天堂和地狱，但还来不及说一声“瞧啊！”黑暗早已张开口把它吞噬了。光明的事物，总是那样很快地变成了混沌。

赫米娅　既然真心的恋人们永远要受磨折似乎已是一条命运的定律，那么让我们练习着忍耐吧。因为这种磨折，正和忆念、幻梦、叹息、希望和哭泣一样，都是可怜的爱情缺不了的随从者。

拉山德　你说得很对。听我吧，赫米娅。我有一个寡居的伯母，很有钱，却没有儿女，她看待我就像亲生的独子一样。她的家距离雅典二十英里路。温柔的赫米娅，我可以在那边和你结婚，雅典法律的利爪不能追及我们。要是你爱我，请你在明天晚上溜出你父亲的屋子，走到郊外三英里路地方的森林里——我就是在那边遇见你和海伦娜一同庆祝五月节[①]的——我将在那面等你。

赫米娅　我的好拉山德！凭着丘比特的最坚强的弓，凭着他的金镞的箭，凭着维纳斯的鸽子的纯洁，凭着那结合灵魂、祐佑爱情的神力，凭着古代迦太基女王焚身的烈火，当她看见她那负心的特洛伊人扬帆而去的时候，凭着一切男子所毁弃的约誓——那数目是远超过于女子所曾说过的，我向你发誓，明天一定会到你所指定的那地方和你相会。

拉山德　愿你不要失约，情人。瞧，海伦娜来了。

【海伦娜上。

赫米娅　上帝保佑美丽的海伦娜！你到哪里去？

海伦娜　你称我“美丽”吗？请你把那两个字收回了吧！狄米特律斯爱着你的美丽。幸福的美丽啊！你的眼睛是两颗明星，你的甜蜜的声音比之小麦青青、山楂蓓蕾的时节送入牧人耳中的云雀之歌还要动听。疾病是能传染人的。唉！要是美貌也能传染的话，美丽的赫米娅，我但愿染上你的美丽：我要用我的耳朵捕获你的声音，用我的眼睛捕获你的睇视，用我的舌头捕获你那柔美的旋律。要是除了狄米特律斯之外，整个世界都属于我所有，我愿意把一切捐弃，但求化身为你。啊！教给我怎样流转眼波，用怎么一种魔力操纵着狄米特律

---

① 英国旧俗于五月一日早起以露盥身，采花唱歌。

斯的心？

赫米娅　我向他皱着眉头，但是他仍旧爱我。

海伦娜　唉，要是你的颦蹙能把那种本领传授给我的微笑就好了！

赫米娅　我给他咒骂，但他给我爱情。

海伦娜　唉，要是我的祈祷也能这样引动他的爱情就好了！

赫米娅　我越是恨他，他越是跟随着我。

海伦娜　我越是爱他，他越是讨厌我。

赫米娅　海伦娜，他的傻并不是我的错。

海伦娜　但那是你的美貌的错处。要是那错处是我的就好了！

赫米娅　宽心吧，他不会再见我的脸了。拉山德和我将要逃开此地。在我不曾遇见拉山德之前，雅典对于我就像是一座天堂。啊，我的爱人身上，存在着一种多么神奇的力量，竟能把天堂变成一座地狱！

拉山德　海伦娜，我们不愿瞒你。明天夜里，当月亮在镜波中反映她的银色的容颜、晶莹的露珠点缀在草叶尖上的时候——那往往是情奔最适当的时候，我们预备溜出雅典的城门。

赫米娅　我的拉山德和我将要相会在林中，就是你我常常在那边淡雅的樱草花的花坛上躺着彼此吐露柔情衷曲的所在，从那里我们便将离别雅典，去访寻新的朋友，和陌生人做伴了。再会吧，亲爱的游侣！请你为我们祈祷。愿你重新得到狄米特律斯的心！不要失约，拉山德。我们现在必须暂时忍受一下离别的痛苦，到明晚夜深时再见面吧！

拉山德　一定的，我的赫米娅。（赫米娅下）海伦娜。别了。如同你恋着他一样，但愿狄米特律斯也恋着你！（下）

海伦娜　有些人比起其他的人来是多么幸福！在全雅典大家都认为我跟她一样美。但那有什么相干呢？狄米特律斯是不这么认为的。除了他一个人之外大家都知道的事情，他不会知道。正如他那样错误地迷恋着赫米娅的秋波一样，我也是只知道爱慕他的才智。一切卑劣的弱点，在恋爱中都成为无足重轻，而变成美满和庄严。爱情是不用眼睛而用心灵看着的，因此生着翅膀的丘比特常被描成盲目。而且爱情的判断全然没有理性，光有翅膀，不生眼睛，一味表示出鲁莽的急躁，因此爱神便据说是一个孩儿，因为在选择方面他常会弄错。正如顽皮的孩子惯爱发假誓一样，司爱情的小儿也到处赌着口不应心的咒。狄米特律斯在没有看见赫米娅之前，也曾像下冰雹一样发着誓，说他是完全属于我的，但这阵冰雹一感到身上的一丝热力，便立刻融解了，无数的盟言都化为乌有。我要去告诉他美丽的赫米娅的出奔。他知道了以后，明夜一定会到林中去追寻她。如果为着这次的通报消息，我能得到一些酬谢，我的代价也一定不小。但我的目的是要补报我的苦痛，使我能再一次聆接他的音容。（下）

第二场　同前。昆斯家中

【昆斯、斯纳格、波顿、弗鲁特、斯诺特、斯塔佛林上。

昆　斯　咱们一伙人都到了吗？

波　顿　你最好照着名单一个儿一个儿拢总地点一下名。

昆　斯　这儿是每个人名字都在上头的名单，整个雅典都承认，在公爵跟公爵夫人结婚那晚上当着他们的面扮演咱们这一出插戏，这张名单上的弟兄们是再合适也没有的了。

波　顿　第一，好彼得·昆斯，说出来这出戏讲的是什么，然后再把扮戏的人名字念出来，好有个头脑。

昆　斯　好，咱们的戏名是《最可悲的喜剧，以及皮拉摩斯和提斯柏[①]的最残酷的死》。

波　顿　那一定是篇出色的东西，咱可以担保，而且是挺有趣的。现在，好彼得·昆斯，照着名单把你的角儿们的名字念出来吧。列位，大家站开。

昆　斯　咱一叫谁的名字，谁就答应。尼克·波顿，织布的。

波　顿　有。先说咱应该扮哪一个角儿，然后再挨次叫下去。

昆　斯　你，尼克·波顿，派着扮皮拉摩斯。

波　顿　皮拉摩斯是谁呀？一个情郎呢，还是一个霸王？

昆　斯　是一个情郎，为着爱情的缘故，他挺勇敢地把自己毁了。

波　顿　要是演得活灵活现，那还得掉下几滴泪来。要是咱演起来的话，让看客

① 皮拉摩斯和提斯柏的故事见奥维德《变形记》第四章。

们大家留心着自个儿的眼睛吧。咱要叫全场痛哭流涕，管保风云失色。把其余的人叫下去吧。但是扮霸王挺适合咱的胃口了，咱会把赫剌克勒斯扮得非常好，或者什么吹牛的角色，管保吓破了人的胆。

山岳狂怒的震动，
裂开了牢狱的门。
太阳在远方高升，
慑服了神灵的魂。

那真是了不得！现在把其余的名字念下去吧。这是赫剌克勒斯的神气，霸王的神气。情郎还得忧愁一点。

昆　斯　法兰西斯·弗鲁特，修风箱的。

弗鲁特　有，彼得·昆斯。

昆　斯　你得扮提斯柏。

弗鲁特　提斯柏是谁呀？一个游行的侠客吗？

昆　斯　那是皮拉摩斯必须爱上的姑娘。

弗鲁特　哦，真的，别叫咱扮一个娘儿们。咱的胡子已经长起来啦。

昆　斯　那没有问题。你得套上假脸扮演，你可以尖着嗓子讲话。

波　顿　咱也可以把脸孔罩住，提斯柏也让咱来扮吧。咱会细声细气地说话，“提斯柏！提斯柏！”“啊呀！皮拉摩斯，奴的情哥哥，是你的提斯柏，你的亲亲爱爱的姑娘！”

昆　斯　不行，不行，你必须扮皮拉摩斯。弗鲁特，你必须扮提斯柏。

波　顿　好吧，叫下去。

昆　斯　罗宾·斯塔佛林，当裁缝的。

斯塔佛林　有，彼得·昆斯。

昆　斯　罗宾·斯塔佛林，你扮提斯柏的母亲。汤姆·斯诺特，补锅子的。

斯诺特　有，彼得·昆斯。

昆　斯　你扮皮拉摩斯的爸爸。咱自己扮提斯柏的爸爸。斯纳格，做细木工的，你扮一只狮子。咱想这出戏就此分配好了。

斯纳格　你有没有把狮子的台词写下来？要是有的话，请你给我，因为我记性不大好。

昆　斯　你不用预备，你只要嚷嚷就行了。

波　顿　让咱也扮狮子吧。咱会嚷嚷，叫每一个人听见了都非常高兴。咱会嚷着嚷着，连公爵都传下谕旨来说："让他再嚷下去吧！让他再嚷下去吧！"

昆　斯　你要嚷得那么可怕，吓坏了公爵夫人和各位太太小姐们，吓得她们尖声叫起来。那准可以把咱们一起给吊死了。

众　人　那准会把咱们一起给吊死，每一个母亲的儿子都逃不了。

波　顿　朋友们，你们说得很对。要是你把太太们吓昏了头，她们一定会不顾三七二十一把咱们给吊死。但是咱可以把声音压得高一些，不，提得低一些。咱会嚷得就像一只吃奶的小鸽子那么地温柔，嚷得就像一只夜莺。

昆　斯　你只能扮皮拉摩斯。因为皮拉摩斯是一个讨人喜欢的小白脸，一个体面人，就像你可以在夏天看到的那种人。他又是一个可爱的堂堂绅士模样的人。因此你必须扮皮拉摩斯。

波　顿　行，咱就扮皮拉摩斯。顶好咱挂什么须？

昆　斯　那随你便吧。

波　顿　咱可以挂你那稻草色的须，你那橙黄色的须，你那紫红色的须，或者你那法国金洋钱色的须，纯黄色的须。

昆　斯　你还是光着脸蛋吧。列位，这儿是你们的台词。咱请求你们，恳求你们，要求你们，在明儿夜里念熟，趁着月光，咱们在郊外一英里的禁林里碰头，在那边咱们要排练排练。因为要是咱们在城里排练，就会有人跟着咱们，咱们的玩意儿就要泄露出去。同时咱要开一张咱们演戏所需要的东西的单子。请你们大家不要误事。

波　顿　咱们一定在那边碰头。咱们在那边排练起来可以像样点儿，胆大点儿。大家辛苦干一下，要干得非常好。再会吧。

昆　斯　咱们在公爵的橡树底下再见。

波　顿　好了，可不许失约。（同下）

第二幕

第一场　雅典附近的森林

【一小仙及迫克自相对方向上。

迫　克　喂，精灵！你漂流到哪里去？

小　仙　越过了溪谷和山陵，
穿过了荆棘和丛薮，
越过了围场和园庭，
穿过了激流和爝火：
我在各地漂游流浪，
轻快得像是月亮光。
我给仙后奔走服务，
草环[①]上缀满轻轻露。
亭亭的莲馨花是她的近侍，
黄金的衣上饰着点点斑痣。
那些是仙人们投赠的红玉，
中藏着一缕缕的芳香馥郁。
我要在这里访寻几滴露水，
给每朵花挂上珍珠的耳坠。
再会，再会吧，你粗野的精灵！

① 野地上有时发现环形的茂草，传谓仙人夜间在此跳舞所成。

因为仙后的大驾快要来临。

迫　克　今夜大王在这里大开欢宴，
千万不要让他俩彼此相见。
奥布朗的脾气可不是顶好，
为着王后的固执十分着恼。
她偷到了一个印度小王子，
就像心肝一样怜爱和珍视。
奥布朗看见了有些儿眼红，
想要把他充作自己的侍童。
可是她哪里便肯把他割爱，
满头花朵她为他亲手插戴。
从此林中草上泉畔和月下，
他们一见面便要破口相骂。
小妖们往往吓得胆战心慌，
没命地钻向橡斗中间躲藏。

小　仙　要是我没有把你认错的话，你大概便是名叫罗宾好人儿的狡狯的、淘气的精灵了。你就是惯爱吓唬乡村的女郎，在人家的牛乳上撮去了乳脂，使那气喘吁吁的主妇整天也搅不出奶油来。有时候你暗中替人家磨谷，有时候弄坏了酒使它不能发酵。夜里走路的人，你把他们引入了迷路，自己却躲在一旁窃笑。谁叫你“大仙”或是“好迫克”，你就给他幸运，帮他做工：那就是你吗？

迫　克　仙人，你说得正是。我就是那个快活的夜游者。我在奥布朗跟前想出种种笑话来逗他发笑，看见一匹肥胖精壮的马儿，我就学着雌马的嘶声把它迷昏了头。有时我化作一颗焙熟的野苹果，躲在老太婆的酒碗里，等她举起碗想喝的时候，我就“啪”地弹到她嘴唇上，把一碗麦酒都倒在她那皱瘪的喉皮上。有时我化作三脚的凳子，满肚皮人情世故的婶婶刚要坐下来一本正经讲她的故事，我便从她的屁股底下滑走，把她翻了一个大元宝，一头喊“好家伙！”一头咳呛个不住，于是周围的人都笑得前仰后合，他们越想越好笑，鼻涕眼泪都笑了出来，发誓说从来不曾逢到过比这更有趣的事。但是——让开路来，仙人，奥布朗来了。

小　仙　娘娘也来了。他要是走开了才好！

【奥布朗及提泰妮娅各带侍从自相对方向上。

奥布朗　真不巧又在月光下碰见你，骄傲的提泰妮娅！

提泰妮娅　嘿，嫉妒的奥布朗！神仙们，快快走开。我已经发誓不和他同游同寝了。

奥布朗　等一等，坏脾气的女人！我不是你的夫君吗？

提泰妮娅　那么我也一定是你的尊夫人了。但是你从前溜出了仙境，扮作牧人的样子，整天吹着麦笛，唱着情歌，向风骚的牧女调情，这种事情我全都知道。今番你为什么要从迢迢的印度平原上赶到这里来呢？无非是为着那位高傲的阿玛宗女王，你的穿靴子的爱人，要嫁给忒修斯了，所以你得来向他们道贺道贺。

奥布朗　你怎么好意思说出这种话来，提泰妮娅，把我的名字和希波吕忒牵涉在一起侮蔑我？你自己知道你和忒修斯的私情瞒不过我。不是你在朦胧的夜里引导他离开被他所俘掠的佩丽古娜？不是你使他负心地遗弃了美丽的伊葛尔、爱丽亚邓和安提奥巴？

提泰妮娅　这些都是因为嫉妒而捏造出来的谎话。自从仲夏之初，我们每次在山上、谷中、树林里、草场上、细石铺底的泉旁或是海滨的沙滩上聚集，预备和着呜啸的风声跳环舞的时候，总是被你吵断我们的兴致。风因为我们不理会他的吹奏，生了气，便从海中吸起了毒雾。毒雾化成瘴雨下降地上，使每一条小小的溪河都耀武扬威地泛滥到岸上：因此牛儿白白牵着轭，农夫枉费了他的血汗，青青的嫩禾还没有长上芒须便腐烂了。空了的羊栏露出在一片汪洋的田中，乌鸦饱啖着瘟死了的羊群的尸体。跳舞作乐的草泥坂上满是湿泥，杂草乱生的曲径因为没有人行走，已经无法辨认。人们在五月天要穿冬季的衣服。晚上再听不到欢乐的颂歌。执掌潮汐的月亮，因为再也听不见夜间颂神的歌声，气得脸孔发白，在空气中播满了湿气，人一沾染上就要害风湿症。因为天时不正，季候也反了常：白头的寒霜倾倒在红颜的蔷薇的怀里，年迈的冬神却在薄薄的冰冠上嘲讽似的缀上了夏天芬芳的蓓蕾花环。春季、夏季、丰收的秋季、暴怒的冬季，都改换了他们素来的装束，惊愕的世界不能再凭着他们的出产辨别出谁是谁来。这都因为我们的不和所致，我们是一切灾祸的根源。

奥布朗　那么你就该设法补救。这全然在你的手中。为什么提泰妮娅要违拗她的奥布朗呢？我所要求的，不过是一个小小的换儿[1]做我的侍童罢了。

提泰妮娅　请你死了心吧，拿整个仙境也不能从我手里换得这个孩子。他的母亲是我神坛前的一个信徒，在芬芳的印度的夜里，她常常在我身旁闲谈，陪我坐在海边的黄沙上，凝望着海上的商船。我们一起笑着，看那些船帆因狂荡的风而怀孕，一个个凸起了肚皮。她那时也正怀着这个小宝贝，便学着船帆的样子，美妙而轻快地凌风而行，为我往岸上寻取各种杂物，回来时就像航海而归，带来了无数的商品。但她因为是一个凡人，所以在产下这孩子时便死了。为着她的缘故我才抚养她的孩子，也为着她的缘故我不愿舍弃他。

奥布朗　你预备在这林中耽搁多少时候？

提泰妮娅　也许要到忒修斯的婚礼以后。要是你肯耐心地和我们一起跳舞，看看我们月光下的游戏，那么跟我们一块儿走吧。不然的话，请你不要见我，我也决不到你的地方来。

奥布朗　把那个孩子给我，我就和你一块儿走。

提泰妮娅　拿你的仙国跟我交换都别想。神仙们，去吧！要是我再多留一刻，我们就要吵起来了。（率侍从下）

奥布朗　好，去你的吧！为着这次的侮辱，我一定要在你离开这座林子之前给你一些惩罚。我的好迫克，过来。你记不记得有一次我坐在一个海岬上，望见一条美人鱼骑在海豚的背上，她的歌声是这样婉转而谐美，镇静了狂暴的怒海，好几颗星星都疯狂地跳出了他们的轨道，为了听这海女的音乐？

迫　克　我记得。

奥布朗　就在那个时候，你看不见，但我能看见持着弓箭的丘比特在冷月和地球之间飞翔。他瞄准了坐在西方宝座上的一个美好的童贞女，很灵巧地从他的弓上射出他的爱情之箭，好像它能刺透十万颗心的样子。可是只见小丘比特的火箭在如水的冷洁的月光中熄灭，那位童贞的女王心中一尘不染，沉浸在纯洁的思念中安然无恙。但是我看见那支箭落下在西方一朵小小的花上，那花本来是乳白色的，现在已因爱情的创伤而被染成紫色，少女们把它称作“爱懒花”。去给我把那花采来。我曾经给你看过它的样子。它的汁液如果滴在睡着的人的眼皮上，无论男女，醒来一眼看见什么生物，都会发疯似的对它

① 传说仙人常于夜间将人家美丽小儿窃去，以愚蠢的妖童换置其处。

爱恋。给我采这种花来。在鲸鱼还不曾游过三英里路之前，必须回来复命。

迫　克　我可以在四十分钟内环绕世界一周。（下）

奥布朗　这种花汁一到了手，我便留心着等提泰妮娅睡了的时候把它滴在她的眼皮上。她醒来第一眼看见的东西，无论是狮子也好，熊也好，狼也好，公牛也好，或者好事的猕猴、忙碌的无尾猿也好，她都会用最强烈的爱情追求它。我可以用另一种草解去这种魔力，但第一我先要叫她把那个孩子让给我。可是谁到这儿来啦？凡人看不见我，让我听听他们的谈话。

【狄米特律斯上，海伦娜随其后。

狄米特律斯　我不爱你，所以别跟着我。拉山德和美丽的赫米娅在哪儿？我要把拉山德杀死，但我的命悬在赫米娅手中。你对我说他们私奔到这座林子里，因此我赶到这儿来。可是因为遇不见我的赫米娅，我简直要在这林子里发疯啦。滚开！快走，不许再跟着我！

海伦娜　是你吸引我跟着你的，你这硬心肠的磁石！可是你所吸的不是铁，因为我的心像钢一样坚贞。要是你去掉你的吸引力，那么我也就没有力量再跟着你了。

狄米特律斯　是我引诱你吗？我曾经向你说过好话吗？我不是曾经明明白白地告诉过你，我不爱你，而且也不能爱你吗？

海伦娜　即使那样，也只是使我爱你爱得更加厉害。我是你的一条狗，狄米特律斯。你越是打我，我越是向你献媚。请你就像对待你的狗一样对待我吧，踢我、打我、冷淡我、不理我，都好，只要容许我跟随着你，虽然我是这么不好。在你的爱情里我要求的地位还能比一条狗都不如吗？但那对于我已经是十分可贵的了。

狄米特律斯　不要过分惹起我的厌恨吧。我一看见你就头痛。

海伦娜　可是我不看见你就心痛。

狄米特律斯　你太不顾虑你自己的体面了，竟擅自离开城中，把你自己交托在一个不爱你的人手里。你也不想想你的贞操多么值钱，就在黑夜中这么一个荒凉的所在盲目地听从着不可知的命运。

海伦娜　你的德行使我安心这样做：当我看见你的面孔的时候，黑夜也变成了白昼，因此我并不觉得现在是在夜里。你在我的眼里是整个世界，因此在这座林中我也不愁缺少伴侣：要是整个世界都在这儿瞧着我，我怎么还是单身独自一人呢？

狄米特律斯　我要逃开你，躲在丛林之中，任凭野兽把你怎样处置。

海伦娜　最凶恶的野兽也不像你那样残酷。你要逃开我就逃开吧。从此以后，古来的故事要改过了：逃走的是阿波罗，追赶的是达芙妮[1]。鸽子追逐着鹰隼。温柔的牝鹿追捕着猛虎。然而弱者追求勇者，结果总是徒劳无益的。

狄米特律斯　我不高兴听你再唠叨下去。让我走吧。要是你再跟着我，相信我，在这座林中你要被我欺负的。

海伦娜　嗯，在神庙中，在市镇上，在乡野里，你到处欺负我。唉，狄米特律斯！你对我的虐待已经使我们女子蒙上了耻辱。我们是不会像男人一样为爱情而争斗的。我们应该被人家求爱，而不是向人家求爱。（狄米特律斯下）我要立意跟随你。我愿死在我所深爱的人的手中，好让地狱化为天宫。（下）

奥布朗　再会吧，女郎！当他还没有离开这座树林，你将逃避他，他将追求你的爱情。

【迫克重上。

奥布朗　你已经把花采来了吗？欢迎啊，浪游者！

迫　克　是的，它就在这儿。

奥布朗　请你把它给我。

我知道一处茴香盛开的水滩，
长满着樱草和盈盈的紫罗兰，
馥郁的金银花，芗泽的野蔷薇，
漫天张起了一幅芬芳的锦帷。
有时提泰妮娅在群花中酣醉，
柔舞清歌低低地抚着她安睡。
小花蛇在那里蜕下发亮的皮，
小仙人拿来当作合身的外衣。
我要洒一点花汁在她的眼上，
让她充满了各种可憎的幻象。
其余的你带了去在林中访寻，

① 希腊罗马神话中日神阿波罗爱上仙女达芙妮，达芙妮避之而化为月桂树。

一个娇好的少女见弃于情人。
倘见那薄幸的青年在她近前，
就把它轻轻地点上他的眼边。
他的身上穿着雅典人的装束，
你要仔细辨认清楚不许弄错。
小心地执行着我谆谆的吩咐，
让他无限的柔情都向她倾吐。
等第一声雄鸡啼时我们再见。

迫　克　放心吧，主人，一切如你的意念。（各下）

第二场　林中的另一处

【提泰妮娅及其小仙侍从等上。

提泰妮娅　来，跳一回舞，唱一曲神仙歌，然后在一分钟内余下来的三分之一的时间里，大家散开去。有的去杀死麝香玫瑰嫩苞中的蛀虫。有的去和蝙蝠作战，剥下它们的翼革来为我的小妖儿们做外衣。剩下的去驱逐每夜啼叫、看见我们这些伶俐的小精灵们而惊骇的猫头鹰。现在唱歌给我催眠吧。唱罢之后，大家各做各的事，让我休息一会儿。

小仙们　两舌的花蛇，多刺的猬，
不要打扰着她的安睡！
蝾螈和蜥蜴不要行近，
仔细毒害了她的宁静。
夜莺，鼓起你的清弦，
为我们唱一曲催眠：
睡啦，睡啦，睡睡吧！睡啦，睡啦，睡睡吧！
一切害物远走高扬，
不要行近她的身旁。
晚安，睡睡吧！
织网的蜘蛛，不要过来。

长脚的蛛儿，快快走开！

黑背的蜣螂，不许走近。

不许莽撞，蜗牛和蚯蚓。

夜莺，鼓起你的清弦，

为我们唱一曲催眠：

睡啦，睡啦，睡睡吧！睡啦，睡啦，睡睡吧！

一切害物远走高扬，

不要行近她的身旁。

晚安，睡睡吧！（提泰妮娅睡）

一小仙　去吧！现在一切都已完成，

只需要留着一个人做哨兵。（众小仙下）

【奥布朗上，挤花汁滴在提泰妮娅眼皮上。

奥布朗　等你眼睛一睁开，

你就看见你的爱，

为他担起相思债：

山猫、豹子、大狗熊，

野猪身上毛蓬蓬。

等你醒来一看见，

丑东西在你身边，

芳心可可为他恋。（下）

【拉山德及赫米娅上。

拉山德　好人，你在林中东奔西走，疲乏得快要昏倒了。说老实话，我已经忘记了我们的路。要是你同意，赫米娅，让我们休息一下，等待到天亮再说。

赫米娅　就照你的意思吧，拉山德。你去给你自己找一处睡眠的所在，因为我要在这湖边静静安歇。

拉山德　一块草地可以做我们两人枕首的地方。两个胸膛一条心，应该合睡一个眠床。

赫米娅　哎，不要，亲爱的拉山德。为着我的缘故，我的亲亲，再躺远一些，不要挨得那么近。

拉山德　啊，爱人！不要误会了我的无邪的本意，恋人们原是能够领会彼此所说的话的。我是说我的心和你的心联结在一起，已经打成一片，分不开来。两个心胸彼此用盟誓连系，共有着一片忠贞。因此不要拒绝我睡在你的身旁，赫米娅，我没有一点坏心肠。

赫米娅　拉山德真会说话。要是赫米娅疑心拉山德有坏心肠，愿她从此不能堂堂做人。但是好朋友，为着爱情和礼貌的缘故，请睡得远一些。在人间的礼法上，保持这样的距离对于束身自好的未婚男女，是最为合适的。这么远就行了。晚安，亲爱的朋友！愿爱情永无更改，直到你生命的尽头！

拉山德　依着你那祈祷我应和着阿门！阿门！我将失去我的生命，如其我失去我的忠贞！这里是我的眠床了。但愿睡眠给予你充分的休养！

赫米娅　那愿望我愿意和你分享！（二人入睡）

【迫克上。

迫　克　我已经在森林中间走遍，
但雅典人可还不曾瞧见。
我要把这花液滴在他眼上，
试一试激动爱情的力量。
静寂的深宵！啊，谁在这厢？
他身上穿着雅典的衣裳。
我那主人所说的正是他，
狠心地欺负那美貌娇娃。
她正在这一旁睡得酣熟，
不顾到地上的潮湿龌龊：
美丽的人儿！她竟然不敢
睡近这没有心肝的恶汉。（挤花汁滴在拉山德眼上）
我已在你眼睛上，坏东西！
倾注着魔术的力量神奇。
等你醒来的时候，让爱情
从此扰乱你睡眠的安宁！
别了，你醒来我早已去远，
奥布朗在盼我和他见面。（下）

【狄米特律斯及海伦娜奔驰上。

海伦娜　你杀死了我也好，但是请你停步吧，亲爱的狄米特律斯！

狄米特律斯　我命令你走开，不要这样缠扰着我！

海伦娜　啊！你要把我丢在黑暗中吗？请不要这样！

狄米特律斯　站住！否则叫你活不成。我要独自走我的路。（下）

海伦娜　唉！这痴心的追赶使我乏得透不过气来。我越是千求万告，越是惹他憎恶。赫米娅无论在什么地方都是那么幸福，因为她有一双天赐的迷人的眼睛。她的眼睛怎么会这样明亮呢？不是为着泪水的缘故，因为我的眼睛被眼泪洗着的时候比她更多。不，不，我像一头熊那么难看，就是野兽看见我也会因害怕而逃走。难怪狄米特律斯会这样逃避我，就像逃避一个丑妖怪一样。哪一面欺人的坏镜子使我居然敢把自己跟赫米娅的明星一样的眼睛相比呢？但是谁在这里？拉山德！躺在地上！死了吗，还是睡了？我看不见有血，也没有伤处。拉山德，要是你没有死，好朋友，醒醒吧！

拉山德　（醒）我愿为你赴汤蹈火，玲珑剔透的海伦娜！上天在你身上显出他的本领，使我能在你的胸前看透你的心。狄米特律斯在哪里？嘿！那个难听的名字让他死在我的剑下多么合适！

海伦娜　不要这样说，拉山德！不要这样说！即使他爱你的赫米娅又有什么关系？上帝！那又有什么关系？赫米娅仍旧是爱着你的，所以你应该心满意足了。

拉山德　跟赫米娅心在一起满意足吗？不，我真悔恨和她在一起度过的那些可厌的时辰。我不爱赫米娅，我爱的是海伦娜。谁不愿意把一只乌鸦换一只白鸽呢？男人的意志是被理性所支配的，理性告诉我你比她更值得敬爱。凡是生长的东西，不到季节，总不会成熟：我过去由于年轻，我的理性也不曾成熟，但是现在我的智慧已经充分成长，理性指挥着我的意志，把我引到了你的眼前。在你的眼睛里我可以读到写在最丰美的爱情的经典上的故事。

海伦娜　我怎么忍受得下这种尖刻的嘲笑呢？我什么时候得罪了你，使你这样讥讽我呢？我从来不曾得到过，也永远不会得到，狄米特律斯的一瞥爱怜的眼光，难道那还不够，难道那还不够，年轻人，你必须再这样挖苦我的短处吗？真的，你侮辱了我。真的，用这种卑鄙的样子向我献假殷勤。但是再会吧！我还以为你是个较有教养的上流人哩。唉！一个女子受到了这一个男人的摈

拒，还得忍受那一个男子的揶揄。（下）

拉山德　她没有看见赫米娅。赫米娅，睡你的吧，再不要走近拉山德的身边了！一个人吃饱了太多的甜食，能使胸胃中发生强烈的厌恶，改信正教的人最是痛心疾首于以往欺骗他的异端邪说。你就是我的甜食和异端邪说，让你被一切的人所憎恶吧，但没有别人比我更憎恶你了。我的一切生命之力啊，用爱和力来尊崇海伦娜，做她的忠实的骑士吧！（下）

赫米娅　（醒）救救我，拉山德！救救我！用出你全身力量来，替我撵掉这条在胸口上蠕动的蛇。哎呀，天哪！做了怎样的梦！拉山德，瞧我怎样因害怕而颤抖着。我觉得仿佛一条蛇在嚼食我的心，而你坐在一旁，瞧着它的残酷的肆虐微笑。拉山德！怎么！换了地方了？拉山德！好人！怎么！听不见？去了？没有声音，不说一句话？唉！你在哪儿？要是你听见我，答应一声呀！凭着一切爱情的名义，说话呀！我害怕得差不多要晕倒了。仍旧一声不响！我明白你已不在近旁了。要是我寻不到你，我定将一命丧亡！（下）

第三幕

第一场　林中。提泰妮娅熟睡未醒

【昆斯、斯纳格、波顿、弗鲁特、斯诺特、斯塔佛林上。

波　顿　咱们都会齐了吗？

昆　斯　妙极了，妙极了，这儿真是给咱们练戏用的一块再方便也没有的地方。这块草地可以做咱们的戏台，这一丛山楂树便是咱们的后台。咱们可以认真扮演一下，就像当着公爵殿下的面一样。

波　顿　彼得·昆斯——

昆　斯　你说什么，波顿好家伙？

波　顿　在这本《皮拉摩斯和提斯柏》的喜剧里，有几个地方准难叫人家满意。第一，皮拉摩斯该得拔出剑来结果自己的性命，这是太太小姐们受不了的。你说可对不对？

斯诺特　凭着圣母娘娘的名字，这可真的不是玩儿的事。

斯塔佛林　我说咱们把什么都做完了之后，这一段自杀可不用表演。

波　顿　不必，咱有一个好法子。给咱写一段开场诗，让这段开场诗大概这么说：咱们的剑是不会伤人的。实实在在皮拉摩斯并不真的把自己干掉了。顶好再那么声明一下，咱扮着皮拉摩斯的，并不是皮拉摩斯，实在是织工波顿：这么一下她们就不会受惊了。

昆　斯　好吧，就让咱们有这么一段开场诗，咱可以把它写成八六体[①]。

---

① 八音节六音节相间的诗体。

波　顿　把它再加上两个字，让它是八个字八个字那么的吧。

斯诺特　太太小姐们见了狮子不会哆嗦吗？

斯塔佛林　咱担保她们一定会害怕。

波　顿　列位，你们得好好想一想：把一头狮子——老天爷保佑咱们！——带到太太小姐们的中间，还有比这更荒唐得可怕的事吗？在野兽中间，狮子是再凶恶不过的。咱们可得考虑考虑。

斯诺特　那么说，就得再写一段开场诗，说他并不是真狮子。

波　顿　不，你应当把他的名字说出来，他的脸蛋的一半要露在狮子头颈的外边。他自己就该说着这样或者诸如此类的话："太太小姐们，"或者说，"尊贵的太太小姐们，咱要求你们，"或者说，"咱请求你们，"或者说，"咱恳求你们，不用害怕，不用发抖。咱可以用生命给你们担保。要是你们想咱真是一头狮子，那咱才真是倒霉啦！不，咱完全不是这种东西。咱是跟别人一样的人。"这么着让他说出自己的名字来，明明白白地告诉她们，他是细工木匠斯纳格。

昆　斯　好吧，就这么办。但是还有两件难事：第一，咱们要把月亮光搬进屋子里来。你们知道皮拉摩斯和提斯柏是在月亮底下相见的。

斯纳格　咱们演戏的那天可有月亮？

波　顿　拿历本来，拿历本来！瞧历本上有没有月亮，有没有月亮。

昆　斯　有的，那晚上有好月亮。

波　顿　啊，那么你就可以把咱们演戏的大厅上的一扇窗打开，月光就会打窗子里照进来啦。

昆　斯　对了。否则就得叫一个人一手拿着柴枝，一手举起灯笼，登场说他是假扮或是代表着月亮。现在还有一件事，咱们在大厅里应该有一堵墙。因为故事上说，皮拉摩斯和提斯柏是彼此凑着一条墙缝讲话的。

斯纳格　你可不能把一堵墙搬进来。你怎么说，波顿？

波　顿　让什么人扮作墙头。让他身上涂着些灰泥黏土之类，表明他是墙头。让他把手指举起做成那个样儿，皮拉摩斯和提斯柏就可以在手指缝里低声地谈话了。

昆　斯　那样的话，一切就都已齐全了。来，每个老娘的儿子都坐下来，念着你们的台词。皮拉摩斯，你开头。你说完了之后，就走进那簇树后。这样大家可以按着尾白[①]挨次说下去。

【迫克自后上。

迫　克　那一群伧父俗子竟然敢在仙后卧榻之旁鼓唇弄舌？哈，原来是在那儿演戏！让我做一个听戏的吧。要是看到有合适的机会的话，也许我还要做一个演员哩。

昆　斯　说吧，皮拉摩斯。提斯柏，站出来。

波　顿　提斯柏，花儿开得十分腥——

昆　斯　十分香，十分香。

波　顿　——开得十分香。

你的气息，好人儿，也是一个样。
听，那边有一个声音，你且等一等，
一会儿咱再来和你诉衷情。（下）

迫　克　请看皮拉摩斯变成了怪妖精。（下）

弗鲁特　现在该咱说了吧？

昆　斯　是的，该你说。你得弄清楚，他是去瞧瞧什么声音去的，等一会儿就要回来。

弗鲁特　最俊美的皮拉摩斯，脸孔红如红玫瑰，
肌肤白得赛过纯白的百合花，
活泼的青年，最可爱的宝贝，
忠心耿耿像一匹顶好的马。
皮拉摩斯，咱们在尼内[②]的坟头相会。

昆　斯　“尼纳斯的坟头”，老兄。你不要随便就把这句说出来，那是要你用来答应皮拉摩斯的。你把要你说的话不管什么尾白不尾白的都一股脑儿说出来啦。皮拉摩斯，进来吧。你的尾白已经说过了，是“忠心耿耿像一匹好马”。

弗鲁特　噢。——忠心耿耿像一匹顶好的马。

---

① 尾白，指一句特定的台词。第一个演员念到“尾白”时，第二个演员便开始接话。

② 尼内是尼纳斯之讹，古代尼尼微城的建立者。尼内照字面讲有“傻子”之意。

【迫克重上；波顿戴驴头随上。

波　顿　美丽的提斯柏，咱是整个儿属于你的！

昆　斯　怪事！怪事！咱们见了鬼啦！列位，快逃！快逃！救命哪！（众下）

迫　克　我要把你们带领得团团乱转，

经过一处处沼地、草莽和林薮。

有时我化作马，有时化作猎犬，

化作野猪、没头的熊或是磷火。

我要学马样嘶，犬样吠，猪样嗥，

熊一样的咆哮，野火一样燃烧。（下）

波　顿　他们干吗都跑走了呢？这准是他们的恶计，要把咱吓一跳。

【斯诺特重上。

斯诺特　啊，波顿！你变了样子啦！你头上是什么东西呀？

波　顿　是什么东西？你瞧见你自己变成了一头蠢驴啦，是不是？（斯诺特下）

【昆斯重上。

昆　斯　天哪！波顿！天哪！你变啦！（下）

波　顿　咱看透他们的鬼把戏。他们要把咱当作一头蠢驴，想出法子来吓咱。可是咱决不离开这块地方，瞧他们怎么办。咱要在这儿跑来跑去。咱要唱个歌儿，让他们听见了知道咱可一点不怕。（唱）

山乌嘴巴黄沉沉，

浑身长满黑羽毛，

画眉唱得顶认真，

声音尖细是欧鹪。

提泰妮娅　（醒）什么天使使我从百花的卧榻上醒来呢？

波　顿　鹡鸰，麻雀，百灵鸟，

还有杜鹃爱骂人，

大家听了心头恼，

可是谁也不回声。[①]

① 杜鹃下卵于他鸟的巢中，故用以喻奸夫，但其后cuckold（由cuckoo化出）一字却用作奸妇本夫的代名词。杜鹃的鸣声即为cuckoo，不啻骂人为“乌龟”，但因闻者不能知其妻子是否贞洁，故虽恼而不敢作声。

真的，谁耐烦跟这么一头蠢鸟斗口舌呢？即使它骂你是乌龟，谁又高兴跟它争辩呢？

提泰妮娅　温柔的凡人，请你唱下去吧！我的耳朵沉醉在你的歌声里，我的眼睛又为你的状貌所迷惑。在第一次见面的时候，你的美姿已使我不禁说出而且矢誓着我爱你了。

波　顿　咱想，奶奶，您这可太没有理由。不过说老实话，现今世界上理性可真难得跟爱情碰头。也没有哪位正直的邻居大叔给他俩撮合撮合做朋友，真是抱歉得很。哈，我有时也会说说笑话。

提泰妮娅　你真是又聪明又美丽。

波　顿　不见得，不见得。可是咱要是有本事跑出这座林子，那已经很够了。

提泰妮娅　请不要跑出这座林子！不论你愿不愿，你一定要留在这里。我不是一个平常的精灵，夏天永远听从我的命令。我真是爱你，因此跟我去吧。我将使神仙们侍候你，他们会从海底里捞起珍宝献给你。当你在花茵上睡去的时候，他们会给你歌唱。而且我要给你洗涤去俗体的污垢，使你的身体轻得像个精灵一样。豆花！蛛网！飞蛾！芥子！

【四神仙上。

豆　花　有。

蛛　网　有。

飞　蛾　有。

芥　子　有。

四　仙　（合）差我们到什么地方去？

提泰妮娅　恭恭敬敬地侍候这先生，
窜窜跳跳地追随他前行。
给他吃杏子、鹅莓和桑葚，
紫葡萄和无花果儿青青。
去把野蜂的蜜囊儿偷取，
剪下蜂股的蜂蜡做烛炬，
在流萤的火睛里点了火，
照着我的爱人晨兴夜卧。
再摘下彩蝶儿粉翼娇红，

　　　　揁去他眼上的月光溶溶。
　　　　来，向他鞠一个深深的躬。

豆　花　万福，凡人！

蛛　网　万福！

飞　蛾　万福！

芥　子　万福！

波　顿　请你们列位先生多多担待担待在下。请教大号是——？

蛛　网　蛛网。

波　顿　很希望跟您交个朋友，好蛛网先生。要是咱指头儿割破了的话，咱要大胆用用您[①]。善良的先生，您的尊号是——？

豆　花　豆花。

波　顿　啊，请多多给咱向您令堂豆荚奶奶和令尊豆壳先生致意。好豆花先生，咱也很希望跟您交个朋友。先生，您的雅号是——？

芥　子　芥子。

波　顿　好芥子先生，咱知道您是个饱历艰辛的人。那块庞大无比的牛肉曾经把您家里好多人都吞去了。不瞒您说，您的亲戚们方才还害得我掉下几滴苦泪呢。咱希望跟您交个朋友，好芥子先生。

提泰妮娅　来，侍候着他，引路到我的闺房。
　　　　月亮今夜有一颗多泪的眼睛。
　　　　小花们也都陪着她眼泪汪汪，
　　　　悲悼横遭强暴而失去的童贞。
　　　　吩咐那好人静静走不许作声。（同下）

第二场　林中的另一处

【奥布朗上。

奥布朗　不知道提泰妮娅有没有醒来。她一醒来，就要热烈地爱上她第一眼看到

① 俗云蛛丝能止血。

的无论什么东西了。这边来的是我的使者。

【迫克上。

奥布朗　啊，疯狂的精灵！在这座夜的魔林里现在有什么事情发生？

迫　克　姑娘爱上了一个怪物了。当她昏昏睡熟的时候，在她的隐秘的神圣的卧室之旁，来了一群村汉。他们都是在雅典市集上做工过活的粗鲁的手艺人，聚集在一起练着戏，预备在忒修斯结婚的那天表演。在这一群蠢货的中间，一个最蠢的蠢货扮演着皮拉摩斯。当他退场走进一簇丛林里去的时候，我就抓住了这个好机会，在他的头上罩上一只死驴的头壳。一会儿为了答应他的提斯柏，这位好伶人又出来了。他们一看见了他，就像雁子望见了蹑足行近的猎人，又像一大群灰鸦听见了枪声轰然飞起乱叫、四散着横扫过天空一样，大家没命似的逃走了。又因为我们的跳舞震动了地面，一个个横仆竖倒，嘴里乱喊着救命。他们本来就是那么糊涂，这回吓得完全丧失了神智，没有知觉的东西也都来欺侮他们了：野茨和荆棘抓破了他们的衣服。有的失去了袖子，有的落掉了帽子，败军之将，无论什么东西都是予取予求的。在这种惊惶中我领着他们走去，把变了样子的可爱的皮拉摩斯孤单单地留下。就在那时候，提泰妮娅醒了过来，立刻爱上了一头驴子了。

奥布朗　这比我所能想得到的计策还好。但是你有没有依照我的吩咐，把那爱汁滴在那个雅典人的眼上呢？

迫　克　那我也已经趁他睡熟的时候办好了。那个雅典女人就在他的身边，因此他一醒来，一定会看见她。

【狄米特律斯及赫米娅上。

奥布朗　站过来些，这就是那个雅典人。

迫　克　这女人一点不错。那男人可不是。

狄米特律斯　唉！为什么你这样骂着深爱你的人呢？那种毒骂是应该加在你仇敌身上的。

赫米娅　现在我不过数说数说你罢了。我应该更厉害地对付你，因为我相信你是可诅咒的。要是你已经趁着拉山德睡着的时候把他杀了，那么把我也杀了吧。你已经两脚踏在血泊中，索性让杀人的血淹没你的膝盖吧。太阳对于白昼，也没有像他对于我那样的忠心。当赫米娅睡熟的时候，他会悄悄地离开她吗？我宁愿相信地球的中心可以穿成孔道，月亮会从里面钻了过去，在地球的那一端跟她的兄长白昼捣乱。一定是你已经把他杀死了。因为只有杀人的凶徒，脸上才会这样惨白而可怖。

狄米特律斯　被杀者的脸色应该是这样的，你的残酷已经洞穿我的心，因此我应该有那样的脸色。但是你这杀人的，瞧上去却仍然是那么辉煌莹洁，就像那边天上闪耀着的金星一样。

赫米娅　你这种话跟我的拉山德有什么关系？他在哪里呀？啊，好狄米特律斯，把他还给我吧！

狄米特律斯　我宁愿拿他的尸体喂我的猎犬。

赫米娅　滚开，贱狗！滚开，恶狗！你让我失去姑娘家的柔顺，我再也忍不住了。你真的把他杀了吗？从此之后，别再把你算作人吧！啊，看在我的面上，老老实实告诉我，告诉我，你，一个清醒的人，看见他睡着，而把他杀了吗？哎哟，真勇敢！一条蛇、一条毒蛇，都比不上你。因为它的分叉的毒舌，还不及你的毒心更毒！

狄米特律斯　你的脾气发得好没来由。我并没有杀死拉山德，他也并没有死，照我所知道的。

赫米娅　那么请你告诉我他很安全。

狄米特律斯　要是我告诉你，我将得到什么好处呢？

赫米娅　你可以得到永远不再看见我的权利。我从此离开你那可憎的脸。无论他死也罢活也罢，你再不要和我相见。（下）

狄米特律斯　在她这样盛怒的时候，我还是不要跟着她。让我在这儿暂时停留一会儿。

睡眠欠下了沉忧的债，
心头加重了沉忧的担。
我且把黑甜乡暂时寻访，
还了些还不尽的糊涂账。（卧下睡去）

奥布朗　你干了些什么事呢？你已经大大地弄错了，把爱汁滴在一个真心的恋人的眼上。为了这次错误，本来忠实的将要改变心肠，而不忠实的仍旧和以前一样。

迫　克　一切都是命运在做主。保持着忠心的不过一个人。变心的，把盟誓起了一个毁了一个的，却有百万个人。

奥布朗　比风还快地到林中各处去访寻名叫海伦娜的雅典女郎吧。她是全然为爱情而憔悴的，痴心的叹息耗去了她脸上的血色。用一些幻象把她引到这儿来：我将在这个人的眼睛上施上魔法，准备他们的见面。

迫　克　我去，我去，瞧我一会儿便失去了踪迹。鞑靼人的飞箭都赶不上我的迅疾呢。（下）

奥布朗　这一朵紫色的小花，
尚留着爱神的箭疤，
让它那灵液的力量，
渗进他眸子的中央。
当他看见她的时光，
让她显出庄严妙相，
如同金星照亮天庭，
让他向她婉转求情。

【迫克重上。

迫　克　报告神仙界的头脑，
海伦娜已被我带到，
她后面随着那少年，
正在哀求着她眷怜。
瞧瞧那痴愚的形状，
人们真蠢得没法想！

奥布朗　站开些。他们的声音将要惊醒睡着的人。

迫　克　两男合爱着一女，
这把戏真够有趣。
最妙是颠颠倒倒，
看着才叫人发笑。

【拉山德及海伦娜上。

拉山德　为什么你要以为我的求爱不过是在嘲笑你呢？嘲笑和戏谑是永不会伴着眼泪而来的。瞧，我在起誓的时候是怎样感泣着！这样的誓言是不会被人认作虚诳的。明明有着可以证明是千真万确的表记，为什么你会以为我这一切都是出于讪笑呢？

海伦娜　你越来越俏皮了。要是人们所说的真话都是互相矛盾的，那么神圣的真话将成了一篇鬼话。这些誓言都是应当向赫米娅说的。难道你把她丢弃了吗？把你对她和对我的誓言放在两个秤盘里，一定称不出轻重来，因为都像空话那样虚浮。

拉山德　当我向她起誓的时候，我实在一点见识都没有。

海伦娜　照我想起来，你现在把她丢弃了，也不像是有见识的。

拉山德　狄米特律斯爱着她，但他不爱你。

狄米特律斯　（醒）啊，海伦[1]！完美的女神！圣洁的仙子！我要用什么来比并你的秀眼呢，我的爱人？水晶是太昏暗了。啊，你的嘴唇，那吻人的樱桃，瞧上去是多么成熟，多么诱人！你一举起你那洁白的妙手，被东风吹着的陶洛斯高山上的积雪，就显得像乌鸦那么黯黑了。让我吻一吻那纯白的女王，这幸福的象征吧！

海伦娜　唉，倒霉！该死！我明白你们都在取笑我。假如你们是懂得礼貌和有教养的人，一定不会这样侮辱我。我知道你们都讨厌着我，那么就讨厌我好了，为什么还要联合起来讥讽我呢？你们瞧上去都像堂堂男子，如果真是堂堂男子，就不该这样对待一个有身份的妇女：发着誓，赌着咒，过誉着我的好处，但我可以断定你们的心里都在讨厌我。你们两人是情敌，一同爱着赫米娅，现在转过身来一同把海伦娜嘲笑，真是大丈夫的行为，干得真漂亮，为着取笑的缘故逼一个可怜的女人流泪！高尚的人绝对不会这样轻侮一个闺女，逼到她忍无可忍，只是因为给你们寻寻开心。

拉山德　你太残忍，狄米特律斯，不要这样。因为你爱着赫米娅，这你知道我是十分明白的。现在我用全心和好意把我在赫米娅的爱情中的地位让给你。但你也得把海伦娜的爱情让给我，因为我爱她，并且将要爱她到死。

海伦娜　从来不曾有过嘲笑者浪费过这样无聊的口舌。

狄米特律斯　拉山德，保留着你的赫米娅吧，我不要。要是我曾经爱过她，那爱情现在也已经消失了。我的爱不过像过客一样暂时驻留在她的身上，现在它已经回到它的永远的家，海伦娜的身边，再不到别处去了。

拉山德　海伦，他的话是假的。

① 海伦是海伦娜的爱称。

狄米特律斯　不要侮蔑你所不知道的真理，否则你将以生命的危险重重补偿你的过失。瞧！你的爱人来了。那边才是你的爱人。

【赫米娅上。

赫米娅　黑夜使眼睛失去它的作用，但使耳朵的听觉更为灵敏。它虽然妨碍了视觉的活动，却给予听觉加倍的补偿。我的眼睛不能寻到你，拉山德。但多谢我的耳朵，使我能听见你的声音。你为什么那样残忍地离开了我呢？

拉山德　爱情驱着一个人走的时候，为什么他要滞留呢？

赫米娅　哪一种爱情能把拉山德驱开我的身边？

拉山德　拉山德的爱情使他一刻也不能停留。美丽的海伦娜，她照耀着夜天，使一切明亮的繁星黯然无色。为什么你要来寻找我呢？难道这还不能使你知道我因为厌恶你的缘故，才这样离开你吗？

赫米娅　你说的不是真话。那不会是真的。

海伦娜　瞧！她也是他们的一党。现在我明白了他们三个人一起联合了用这种恶戏欺凌我。欺人的赫米娅！最没有良心的丫头！你竟然和这种人一同算计着向我开这种卑鄙的玩笑捉弄我吗？我们两人从前的种种推心置腹，约为姐妹的盟誓，在一起怨恨急促的时间这样快便把我们拆分的那种时光，啊！你难道都已经忘记了吗？我们同学时的那种情谊，一切童年的天真，你都已经完全丢在脑后了吗？赫米娅，我们两人曾经像两个巧手的神匠，在一起绣着同一朵花，描着同一个图样，我们同坐在一个椅垫上，齐声曼吟着同一个歌儿，就像我们的手、我们的身体、我们的声音、我们的思想，都是连在一起不可分的样子。我们这样生长在一起，正如并蒂的樱桃，看似两个，其实却连生在一起。我们是结在同一根茎上的两颗可爱的果实，我们的身体虽然分开，我们的心却只有一个。难道你竟把我们从前的友好丢弃不顾，而和男人们联合着嘲弄你的可怜的朋友吗？这种行为太没有朋友的情谊，而且也不合一个少女的身份。不单是我，我们全体女人都可以攻击你，虽然受到委屈的只是我一个。

赫米娅　你这种愤激的话真使我惊奇。我并没有嘲弄你。似乎是你在嘲弄我哩。

海伦娜　你不曾唆使拉山德跟随我，假意称赞我的眼睛和面孔吗？你那另一个爱人，狄米特律斯，不久之前还曾要用他的脚踢开我，你不曾使他称我为女神、仙子，神圣而稀有的、珍贵的、超乎一切的人吗？为什么他要向他所讨厌的人说这种话呢？拉山德的灵魂里是充满了你的爱的，为什么他反而要摈斥你，却要把他的热情奉献给我，难道不是因为你的指使，因为你们曾经预先商量好？即使我不像你那样有人爱怜，那样被人追求不舍，那样走好运，即使我是那样倒霉，得不到我所爱的人的爱情，那和你又有什么关系呢？你应该可怜我才是，不应该反而来侮蔑我。

赫米娅　我不懂你说这种话的意思。

海伦娜　好，尽管装腔下去，扮着这一副苦脸，等我一转背，就要向我做嘴脸了。大家彼此眨眨眼睛，把这个绝妙的玩笑尽管开下去吧，将来会记载在历史上的。假如你们是有同情心，懂得礼貌的人，就不该把我当作这样的笑柄。再会吧。一半也是我自己不好，死别或生离不久便可以补赎我的错误。

拉山德　不要走，温柔的海伦娜！听我解释。我的爱！我的生命！我的灵魂！美丽的海伦娜！

海伦娜　多好听的话！

赫米娅　亲爱的，不要那样嘲笑她。

狄米特律斯　要是她的恳求不能使你不说那种话，我将强迫你闭住你的嘴。

拉山德　她想恳求我，你想强迫我，可是都无济于事。你的威胁正和她的软弱的祈告同样没有力量。海伦，我爱你！凭着我的生命起誓，我爱你！谁说我不爱你的，我愿意用我的生命证明他说谎。为了你，我是乐意把生命捐弃的。

狄米特律斯　我说我比他更要爱你得多。

拉山德　要是你这样说，那么把剑拔出来证明一下吧。

狄米特律斯　好，快些，来！

赫米娅　拉山德，这一切究竟是怎么一回事呢？

拉山德　走开，你这黑鬼[①]！

狄米特律斯　不，不——你可不能骗我而自己逃走。假意说着来来，却在准备趁机溜去。你是个不中用的汉子，来吧！

拉山德　（向赫米娅）放开手，你这猫！你这牛蒡子！贱东西，放开手！否则我要像甩掉身上的一条蛇那样甩掉你了。

赫米娅　为什么你变得这样凶暴？究竟是什么缘故呢，爱人？

---

① 因赫米娅肤色微黑，故云。第二幕中有“把一只乌鸦换一只白鸽”之语，亦此意。海伦娜肤色白皙，故云白鸽。

拉山德　你的爱人！走开，黑鞑子！走开！可厌的毒物，叫人恶心的东西，给我滚吧！

赫米娅　你还是在开玩笑吗？

海伦娜　是的，你也是在开玩笑。

拉山德　狄米特律斯，我一定不失信于你。

狄米特律斯　你的话可有些不能算数，因为人家的柔情在牵系住你。我可信不过你的话。

拉山德　什么！难道要我伤害她、打她、杀死她吗？虽然我厌恨她，我还不至于这样残忍。

赫米娅　啊！还有什么事情比之你厌恨我更残忍呢？厌恨我！为什么呢？天哪！究竟是怎么一回事呢，我的好人？难道我不是赫米娅了吗？难道你不是拉山德了吗？我现在生得仍旧跟以前一个样子。就在这一夜里你还曾爱过我。但就在这一夜里你离开了我。那么你真的——唉，天哪！——存心离开我吗？

拉山德　一点不错，而且再不要看见你的脸了。因此你可以断了念头，不必疑心，我的话是千真万确的：我厌恨你，我爱海伦娜，一点不是开玩笑。

赫米娅　天啊！你这骗子！你这花中的蛀虫！你这爱情的贼！哼！你趁着黑夜，悄悄地把我的爱人的心偷了去吗？

海伦娜　真好！难道你一点女人家的羞耻都没有，一点不晓得难为情，不晓得自重了吗？哼！你一定要引得我破口说出难听的话来吗？哼！哼！你这装腔作势的人！你这给人家愚弄的小玩偶！

赫米娅　小玩偶！噢，原来如此。现在我才明白了她为什么把她的身材跟我的比较。她自夸她生得长，用她那身材，那高高的身材，赢得了他的心。因为我生得矮小，所以他便把你看得高不可及了吗？我是怎样一个矮法？你这涂脂抹粉的花棒儿！请你说，我是怎样矮法？矮虽矮，我的指爪还挖得着你的眼珠哩！

海伦娜　先生们，虽然你们都在嘲弄我，但我求你们别让她伤害我。我从来不曾使过性子。我也完全不懂得怎样跟人家闹架儿。我是一个胆小怕事的女子。不要让她打我。也许因为她比我矮些，你们就以为我打得过她吧。

赫米娅　生得矮些！听，又来了！

海伦娜　好赫米娅，不要对我这样凶！我一直是爱你的，赫米娅，有什么事总跟你商量，从来不曾对你做过欺心的事。除了这次，为了对于狄米特律斯的爱情的缘故，我把你私奔到这座林中的事告诉了他。他追踪着你。为了爱，我又追踪着他。但他一直斥骂着我，威吓着我说要打我、踢我，甚至于要杀死我。现在你让我悄悄地走了吧。我愿带着我的愚蠢回到雅典去，不再跟着你们了。让我走。你瞧我是多么傻多么痴心！

赫米娅　好，你走就走吧，谁在拦你？

海伦娜　一颗发痴的心，但我把它丢弃在这里了。

赫米娅　噢，给了拉山德了是不是？

海伦娜　不，给了狄米特律斯。

拉山德　不要怕，她不会伤害你的，海伦娜。

狄米特律斯　当然不会的，先生。即使你帮着她也不要紧。

海伦娜　啊，她一发起怒来，真是又凶又狠。在学校里她就是出名的雌老虎。很小的时候便那么凶了。

赫米娅　又是"很小"！老是矮啊小啊的说个不停！为什么你让她这样讥笑我呢？让我跟她拼命去。

拉山德　滚开，你这矮子！你这发育不全的三寸丁！你这小珠子！你这小青豆！

狄米特律斯　她用不着你帮忙，因此不必那样乱献殷勤。让她去。不许你嘴里再提到海伦娜，不要你来给她撑腰。要是你再向她乱献殷勤，就请你当心着吧！

拉山德　现在她已经不再拉住我了。你要是有胆子，跟我来吧，我们倒要试试看究竟海伦娜该属于谁。

狄米特律斯　跟你来！嘿，我要和你并着肩走呢。（拉山德、狄米特律斯二人下）

赫米娅　你，小姐，这一切的纷扰都是因为你。哎，别逃啊！

海伦娜　我怕你，我不敢跟脾气这么大的你在一起。打起架来，你的手比我快得多。但我的腿比你长些，逃起来你追不上我。（下）

赫米娅　我简直莫名其妙，不知道说些什么话好。（下）

奥布朗　这是你的大意所致。要不是你弄错了，一定是你故意在捣蛋。

迫　克　相信我，仙王，是我弄错了。你不是对我说只要认清楚那人穿着雅典人的衣裳？照这样说起来我完全没错，因为我是把花汁滴在了一个雅典人的眼上。事情会弄到这样我是蛮快活的，因为他们的吵闹看着怪有趣味。

奥布朗　你瞧这两个恋人找地方决斗去了，因此，罗宾，快去把夜天遮暗了。你就去用像冥河的水一样黑的浓雾盖住了星空，再引这两个气势汹汹的仇人迷失了路，不要让他们碰在一起。有时你学着拉山德的声音痛骂狄米特律斯，叫他气得直跳，有时学着狄米特律斯的样子斥责拉山德：用这种法子把他们两个分开，直到他们奔波得精疲力竭，死一样的睡眠拖着铅一样沉重的腿和蝙蝠的翅膀爬上了他们的额上。然后你把这草挤出汁来涂在拉山德的眼睛上，它能够解去一切的错误，使他的眼睛恢复从前的眼光。等他们醒来之后，这一切的戏谑，就会像是一场梦境或是空虚的幻象。这一班恋人们便将回到雅典去，而且将订下白头到老、永无尽期的盟约。在我差遣你去做这件事的时候，我要去访问我的王后，向她讨那个印度孩子，然后我要解除她眼中所见的怪物的幻觉，一切事情都将和平解决。

迫　克　这事我们必须赶早办好，主公，
因为黑夜已经驾起他的飞龙。
晨星，黎明的先驱，已照亮苍穹。
一个个鬼魂四散地奔返殡宫：
还有那横死的幽灵抱恨长终，
道旁水底有他们的白骨成丛，
为怕白昼揭露了丑恶的形容，
早已向重泉归寝，相伴着蛆虫。
他们永远见不到日光的融融，
只每夜在暗野里凭吊着凄风。

奥布朗　但你我可完全不能比并他们。
晨光中我惯和猎人一起游巡，
如同林居人一样踏访着丛林：
即使东方开启了火红的天门，
大海上照耀万道灿烂的光针，
青碧的大海化成了一片黄金，
但我们应该早早办好这事情，
最好别把它迁延着直到天明。（下）

迫　克　奔到这边来，奔过那边去。
我要领他们，奔来又奔去。
林间和市上，无人不怕我。

我要领他们，走尽林中路。

这儿来了一个。

【拉山德重上。

拉山德　你在哪里，骄傲的狄米特律斯？说出来！

迫　克　在这儿，恶徒！把你的剑拔出来准备着吧。你在哪里？

拉山德　我立刻就过来。

迫　克　那么跟我来吧，到平坦一点的地方。（拉山德随声音下）

【狄米特律斯重上。

狄米特律斯　拉山德，你再开口啊！你逃走了，你这懦夫！你逃走了吗？说话呀！躲在那一堆树丛里吗？你躲在哪里呀？

迫　克　你这懦夫！你在向星星们夸口，向树林子挑战，但是不敢过来吗？来，卑怯汉！来，你这小孩子！我要好好抽你一顿。谁要跟你比剑才真倒霉！

狄米特律斯　呀，你在那边吗？

迫　克　跟我的声音来吧。这儿不是适宜我们战斗的地方。（同下）

【拉山德重上。

拉山德　他走在我的前头，老是挑拨着我上前。一等我走到他叫喊着的地方，他又早已不在。这个坏蛋比我脚步快得多，我追得快，他逃得更快，使我在黑暗崎岖的路上绊了一跤。让我在这儿休息一下吧。（躺下）来吧，你仁心的白昼！只要你一露出你的一线灰白的微光，我就可以看见狄米特律斯而洗雪这次仇恨了。（睡去）

【迫克及狄米特律斯重上。

迫　克　哈！哈！哈！懦夫！你为什么不来？

狄米特律斯　要是你有胆量的话，等着我吧。我全然明白你跑在我前面，从这儿蹿到那儿，不敢站住，也不敢见我的面。你现在是在什么地方？

迫　克　过来，我在这儿。

狄米特律斯　哼，你在摆布我。要是天亮了我看见你的面孔，你好好地留点儿神。现在，去你的吧！疲乏逼着我倒在这寒冷的地上，等候着白天的降临。（躺下睡去）

【海伦娜重上。

海伦娜　疲乏的夜啊！冗长的夜啊！减少一些你的时辰吧！从东方出来的安慰，

快照耀起来吧！好让我借着晨光回到雅典去，离开这一群人，他们大家都讨厌着可怜的我。慈悲的睡眠，有时你闭上了悲伤的眼睛，求你暂时让我忘却了自己的存在吧！（躺下睡去）

迫　克　两男加两女，四个无错误。

三人已在此，一人在何处？

哈哈她来了，满脸愁云罩。

爱神真不好，惯惹人烦恼！

【赫米娅重上。

赫米娅　从来不曾这样疲乏过，从来不曾这样伤心过！我的身上沾满了露水，我的衣裳被荆棘所抓破。我跑也跑不动，爬也爬不动了。我的两条腿再也不能听从我的心愿。让我在这儿休息一下以待天明。要是他们真要决斗的话，愿天保佑拉山德吧！（躺下睡去）

迫　克　梦将残，睡方酣，

神仙药，祛幻觉，

百般迷梦全消却。（挤草汁于拉山德眼上）

醒眼见，旧人脸，

乐满心，情不禁，

从此欢爱复深深。

一句俗语说得好，

各人各有各的宝，

等你醒来就知道：

哥儿爱姐儿，

两两无参差。

失马复得马，

一场大笑话！（下）

第四幕

第一场　林中。拉山德、狄米特律斯、海伦娜、赫米娅酣睡未醒

【提泰妮娅及波顿上，众仙随侍；奥布朗潜随其后。

提泰妮娅　来，坐在这花床上。我要爱抚你的可爱的脸颊。我要把麝香玫瑰插在你柔软光滑的头颅上。我要吻你的美丽的大耳朵，我的温柔的宝贝！

波　顿　豆花呢？

豆　花　有。

波　顿　替咱把头搔搔，豆花儿。蛛网先生在哪儿？

蛛　网　有。

波　顿　蛛网先生，好先生，把您的刀拿好，替咱把那蓟草叶尖上的红屁股的野蜂儿杀了。然后，好先生，替咱把蜜囊儿拿来。干那事的时候可别太性急，先生。而且，好先生，当心别把蜜囊儿给弄破了。要是您在蜜囊里头淹死了，那咱可不很乐意，先生。芥子先生在哪儿？

芥　子　有。

波　顿　把您的小手儿给我，芥子先生。请您不要多礼吧，好先生。

芥　子　你有什么吩咐？

波　顿　没有什么，好先生，只是帮蛛网骑士替咱搔搔痒。咱一定得理发去，先生，因为咱觉得脸上毛得很。咱是一头感觉非常灵敏的驴子，要是一根毛把咱触痒了，咱就非得搔一下子不可。

提泰妮娅　你要不要听一些音乐，我的好人？

波　顿　咱很懂得一点儿音乐。咱们来一下子锣鼓吧。

提泰妮娅　好人，你要吃些什么呢？

波　顿　真的，来一堆刍秣吧。您要是有好的干麦秆，也可以给咱大嚼一顿。咱想，咱怪想吃那么一捆干草的。好干草，美味的干草，什么也比不上它。

提泰妮娅　我有一个善于冒险的小神仙，可以给你到松鼠的仓里取些新鲜的榛栗来。

波　顿　咱宁可吃一把两把干豌豆。但是谢谢您，吩咐您那些人们别惊动咱吧，咱想要睡他妈的一觉。

提泰妮娅　睡吧，我要把你抱在我的怀中。神仙们，往各处散开去吧。（众仙下）菟丝也正是这样温柔地缠附着芬芳的金银花。女萝也正是这样缱绻着榆树的皱折的臂枝。啊，我是多么爱你！我是多么热恋着你！（同睡去）

【迫克上。

奥布朗　（上前）欢迎，好罗宾！你见没见这种可爱的情景？我对于她的痴恋开始有点不忍了。刚才我在树林后面遇见她正在为这个可憎的蠢货找寻爱情的礼物，我就谴责她，跟她争吵起来，因为那时她把芬芳的鲜花制成花环，环绕着他那毛茸茸的额角。原来在嫩芯上晶莹饱满、如同东方的明珠一样的露水，如今却含在那一朵朵美艳的小花的眼中，像是盈盈欲泣的眼泪，痛心着它们所受的耻辱。我把她尽情嘲骂一番之后，她低声下气地请求我息怒，于是我便趁机向她索讨那个换儿。她立刻把他给了我，差她的仙侍把他送到了我的寝宫。现在我已经把这个孩子弄到手，我将解去她眼中这种可憎的迷惑。好迫克，你去把这雅典村夫头上的变形的头盖揭下，等他和大家一同醒来的时候，好让他回到雅典去，把这晚间发生的一切事情只当作一场梦魇。但是先让我给仙后解去了魔法吧。（以草汁触她的眼睛）

回复你原来的本性，
解去你眼前的幻景。
这一朵女贞花采自月姊园庭，
它会使爱情的小卉失去功能。

喂，我的提泰妮娅，醒醒吧，我的好王后！

提泰妮娅　我的奥布朗！我看见了怎样的幻景！好像我爱上了一头驴子啦。

奥布朗　那边就是你的爱人。

提泰妮娅　这一切事情怎么会发生的呢？啊，现在我看见他的样子是多么惹气！

奥布朗　静一会儿。罗宾，把他的头壳揭下了。提泰妮娅，叫他们奏起音乐来吧，让这五个人睡得全然失去了知觉。

提泰妮娅　来，奏起催眠的柔婉乐声！（轻缓的音乐）

迫　克　等你一觉醒来，蠢汉，
用你的傻眼睛瞧看。

奥布朗　奏下去，音乐！来，我的王后，让我们携手同行，让我们的舞蹈震动这些人睡着的地面。现在我们已经言归于好，明天夜半将要一同到忒修斯公爵的府中跳着庄严的欢舞，祝福他家繁荣昌盛。这两对忠心的恋人也将在那里和忒修斯同时举行婚礼，大家心中充满了喜乐。

迫　克　仙王，仙王，留心听，
我听见云雀歌吟。

奥布朗　王后，让我们静静
追随着夜的踪影。
我们环绕着地球，
快过明月的光流。

提泰妮娅　夫君，请你在一路上
告诉我一切缘故，
这些人来自何方，
当我熟睡的时光。（同下。幕内号角声）

【忒修斯、希波吕忒、伊吉斯及侍从等上。

忒修斯　你们中间谁去把猎奴唤来。我们已把五月节的仪式遵行，现在才只是清晨，我的爱人应当听一听猎犬的音乐。把它们放在西面的山谷里。快去把猎奴唤来。美丽的王后，让我们到山顶上去，领略着猎犬们的吠叫和山谷中的回声应和在一起的妙乐吧。

希波吕忒　我曾经同赫剌克勒斯和卡德摩斯[①]一起在克里特林中行猎，他们用斯巴达的猎犬追赶着巨熊，那种雄壮的吠声我真是第一次听到。除了丛林之外，天空和群山，以及一切附近的区域，似乎混成了一片交互的呐喊。我从来不

① 卡德摩斯是希腊神话里忒拜城的建立者。

曾听见过那样谐美的喧声，那样悦耳的雷鸣。

忒修斯　我的猎犬也是斯巴达种，一样的颊肉下垂，一样的黄沙的毛色。它们的头上垂着两片挥拂晨露的耳朵。它们的膝骨是弯曲的，并且像忒萨利亚种的公牛一样喉头长着垂肉。它们在追逐时不很迅速，但它们的吠声彼此高下相应，就像钟声那样和谐。无论在克里特、斯巴达或是忒萨利亚，都不曾有过这么一队猎狗，应和着猎人的号角和召唤，吠得这样好听。你听见了之后便可以自己判断。但是且慢！这些都是什么仙女？

伊吉斯　殿下，这儿躺着的是我的女儿。这是拉山德。这是狄米特律斯。这是海伦娜，奈达老人的女儿。我不知道他们怎么都在这儿。

忒修斯　他们一定是早起守五月节，因为闻知了我们的意旨，所以赶到这儿来参加我们的典礼。但是，伊吉斯，今天不是赫米娅应该决定她的选择的日子吗？

伊吉斯　是的，殿下。

忒修斯　去，叫猎奴们吹起号角来惊醒他们。（幕内号角及呐喊声；拉山德、狄米特律斯、赫米娅、海伦娜四人惊醒跳起）早安，朋友们！情人节[①]早已过去了，你们这一辈林鸟到现在才配起对吗？

拉山德　请殿下恕罪！（偕余人一起跪下）

忒修斯　请你们站起来吧。我知道你们两人是冤家对头，怎么会变得这样和气，大家睡在一块儿，没有一点猜忌，再不怕敌人了呢？

拉山德　殿下，我现在还是糊里糊涂，不知道应当怎样回答您的问话。但是我敢发誓说我真的不知道怎么会在这儿。但是我想——我要说老实话，我现在记起来了，一点没错，我是和赫米娅一同到这儿来的。我们想要逃出雅典，避过了雅典法律的峻严，我们便可以——

伊吉斯　够了，够了，殿下。话已经说得够了。我要求依法，依法惩办他。他们打算，他们打算逃走，狄米特律斯，他们打算用那种手段欺弄我们，使你的妻子落空，使我给你的允许也落空。

狄米特律斯　殿下，海伦娜告诉了我他们的出奔，告诉了我他们到这儿林中来的目的。我在盛怒之下追踪他们，同时海伦娜因为痴心的缘故也追踪着我。但是，殿下，我不知道一种什么力量——但一定是有一种力量——使我对于赫米娅

① 情人节在二月十四日，据说众鸟于是日择偶。

的爱情像霜雪一样融解，现在想起来，就像回忆一段童年时所爱好的一件玩物一样。我一切的忠信、一切的心思、一切乐意的眼光，都属于海伦娜一个人了。我在没有认识赫米娅之前，殿下，就已经和她订过盟约。但正如一个人在生病的时候一样，我厌弃着这一道珍馐，等到健康恢复，就会恢复正常的胃口。现在我希求着她，珍爱着她，思慕着她，将要永远忠心于她。

忒修斯　俊美的恋人们，我们相遇得很巧。等会儿我们便可以再听你们把这段话讲下去。伊吉斯，你的意志只好屈服一下了。这两对少年不久便将跟我们一起在神庙中缔结永久的鸳盟。现在清晨即将过去，我们本来准备的行猎只好中止。跟我们一起到雅典去吧。三三成对地，我们将要大张盛宴。来，希波吕忒。（忒修斯、希波吕忒、伊吉斯及侍从下）

狄米特律斯　这些事情似乎微细而无从捉摸，好像化为云雾的远山一样。

赫米娅　我觉得好像这些事情我都用昏花的眼睛看着，一切都化作了层叠的两重似的。

海伦娜　我也是这样想的。我得到了狄米特律斯，像是得到了一颗宝石，好像是我自己的，又好像不是我自己的。

狄米特律斯　你们真能断定我们现在是醒着的吗？我觉得我们还是在睡着做梦。你们是不是以为公爵方才在这儿，叫我们跟他走呢？

赫米娅　是的，我的父亲也在。

海伦娜　还有希波吕忒。

拉山德　他确曾叫我们跟他到神庙里去。

狄米特律斯　那么我们真的已经醒了。让我们跟着他走。一路上讲着我们的梦。（同下）

波　顿　（醒）轮到咱说尾白的时候，请你们叫咱一声，咱就会答应。咱下面的一句是，“最美丽的皮拉摩斯。”喂！喂！彼得·昆斯！弗鲁特，修风箱的！斯诺特，补锅子的！斯塔佛林！他妈的！悄悄地溜走了，把咱撇下在这儿一个人睡觉吗？咱看见了一个奇怪得了不得的幻象，咱做了一个梦。没有人说得出那是怎样的一个梦。要是谁想把这个梦解释一下，那他一定是一头驴子。咱好像是——没有人说得出那是什么东西。咱好像是——咱好像有——但要是谁敢说出来咱好像有什么东西，那他一定是一个蠢材。咱那个梦啊，人们的眼睛从来没有听到过，人们的耳朵从来没有看见过，人们的手也尝不出来是什么味道，人们的舌头也想不出来是什么道理，人们的心也说不出来究竟那是怎样的一个梦。咱要叫彼得·昆斯给咱写一首歌儿咏一下这个梦，题目就叫作“波顿的梦”，因为这个梦可没有个底儿①。咱要在演完戏之后当着公爵大人的面唱这个歌——或者更好些，还是等咱死了之后再唱吧。（下）

第二场　雅典。昆斯家中

【昆斯、弗鲁特、斯诺特、斯塔佛林上。

昆　斯　你们差人到波顿家里去过了吗？他还没有回家吗？

斯塔佛林　一点消息都没有。他准是给妖精拐了去了。

弗鲁特　要是他不回来，那么咱们的戏就要搁起来啦。它不能再演下去，是不是？

昆　斯　那当然演不下去啰。整个雅典城里除了他之外没有第二个人可以演皮拉摩斯。

弗鲁特　谁也演不了。他在雅典手艺人中间简直是最聪明的一个。

昆　斯　对，而且也是顶好的人。他有一副好喉咙，吊起膀子来真是顶呱呱的。

弗鲁特　你说错了，你应当说“吊嗓子”。吊膀子，老天爷！那是一件难为情的事。

【斯纳格上。

斯纳格　列位，公爵大人刚从神庙里出来，还有两三位贵人和小姐们也同时结了婚。要是咱们的玩意儿能够干下去，咱们一定大家都有好处。

弗鲁特　哎呀，可爱的波顿好家伙！他从此就不能再拿到六便士一天的恩俸了。他准可以拿到六便士一天的。咱可以赌咒公爵大人见了他扮演皮拉摩斯，一定会赏给他六便士一天。他应该可以拿到六便士一天的。扮演了皮拉摩斯，应该拿六便士一天，少一个子儿都不行。

【波顿上。

波　顿　孩儿们在什么地方？心肝们在什么地方？

昆　斯　波顿！哎呀，顶好顶好的日子，顶吉利顶吉利的时辰！

波　顿　列位，咱要讲古怪事儿给你们听，可不许问咱什么事。要是咱对你们说了，

① 波顿意为“底”，所以这里是一句双关语。

咱不算是真的雅典人。咱要把一切全都告诉你们，一个字也不漏掉。

昆　斯　讲给咱们听吧，好波顿。

波　顿　关于咱自己的事可一个字也不能告诉你们。咱要报告给你们知道的是，公爵大人已经用过正餐了。把你们的行头收拾起来，胡须上要用坚牢的穿绳，舞靴上要结簇新的缎带。立刻在宫门前集合。各人记熟自己的台词。总而言之一句话，咱们的戏已经送上去了。无论如何，可得叫提斯柏穿一件干净一点的衬衫。还有扮演狮子的那位别把指甲铰掉，因为那是要露在外面当作狮子的脚爪的。顶要紧的，列位老板们，别吃洋葱和大蒜，因为咱们可不能把人家熏得倒了胃口。咱一定会听见他们说："这是一出香甜的喜剧。"完了，去吧！去吧！（同下）

第五幕

第一场　雅典。忒修斯宫中

【忒修斯、希波吕忒、菲劳斯特莱特及大臣侍从等上。

希波吕忒　忒修斯，这些恋人们所说的话真是奇怪得很。

忒修斯　奇怪得不像是真实的。我永不相信这种古怪的传说和胡扯的神话。情人们和疯子们都富于纷乱的思想和成形的幻觉，他们所理会到的东西永远不是冷静的理智所能充分了解的。疯子、情人和诗人，都是幻想的产儿：疯子眼中所见的鬼，多过广大的地狱所能容纳。情人，同样是那么疯狂，能从埃及人的黑脸上看见海伦[①]的美貌。诗人的眼睛在神奇的狂放的一转中，便能从天上看到地下，从地下看到天上。想象会把不知名的事物用一种形式呈现出来，诗人的笔再使它们具有如实的形象，空虚的无物也会有了居处和名字。强烈的想象往往具有这种本领，只要一领略到一些快乐，就会相信那种快乐的背后有一个赐予的人。夜间一转到恐惧的念头，一株灌木一下子便会变成一头熊。

希波吕忒　但他们所说的一夜间全部的经历，以及他们心理上都受到同样影响的一件事实，可以证明那不是幻想。虽然那故事怪异而惊人，却并不令人不能置信。

忒修斯　这一班恋人们高高兴兴地来了。

【拉山德、狄米特律斯、赫米娅、海伦娜上。

① 海伦是希腊神话里著名的美人，特洛伊战争就是由她引起的。

忒修斯　恭喜，好朋友们！恭喜！愿你们心灵里永远享受着没有阴翳的爱情日子！

拉山德　愿更大的幸福永远追随着殿下的起居！

忒修斯　来，我们应当用什么假面剧或是舞蹈来消磨在尾餐和就寝之间的三点钟悠长的时光呢？我们一向掌管戏乐的人在哪里？有哪几种余兴准备着？有没有一出戏剧可以驱除难挨的时辰里按捺不住的焦灼呢？叫菲劳斯特莱特过来。

菲劳斯特莱特　有，伟大的忒修斯。

忒修斯　说，你有些什么可以缩短这黄昏的节目？有些什么假面剧？有些什么音乐？要是一点娱乐都没有，我们怎么把这迟迟的时间消度过去呢？

菲劳斯特莱特　这儿是一张预备好的各种戏目的单子，请殿下自己拣选哪一项先来。（呈上单子）

忒修斯　“与马人[①]作战，由一个雅典太监和竖琴而唱。”那个我们不要听。我已经告诉过我的爱人这一段表彰我的姻兄赫剌克勒斯武功的故事了。“醉酒者之狂暴，特剌刻歌人[②]惨遭肢裂的始末。”那是老调，当我上次征服忒拜凯旋的时候就已经表演过了。“九缪斯神[③]痛悼学术的沦亡。”那是一段犀利尖刻的讽刺，不适合做婚礼时的表演。“关于年轻的皮拉摩斯及其爱人提斯柏的冗长的短戏，非常悲哀的趣剧。”悲哀的趣剧！冗长的短戏！那简直是说灼热的冰，发烧的雪。这种矛盾怎么能调和起来呢？

菲劳斯特莱特　殿下，一出一共只有十来个字那么长的戏，当然是再短没有了。然而即使只有十个字，也会嫌太长，叫人看了厌倦。因为在全剧之中，没有一个字是用得恰当的，没有一个演员是支配得恰如其分的。那出戏的确很悲哀，殿下，因为皮拉摩斯在戏里要把自己杀死。可是我看他们预演那一场的时候，我得承认确曾使我的眼中充满了眼泪。但那些泪都是在纵声大笑的时候忍不住而流下来的，再没有人流过比那更开心的泪水了。

忒修斯　扮演这戏的是些什么人呢？

---

① 马人是希腊神话中一种半人半马的怪物，赫剌克勒斯曾战而胜之。

② 特剌刻歌人系指希腊神话中的著名歌手俄耳甫斯，其歌声能感动百兽草木，后被酗酒妇人肢裂而死。

③ 九缪斯神即司文学艺术的九女神。

菲劳斯特莱特　都是在雅典城里做工过活的胼手胝足的汉子。他们从来不曾用过头脑，今番为了准备参加殿下的婚礼，才辛辛苦苦地把这出戏记诵起来。

忒修斯　好，就让我们听一下吧。

菲劳斯特莱特　不，殿下，那是不配烦渎您的耳朵的。我已经听过他们一次，简直一无足取。除非您嘉纳他们的一片诚心和苦苦背诵的辛勤。

忒修斯　我要把那出戏听一次，因为纯朴和忠诚所呈献的礼物，总是可取的。去把他们带来。各位夫人女士们，大家请坐下。（菲劳斯特莱特下）

希波吕忒　我不喜欢看见微贱的人做他们力量所不及的事，忠诚因为努力的狂妄而变得毫无价值。

忒修斯　啊，亲爱的，你不会看见他们糟到那地步。

希波吕忒　他说他们根本不会演戏。

忒修斯　那更显出我们的宽宏大度，虽然他们的劳力毫无价值，他们仍能得到我们的嘉纳。我们可以把他们的错误作为取笑的资料。我们不必较量他们那可怜的忠诚所不能达到的成就，而该重视他们的辛勤。凡是我所到的地方，那些有学问的人都预先准备好欢迎辞迎接我。但是一看见了我，便发抖、脸色变白，句子没有说完便中途顿住，背熟了的话梗在喉中，吓得说不出来，结果是一句欢迎我的话都没有说。相信我，亲爱的，从这种无言中我却领受了他们一片欢迎的诚意。在诚惶诚恐的忠诚的畏怯上表示出来的意味，并不少于一条娓娓动听的辩舌和无所忌惮的口才。因此，爱人，照我所能观察到的，无言的纯朴所表示的情感，才是最丰富的。

【菲劳斯特莱特重上。

菲劳斯特莱特　请殿下吩咐，念开场诗的预备登场了。

忒修斯　让他上来吧。（喇叭奏花腔）

昆斯上，念开场诗。

昆　斯　要是咱们，得罪了请原谅。
咱们本来是，一片的好意，
想要显一显。薄薄的伎俩，
那才是咱们原来的本意。
因此列位咱们到这儿来。
为的要让列位欢笑欢笑，

否则就是不曾。到这儿来，

如果咱们。惹动列位气恼。

一个个演员，都将，要登场，

你们可以仔细听个端详。[①]

忒修斯　这家伙简直乱来。

拉山德　他念他的开场诗就像骑一匹顽劣的小马一样，乱冲乱撞，该停的地方不停，不该停的地方偏偏停下。殿下，这是一个好教训：单是会讲话不能算数，要讲话总该讲得像个路数。

希波吕忒　真的，他就像一个小孩子学吹笛，呜哩呜哩了一下，可是全不入调。

忒修斯　他的话像是一段纠缠在一起的链索，并没有欠缺，可是全弄乱了。跟着是谁登场呢？

【皮拉摩斯及提斯柏、墙、月光、狮子上。

昆　斯　列位大人，也许你们会奇怪这一班人跑出来干吗。尽管奇怪吧，自然而然地你们总会明白过来。这个人是皮拉摩斯，要是你们想要知道的话。这位美丽的姑娘不用说便是提斯柏啦。这个人身上涂着石灰和黏土，是代表墙头的，那堵隔开这两个情人的坏墙头。他们这两个可怜的人只好在墙缝里低声谈话，这是要请大家明白的。这个人提着灯笼，牵着犬，拿着柴枝，代表月亮。因为你们要知道，这两个情人觉得在月光底下到尼纳斯的坟头见面谈情倒也不坏。这一头可怕的畜生名叫狮子，那晚上忠实的提斯柏先到约会的地方，给它吓跑了，或者不如说是被它惊走了。她在逃走的时候脱落了她的外套，那件外套因为给那恶狮子咬住在它那张血嘴里，所以沾满了血斑。隔了不久，皮拉摩斯，那个高个儿的美少年，也来了，一见他那忠实的提斯柏的外套躺在地上死了，便赤楞楞的一声拔出一把血淋淋的该死的剑来，对准他那热辣辣的胸脯豁拉拉地刺了进去。那时提斯柏却躲在桑树的树荫里，等到她发现了这回事，便把他身上的剑拔出来，结束了她自己的性命。至于其余的一切，可以让狮子、月光、墙头和两个情人详详细细地告诉你们，当他们上场的时候。

（昆斯及皮拉摩斯、提斯柏、狮子、月光同下）

忒修斯　我不知道狮子要不要说话。

---

① 此段句读完全错误。

狄米特律斯　殿下，这可不用怀疑，要是一班驴子都会讲人话，狮子当然也会说话啦。

墙　小子斯诺特是也，在这出戏里扮作墙头。须知此墙不是他墙，乃是一堵有裂缝的墙，凑着那条裂缝，皮拉摩斯和提斯柏两个情人常常偷偷地低声谈话。这一把石灰、这一撮黏土、这一块砖头，表明咱是一堵真正的墙头，并非滑头冒牌之流。这便是那条从右到左的缝儿，这两个胆小的情人就在那儿谈着知心话儿。

忒修斯　石灰和泥土筑成的东西，居然这样会说话，难得难得！

狄米特律斯　殿下，这是我听到过的最俏皮的话了。

忒修斯　皮拉摩斯走近墙边来了。静听！

【皮拉摩斯重上。

皮拉摩斯　板着脸孔的夜啊！漆黑的夜啊！
夜啊，白天一去，你就来啦！
夜啊！夜啊！哎呀！哎呀！哎呀！
咱担心咱的提斯柏要失约啦！
墙啊！亲爱的、可爱的墙啊！
你硬生生地隔开了咱们两人的家！
墙啊！亲爱的，可爱的墙啊！
露出你的裂缝，让咱向里头瞧瞧吧！（墙举手叠指做裂缝状）
谢谢你，殷勤的墙！上帝大大保佑你！
但是咱瞧见些什么呢？咱瞧不见伊。
刁恶的墙啊！不让咱瞧见可爱的伊。
愿你倒霉吧，因为你竟这样把咱欺！

忒修斯　这墙并不是没有知觉的，我想他应当反骂一下。

皮拉摩斯　没有的事，殿下，真的，他不能。“把咱欺”是该提斯柏接下去的尾白。她现在就要上场啦，咱就要在墙缝里看她。你们瞧着吧，下面做下去正跟咱告诉你们的完全一样。那边她来啦。

【提斯柏重上。

提斯帕　墙啊！你常常听得见咱的呻吟，
怨你生生把咱跟他两两分拆！

咱的樱唇常跟你的砖石亲吻，

你那用泥泥胶得紧紧的砖石。

皮拉摩斯　咱瞧见一个声音。让咱去望望，

不知可能听见提斯柏的脸庞。

提斯柏！

提斯柏　你是咱的好人儿，咱想。

皮拉摩斯　尽你想吧，咱是你风流的情郎。

好像里芒德[①]，咱此心永无变更。

提斯柏　咱就像海伦，到死也绝对不变心。

皮拉摩斯　沙发勒斯对待普洛克勒斯不过如此[②]。

提斯柏　你就是普洛克勒斯，咱就是沙发勒斯。

皮拉摩斯　啊，在这条万恶的墙缝中请给咱一吻！

提斯柏　咱吻着墙缝，可全然吻不到你的嘴唇。

皮拉摩斯　你肯不肯到尼内的坟头去跟咱相聚？

提斯柏　活也好，死也好，咱一准立刻动身前去。（二人下）

墙　现在咱已把墙头扮好，

因此咱便要拔脚跑了。（下）

忒修斯　现在隔在这两户人家之间的墙头已经倒下了。

狄米特律斯　殿下，墙头要是都像这样随随便便偷听人家的谈话，可真没法好想。

希波吕忒　我从来没有听到过比这再蠢的东西。

忒修斯　最好的戏剧也不过是人生的一个缩影。最坏的只要用想象补足一下，也就不会坏到什么地方去。

希波吕忒　那该是靠你的想象，而不是靠他们的想象。

忒修斯　要是他们在我们的想象里并不比在他们自己的想象里更坏，那么他们也可以算得上是顶好的人了。两个好东西登场了，一个是人，一个是狮子。

---

① 里芒德是里昂德之讹，爱恋少女希罗，游泳过河时淹死。下行扮演提斯柏的弗鲁特误以海伦为希罗。

② 沙发勒斯为塞发勒斯之讹，为黎明女神所恋，但彼卒忠于其妻普洛克里斯，此处误为普洛克勒斯。

【狮子及月光重上。

狮　子　各位太太小姐们，你们那柔弱的心一见了地板上爬着的一头顶小的老鼠就会害怕，现在看见一头凶暴的狮子发狂地怒吼，多少要发起抖来吧？但是请你们放心，咱实在是细木工匠斯纳格，既不是凶猛的公狮，也不是一头母狮。要是咱真的是一头狮子冲到了这儿，那咱才大倒其霉！

忒修斯　一头非常善良的畜生，有一颗好良心。

狄米特律斯　殿下，这是我所看见过的最好的畜生了。

拉山德　这头狮子按勇气说只能算是一只狐狸。

忒修斯　对了，而且按他那小心翼翼的样子说起来倒像是一只鹅。

狄米特律斯　可不能那么说，殿下。因为他的“勇气”还敌不过他的“小心”，可是一只狐狸就能把一只鹅拖了走。

忒修斯　我肯定说，他的“小心”推不动他的“勇气”，就像一只鹅拖不动一只狐狸。好，别管他吧，让我们听月亮说话。

月　光　这盏灯笼代表着角儿弯弯的新月。——

狄米特律斯　他应当把角装在头上。

忒修斯　他并不是新月，圆圆的哪里有个角儿？

月　光　这盏灯笼代表着角儿弯弯的新月。咱好像就是月亮里的仙人。

忒修斯　这该是最大的错误了。应该把这个人放进灯笼里去。否则他怎么会是月亮里的仙人呢？

狄米特律斯　他因为怕烛火要恼火，所以不敢进去。

希波吕忒　这月亮真使我厌倦。他应该变化变化才好！

忒修斯　照他那昏昏沉沉的样子看起来，他大概是一个残月。但是为着礼貌和一切的理由，我们得忍耐一下。

拉山德　说下去，月亮。

月　光　总而言之，咱要告诉你们的是，这灯笼便是月亮。咱便是月亮里的仙人。这柴枝是咱的柴枝。这狗是咱的狗。

狄米特律斯　嗨，这些都应该放进灯笼里去才对，因为它们都是在月亮里的。但是静些，提斯柏来了。

【提斯柏重上。

提斯柏　这是尼内老人的坟。咱的好人儿呢？

狮　子　（吼）呜！——（提斯柏奔下）

狄米特律斯　吼得好，狮子！

忒修斯　奔得好，提斯柏！

希波吕忒　照得好，月亮！真的，月亮照的姿势很好。（狮子撕破提斯柏的外套后下）

忒修斯　撕得好，狮子！

狄米特律斯　于是皮拉摩斯来了。

拉山德　于是狮子不见了。

【皮拉摩斯重上。

皮拉摩斯　可爱的月亮，咱多谢你的阳光。
谢谢你，因为你照得这么皎洁！
靠着你那慈和的闪烁的金光，
咱将要饱餐着提斯柏的秀色。
但是且住，啊该死！
瞧哪，可怜的骑士，
这是一场什么惨景！
眼睛，你看不看见？
这种事怎会出现？
可爱的宝贝啊，亲亲！
你的好外套一件，
怎么全都是血点？
过来吧，狰狞的凶神！
快把生命的羁缠
从此后一刀割断。
今朝咱了结了残生！

忒修斯　这一种情感再加上一个好朋友的死，很可以使一个人脸带愁容。

希波吕忒　该死！我倒真有点可怜这个人。

皮拉摩斯　苍天啊！你为什么要造下狮子，
让它在这里蹂躏了咱的爱人？
她在一切活着爱着的人中，是
一个最美最美最最美的美人。

淋漓地流吧，眼泪！

咱要把宝剑一挥，

当着咱的胸头划破：

一剑刺过了左胸，

叫心儿莫再跳动，

这样咱就死啰死啰！（以剑自刺）

现在咱已经身死，

现在咱已经去世，

咱灵魂儿升到天堂。

太阳，不要再照耀！

月亮，给咱拔脚跑！（月光下）

咱已一命、一命丧亡。（死）

狄米特律斯　不是双亡，是单亡，因为他是孤零零地死去的。

拉山德　他现在死去，不但成不了双，而且成不了单。他已经变成“没有”啦。

忒修斯　要是马上就去请外科医生来，也许还可以把他医活过来，叫他做一头驴子。

希波吕忒　提斯柏还要回来找她的情人，月亮怎么这样性急，这会儿就走了呢？

忒修斯　她可以在星光底下看见他的，现在她来了。她再痛哭流涕一下子，戏也就完了。

【提斯柏重上。

希波吕忒　我想对于这样一个宝货皮拉摩斯，她可以不必浪费口舌。我希望她说得短一点儿。

狄米特律斯　她跟皮拉摩斯较量起来真是半斤八两。上帝保佑我们不要嫁到这种男人，也保佑我们不要娶着这种妻子！

拉山德　她那秋波已经看见他了。

狄米特律斯　于是悲声而言曰：——

提斯柏　睡着了吗，好人儿？

啊！死了，咱的鸽子？

皮拉摩斯啊，快醒醒！

说呀！说呀！哑了吗？

唉，死了！一堆黄沙

将要盖住你的美睛。
嘴唇像百合花开，
鼻子像樱桃可爱，
黄花像是你的脸孔，
一齐消失、消失了，
有情人同声哀悼！
他眼睛绿得像青葱。
命运女神三姐妹，
快快到我这里来，
伸出你像牛奶一样的玉手，
伸进血里泡一泡——
既然咔嚓一剪刀，
你割断他的生命线。
舌头，不许再多言！
凭着这一柄好剑，
赶快把咱胸膛刺穿。（以剑自刺）
再会，我的朋友们！
提斯柏已经毙命。
再见吧，再见吧，再见！（死）

忒修斯　他们的丧事要让月亮和狮子来料理了吧？

狄米特律斯　是的，还有墙头。

波　顿　（跳起）不，咱对你们说，那堵隔开他们两家的墙早已经倒了。你们要不要瞧瞧收场诗，或者听一场咱们两个伙计的贝格摩[①]舞？

忒修斯　请把收场诗免了吧，因为你们的戏剧无须再请求人家原谅。扮戏的人一个个死了，我们还能责怪谁不成？真的，要是写那出戏的人自己来扮皮拉摩斯，把他自己吊死在提斯柏的袜带上，那倒真是一出绝妙的悲剧。你们这次演得很不错。现在把你们的收场诗搁在一旁，还是跳起你们的贝格摩舞来吧。（跳舞）夜钟已经敲过了十二点。恋人们，睡觉去吧，现在已经差不多是神仙

① 贝格摩为米兰东北地名，以盛产小丑而著称。

们游戏的时间了。我担心我们明天早晨会起不来，因为今天晚上睡得太迟。这出粗劣的戏剧却使我们在不知不觉间把冗长的时间打发走了。好朋友们，去睡吧。我们要用半个月的工夫把这喜庆延续下去，夜夜有不同的欢乐。（众下）

第二场　同　前

【迫克上。

迫　克　饿狮在高声咆哮，
豺狼在向月长嗥，
农夫们鼾息沉沉，
完毕一天的辛勤。
火把还留着残红，
鸱鸮叫得人胆战，
传进愁人的耳中，
仿佛见殓衾飘飐。
现在夜已经深深，
坟墓都裂开大口，
吐出了百千幽灵，
荒野里四散奔走。
我们跟着赫卡忒[1]，
离开了阳光赫奕，
像一场梦境幽凄，
追随黑暗的踪迹。
且把这吉屋打扫，
供大家一场欢闹。
驱走扰人的小鼠，

① 赫卡忒为希腊神话中下界的女神，其像有时为三个身体三个头，有时为一个身体三个头，相背而立。

还得揩干净门户。

【奥布朗、提泰妮娅及侍从等上。

奥布朗　屋中消沉的火星
微微地尚在闪耀。
跳跃着每个精灵
像花枝上的小鸟。
随我唱一支曲调，
一齐轻轻地舞蹈。

提泰妮娅　先要把歌儿练熟，
每个字玉润珠圆。
然后齐声唱祝福，
手携手缥缈回旋。（歌舞）

奥布朗　趁东方尚未发白，
让我们满屋溜跶。
先去看一看新床，
祝福它吉利祯祥。
这三对新婚伉俪，
愿他们永无离贰。
生下男孩和女娃，
无妄无灾福气大。
一个个相貌堂堂，
没有一点儿破相。
不生黑痣不缺唇，
更没有半点瘢痕。
凡是不祥的胎记，
不会在身上出现。
用这神圣的野露，
你们去浇洒门户，
祝福屋子的主人，
永享着福禄康宁。

快快去，莫犹豫。
天明时我们重聚。（除迫克外皆下）

迫　克　（向观众）

要是我们这辈影子
有拂了诸位的尊意，
就请你们这样思量，
一切便可得到补偿。
这种种幻景的显现，
不过是梦中的妄念。
这一段无聊的情节，
如同诞梦一样无力。
先生们，请不要见笑！
倘蒙原宥，定当补报。
万一我们幸而免脱
这一遭嘘嘘的指斥，
我们绝对不会忘记大恩，
迫克生平不会骗人。
否则尽管骂我混蛋。
我迫克祝大家晚安。
再会了！肯赏个脸儿的话，
就请拍两下手，多谢多谢！（下）

MUCH ADO ABOUT NOTHING
无事生非

有钱的坏人需要没钱的坏人帮忙的时候，没钱的坏人当然可以漫天要价。

导 读

《无事生非》是莎士比亚的代表剧作之一，是一部格调欢快的喜剧，内容热闹欢乐，富有哲思。此剧主要描写克服一切障碍而最终取得胜利的爱情。剧中主人公克劳狄奥与希罗的爱情遭到阿拉贡亲王庶弟约翰的破坏，可谓好事多磨，与莎士比亚早期喜剧相比，《无事生非》在欢乐与喜剧气氛之中，夹杂着明显的悲剧成分。全剧最精彩之处在于莎士比亚别开生面地缔造了一对喜剧性的情侣形象——贝特丽丝与培尼狄克，从而为《无事生非》一剧提供了极为强烈的喜剧效果，此二人在揭示面具、伪装或游戏之中，唤起了人们对男女关系中真诚与尊重的意识。

《无事生非》一剧无论是从结构安排还是人物塑造方面来看，均有着不同于莎翁其他喜剧的特点。虽剧中辅线超越主线喧宾夺主的做法值得商榷，但仍无可否认此剧乃是戏剧史上的瑰宝。

剧中人物

唐·彼德罗　阿拉贡亲王

唐·约翰　唐·彼德罗的庶弟

克劳狄奥　佛罗伦萨的少年贵族

培尼狄克　帕度亚的少年贵族

里奥那托　墨西拿[①]总督

安东尼奥　里奥那托之弟

鲍尔萨泽　唐·彼德罗的仆人

波拉契奥 } 唐·约翰的侍从
康拉德 }

道格培里　警吏

弗吉斯　警佐

法兰西斯神父

教堂司事

小　童

希　罗　里奥那托的女儿

贝特丽丝　里奥那托的侄女

玛格莱特 } 希罗的侍女
欧苏拉 }

使者、巡丁、侍从等

① 墨西拿，西西里岛最东北端的海港。

地　点

墨西拿

第一幕

第一场　里奥那托住宅门前

【里奥那托、希罗、贝特丽丝及一使者上。

里奥那托　这封信里说，阿拉贡的唐·彼德罗今晚就要到墨西拿来了。

使　者　他马上就要到了。我跟他分手的时候，他离这儿才不过八九英里路呢。

里奥那托　你们在这次战事里损失了多少将士？

使　者　没有损失多少，有点名气的一个也没有。

里奥那托　得胜者全师而归，那是双重的胜利了。信上还说起唐·彼德罗十分看重一位叫作克劳狄奥的年轻的佛罗伦萨人。

使　者　他果然是一位很有才能的人，唐·彼德罗赏识得不错。他年纪虽然很轻，做的事情却十分了不得，看上去像一头羔羊，上起战场来却像一头狮子。他的确能够超过一般人对他的期望，我这张嘴也说不尽他的好处。

里奥那托　他有一个伯父在墨西拿，他的伯父知道了一定会非常高兴。

使　者　我已经送信给他了，看他的样子十分快乐，快乐得甚至忍不住心酸起来。

里奥那托　他流起眼泪来了吗？

使　者　流了很多眼泪。

里奥那托　这是天性中真情的自然流露。这样的泪洗过的脸，是最真诚不过的。因为快乐而哭泣，比之看见别人哭泣而快乐，总要好得多啦！

贝特丽丝　请问你，那位剑客先生是不是也从战场上回来了？

使　者　小姐，这个名字我没有听过。军队里没有这样一个人。

里奥那托　侄女，你问的是什么人？

希　罗　姐姐说的是帕度亚的培尼狄克先生。

使　者　啊，他也回来了，仍旧是那么爱打趣的。

贝特丽丝　从前他在墨西拿的时候，曾经公开宣布，要跟爱神较量较量。我叔父傻乎乎地相信了他这些话，还拿着钝头箭替爱神出面，要跟他较量个高低。请问你，他在这次战事中杀了多少人？吃了多少人？可是你先告诉我他杀了多少人，因为我曾经答应他，无论他杀死多少人，我都可以把他们吃下去。

里奥那托　真的，侄女，你把培尼狄克先生取笑得太过分了。我相信他一定会向你报复的。

使　者　小姐，他在这次战事里立下了很大的功劳呢。

贝特丽丝　你们那些发霉的军粮，肯定都是他一个人吃下去的。他是个著名的大饭桶，他的胃口好得很哩。

使　者　而且他也是个很好的军人，小姐。

贝特丽丝　他在小姐太太们面前是个很好的军人。可是在大爷们面前呢？

使　者　在大爷们面前，他是个正人君子，也是个堂堂男子汉——充满了各种美德。

贝特丽丝　究竟他的肚子里充满了些什么，我们还是别说了吧。我们谁也不是圣人。

里奥那托　请你不要误会舍侄女的意思。培尼狄克先生跟她是说笑惯了的。他们一见面，总是舌剑唇枪，各不相让。

贝特丽丝　可惜他总是占不到便宜！我们上次交锋的时候，他的五分才气倒有四分给我杀得狼狈逃走，现在他全身只剩一分了。要是他还有些儿才气留着，那么就让他保存起来，叫他跟他的马儿有个分别吧，因为这是使他可以被称为有理性动物的唯一的财产了。现在是谁做他的同伴了？听说他每个月都要换一位生死之交的把兄弟。

使　者　有这等事吗？

贝特丽丝　很可能。他的心就像他帽子的式样一般，时时刻刻会起变化的。

使　者　小姐，看来这位先生的名字不曾注在您的册子上。

贝特丽丝　没有，否则我要把我的书斋都一起烧了呢。可是请问你，谁是他的同伴？总有那种轻狂的年轻小伙子，愿意跟他一起鬼混的吧？

使　者　他跟那位尊贵的克劳狄奥来往得十分亲密。

贝特丽丝　天哪，他要像一场瘟疫一样缠住人家呢。他比瘟疫还容易传染，谁要是跟他接触了，立刻就会变成疯子。上帝保佑尊贵的克劳狄奥！要是他给那个培尼狄克缠住了，一定要花上一千镑钱才能把他赶走哩。

使　者　小姐，我愿意跟您交个朋友。

贝特丽丝　很好，好朋友。

里奥那托　侄女，你是永远不会发疯的。

贝特丽丝　不到大热的冬天，我是不会发疯的。

使　者　唐·彼德罗来啦。

【唐·彼德罗、唐·约翰、克劳狄奥、培尼狄克、鲍尔萨泽等同上。

彼德罗　里奥那托大人，您是来迎接麻烦来了。一般人都只想避免耗费，您却偏偏自己愿意多事。

里奥那托　多蒙殿下枉驾，已是莫大的荣幸，怎么说是麻烦呢？麻烦去了，可以使人如释重负。可是当您离开我的时候，我只觉得怅怅然若有所失。

彼德罗　您真是太喜欢自讨麻烦啦。这位便是令爱吧？

里奥那托　她的母亲好几次对我说她是我的女儿。

培尼狄克　大人，您问她的时候，是不是心里有点疑惑？

里奥那托　不，培尼狄克先生，因为那时候您还是个孩子哩。

彼德罗　培尼狄克，你也被人家挖苦了。这么说，我们可以猜想到你现在长大了，是个怎么样的人。真的，这位小姐很像她的父亲。小姐，您真幸福，因为您像这样一位高贵的父亲。

培尼狄克　要是里奥那托大人果然是她的父亲，就是把墨西拿全城的财富都给她，她也不愿意有他那样一副容貌的。

贝特丽丝　培尼狄克先生，您怎么还在那儿自说自话呀？没有人听着您哩。

培尼狄克　哎哟，我的傲慢的小姐！您还活着吗？

贝特丽丝　世上有培尼狄克先生那样的人，傲慢是不会死去的。顶有礼貌的人，只要一看见您，也都会傲慢起来。

培尼狄克　那么礼貌也是个反复无常的小人了。可是除了您以外，无论哪个女人都爱我，这一点是毫无疑问的。我希望我的心肠不是那么硬，因为说句老实话，我实在一个也不爱她们。

贝特丽丝　那真是女人们好大的运气，要不然她们准要给一个讨厌的求婚者麻烦死了。我感谢上帝和我自己冷酷的心，在这一点上我的心情倒是跟您很像呢。

与其叫我听一个男人发誓说他爱我，我宁愿听我的狗向着一只乌鸦叫。

培尼狄克　上帝保佑小姐您永远怀着这样的心情吧！这样某一位先生就可以逃过他命中注定的抓破脸皮的噩运了。

贝特丽丝　像您这样一副尊容，就是抓破了脸皮也不会变得比原来更难看的。

培尼狄克　好，您的嘴皮子功夫越来越好了。

贝特丽丝　像我一样会说话的鸟儿，比起像尊驾你一样的畜生来，总是要好得多啦。

培尼狄克　我希望我的马儿能够跑得像您说起话来一样快，也能像您的舌头一样不知道疲倦。请您尽管说下去吧，我可要奉陪啦。

贝特丽丝　您总是像一匹不听话的马儿一样，还没到终场就往岔路里溜——我知道您的老脾气。

彼德罗　那么就这样吧，里奥那托。克劳狄奥，培尼狄克，我的好朋友里奥那托请你们一起住下来。我对他说我们至少要在这儿耽搁一个月。他却诚心希望能有什么事情留住我们多住一些时候。我敢发誓他不是一个假情假义的人，他的话都是从心里发出来的。

里奥那托　殿下，您要是发了誓，您一定不会背誓。（向唐·约翰）欢迎，大人。您现在已经跟令兄言归于好，我应该向您竭诚致敬。

约　翰　谢谢。我是一个不会说话的人，可是我谢谢你。

里奥那托　殿下请了。

彼德罗　让我搀着您的手，里奥那托，咱们一块儿走吧。（除培尼狄克、克劳狄奥外皆下）

克劳狄奥　培尼狄克，你有没有注意到里奥那托的女儿？

培尼狄克　看是看见了，可是我没有注意她。

克劳狄奥　她不是一位贞静的少女吗？

培尼狄克　您是规规矩矩地要我把老实话告诉您呢，还是要我照平常的习惯，摆出一副统治女性的暴君面孔来发表我的意见？

克劳狄奥　不，我要你根据冷静的判断老实回答我。

培尼狄克　好，那么我说，她是太矮了点儿，不能给她太高的恭维。太黑了点儿，不能给她太美的恭维。又太小了点儿，不能给她太大的恭维。我所能给她的唯一的称赞，就是她如果不是像现在这样子，一定很不漂亮。可是她既然不能再好看一点，所以我一点也不喜欢她。

克劳狄奥　你以为我是在说着玩吗？请你老老实实告诉我，你觉得她怎样。

培尼狄克　您这样问起她，是要把她买下来吗？

克劳狄奥　全世界所有的财富，可以买得到这样一块美玉吗？

培尼狄克　可以，而且还可以附送一只匣子把它藏起来。可是您说这样的话，是一本正经的呢，还是随口胡说，就像说盲目的丘比特是个猎兔的好手、打铁的乌尔冈[①]是个出色的木匠一样？告诉我，您唱的歌儿究竟是什么调子？

克劳狄奥　在我的眼里，她是我平生见过的最可爱的姑娘。

培尼狄克　我现在还可以不戴眼镜瞧东西，可是我瞧不出来她有什么可爱。她那个族姐就是脾气太坏了点儿，要是讲起美貌来，那就正像一个是五月的春朝，一个是十二月的岁暮，比她好看得多啦。可是我希望您不是要想做起丈夫来了吧？

克劳狄奥　即使我曾经立誓终身不娶，可是要是希罗肯做我的妻子，我就没法坚持自己的誓言了。

培尼狄克　事情已经到这个地步了吗？难道世界上的男子个个都愿意戴上绿头巾，心里七上八下吗？难道我永远看不见一个六十岁的童男子吗？好，要是你愿意把你的头颈伸进轭里去，那么你就把它套起来，到星期日休息的日子自己怨命吧。瞧，唐·彼德罗回来找您了。

【唐·彼德罗重上。

彼德罗　你们不跟我到里奥那托家里去，在这儿讲些什么秘密话儿呢？

培尼狄克　我希望殿下命令我说出来。

彼德罗　好，我命令你说出来。

培尼狄克　听着，克劳狄奥伯爵。我能够像哑子一样保守秘密，我也希望您相信我不是一个搬嘴弄舌的人。可是殿下这样命令我，有什么办法呢？他恋爱了。跟谁呢？这就应该殿下自己去问他了。注意他的回答是多么短：他爱的是希罗，里奥那托的短短的女儿。

克劳狄奥　要是真有这么一回事，那么他已经替我说出来了。

培尼狄克　正像老话说的，殿下，“既不是这么一回事，也不是那么一回事，可是真的，上帝保佑不会有这么一回事。”

克劳狄奥　我的感情如果不是一下子就会起变化，我倒并不希望上帝改变这事实。

---

① 乌尔冈，希腊罗马神话中司火与锻冶之神。

彼德罗　阿门，要是你真的爱她。这位小姐是很值得你眷恋的。

克劳狄奥　殿下，您这样说是有意诱我吐露真情吗？

彼德罗　真的，我不过说我心里想到的话。

克劳狄奥　殿下，我说的也是我自己心里的话。

培尼狄克　凭着我的三心两意起誓，殿下，我说的也是我自己心里的话。

克劳狄奥　我觉得我真的爱她。

彼德罗　我知道她是位很好的姑娘。

培尼狄克　我既不觉得她应该多么值得被人爱，也不知道她应该怎样令人爱。你们就是用火刑烧死我，也不能使我改变这个看法。

彼德罗　你永远是一个排斥美貌的顽固的异教徒。

克劳狄奥　他这种不近人情的态度，都是违背了良心故意做作出来的。

培尼狄克　一个女人生下了我，我应该感谢她。她把我养大，我也要向她表示至诚的感谢。可是要我为了女人的缘故而戴起一顶不雅的头巾来，或者无形之中，在胸口挂了一个喇叭，那么我只好敬谢不敏了。因为我不愿意对任何一个女人猜疑而使她受到委屈，所以宁愿对所有女人都不信任，免得委屈了自己。总而言之，为了让我自己穿得漂亮一点，我愿意一生一世做个光棍。

彼德罗　我在未死之前，总有一天会看见你为了爱情而憔悴的。

培尼狄克　殿下，我可以因为发怒，因为生病，因为挨饿而脸色惨白，可是绝对不会因为爱情而憔悴。您要是能够证明有一天我因为爱情而消耗的血液在喝了酒后不能把它恢复过来，就请您用编造歌谣的人的那支笔挖去我的眼睛，把我当作一个瞎眼的丘比特，挂在妓院门口做招牌。

彼德罗　好，要是有一天你的决心动摇了，可别怪人家笑话你。

培尼狄克　要是有那么一天，我就让你们把我像一只猫似的放在口袋里吊起来，叫大家用箭射我。谁把我射中了，你们可以拍拍他的肩膀，夸奖他是个好汉子。

彼德罗　好，咱们等着瞧吧。总有一天野牛也会俯首就轭的。

培尼狄克　野牛也许会俯首就轭，可是有理性的培尼狄克要是也会钻上圈套，那么请您把牛角拔下来，插在我的额角上吧。我可以让你们把我涂上油彩，像人家写“好马出租”一样替我用大字写好一块招牌，招牌上这么说：“请看结了婚的培尼狄克。”

克劳狄奥　要是真的把你这样，你一定要气得把你的一股牛劲儿都使出来了。

彼德罗　嘿，要是丘比特没有把他的箭在威尼斯一起放完，他会叫你知道他的厉害的。

培尼狄克　那时候一定要天翻地覆啦。

彼德罗　好，咱们等着瞧吧。现在，好培尼狄克，请你到里奥那托那儿去，替我向他致意，对他说晚餐的时候我一定准时出席，因为他已经费了不少功夫在那儿预备呢。

培尼狄克　我现在忙得很，实在走不开，所以我想敬请——

克劳狄奥　大安，自家中发——

彼德罗　七月六日，培尼狄克谨上。

培尼狄克　哎，别开玩笑啦。你们讲起话来，老是这么支离破碎，不成片段，要是你们还要把这种滥调搬弄下去，请你们问问自己的良心吧，我可要失陪了。（下）

克劳狄奥　殿下，您现在可以帮我一下忙。

彼德罗　咱们是好朋友，你有什么事尽管吩咐我。无论它是多么为难的事，我都愿意竭力帮助你。

克劳狄奥　殿下，里奥那托有没有儿子？

彼德罗　没有，希罗是他唯一的后嗣。你喜欢她吗，克劳狄奥？

克劳狄奥　啊，殿下，当我们向战场出发的时候，我用一个军人的眼睛望着她，虽然心中羡慕，可是因为有更艰巨的工作在我面前，无暇顾及儿女私情。现在我回来了，战争的思想已经离开我的脑中，代替它的是一缕缕的柔情，它们指点我年轻的希罗是多么美丽，对我说，我在出征以前就已经爱上她了。

彼德罗　看你这样子快要像个恋人似的，动不动用长篇大论叫人听着腻烦了。要是你果然爱希罗，你就爱下去吧，我可以替你向她和她的父亲说去，一定叫你如愿以偿。你向我转弯抹角地说了这一大堆，不就是为了这个目的吗？

克劳狄奥　您这样鉴貌辨色，真是医治相思的妙手！可是人家也许以为我一见钟情，未免过于孟浪，所以我想还是慢慢儿再说吧。

彼德罗　造桥只要量着河身的宽度就成，何必过分铺张呢？做事情也只要按照事实上的需要。凡是能够帮助你达到目的的，就是你应该采取的手段。你现在既然害着相思，我可以给你治相思的药饵。我知道今晚我们将要有一个假面跳舞会。我可以化装一下冒充着你，对希罗说我是克劳狄奥，当着她的面前倾吐我的心曲，用动人的情话迷惑她的耳朵。然后我再替你向她的父亲传达你的意思，结果她一定会属你所有。让我们立刻着手进行吧。（同下）

第二场　里奥那托家中一室

【里奥那托及安东尼奥自相对方向上。

里奥那托　啊，贤弟！我的侄儿，你的儿子呢？他有没有把乐队准备好？

安东尼奥　他正在那儿忙着呢。可是，大哥，我可以告诉你一些新鲜的消息，你做梦也想不到的。

里奥那托　是好消息吗？

安东尼奥　那要看事情的发展而定。可是从外表上看起来，是个很好的消息。亲王跟克劳狄奥伯爵刚才在我的花园里一条树荫浓密的小路上散步，他们讲的许多话给我的一个佣人听见了：亲王告诉克劳狄奥，说他爱上了我的侄女，你的女儿，想要在今晚跳舞的时候向她倾吐衷情。要是她表示首肯，他就要抓住眼前的时机，立刻向你提起这件事情。

里奥那托　告诉你这个消息的家伙，是不是个有头脑的人？

安东尼奥　他是一个很机灵的家伙。我可以去叫他来，你自己问问他。

里奥那托　不，不，在事情没有证实以前，我们只能当它是场幻梦。可是我要先去通知我的女儿一声，万一真有那么一回事，她也好预先准备准备怎样回答。你去告诉她吧。（若干人穿过舞台）各位侄儿，记好你们分内的事。啊，对不起，朋友，跟我一块儿去吧，我还要仰仗您的大力哩。贤弟，在大家手忙脚乱的时候，请你留心照看照看。（同下）

第三场　里奥那托家中的另一室

【唐·约翰及康拉德上。

康拉德　哎哟，我的爷！您为什么这样闷闷不乐？

约　翰　我的烦闷是茫无涯际的，因为不顺眼的事情太多啦。

康拉德　您应该听从理智的劝告才是。

约　翰　听从了理智的劝告，又有什么好处呢？

康拉德　即使不能立刻医好您的烦闷，至少也可以教您怎样安心忍耐。

约　翰　我真不懂像你这样一个自己说是土星照命的人[①]，居然也会用道德的箴言来医治人家致命的沉疴。我不能掩饰我自己的为人：心里不快活的时候，我就沉下脸来，绝对不会听了人家的嘲谑依旧陪着笑脸。肚子饿了我就吃，绝对不理会人家是否方便。精神疲倦了我就睡，绝对不管人家的闲事。心里高兴我就笑，绝对不去窥探人家的脸色。

康拉德　话是说得不错，可是您现在是在别人的约束之下，总不能完全照着您自己的心意行事。最近您跟王爷闹过别扭，你们兄弟俩言归于好还是不久的事，您要是不格外陪些小心，那么他现在对您的种种恩宠，也是靠不住的。您必须自己制造一个机会，然后才可以达到您的目的。

约　翰　我宁愿做一朵篱下的野花，也不愿做一朵受他恩惠的蔷薇。与其逢迎献媚，偷取别人的欢心，宁愿被众人所鄙弃。我固然不是一个善于阿谀的正人君子，可是谁也不能否认我是一个正大光明的小人，人家用口套罩着我的嘴，表示对我信任，用木桩系住我的脚，表示给我自由。关在笼子里的我，还能够唱歌吗？要是我有嘴，我就要咬人。要是我有自由，我就要做我喜欢做的事。现在你还是让我保持我的本来面目吧，不要设法改变它。

康拉德　您不能利用您的不平之气来干一些事情吗？

约　翰　我把它尽量利用着呢，因为它是我的唯一的武器。谁来啦？

【波拉契奥上。

约　翰　有什么消息，波拉契奥？

波拉契奥　我刚从那边盛大的晚餐席上出来，王爷受到了里奥那托十分隆重的款待。我还可以告诉您一件正在计划中的婚事的消息哩。

约　翰　我们可以在这上面出个主意跟他们捣乱捣乱吗？那个愿意自讨麻烦的傻瓜是谁？

波拉契奥　他就是王爷的右手。

约　翰　谁？那个最最了不得的克劳狄奥吗？

---

① 西方星相家的说法，谓土星照命的人，性格必阴沉忧郁。

波拉契奥　正是他。

约　翰　好家伙！那个女的呢？他看中了哪一个？

波拉契奥　里奥那托的女儿希罗。

约　翰　一只早熟的小母鸡！你怎么知道的？

波拉契奥　他们叫我去用香料把屋子熏一熏，我正在那儿熏一间发霉的房间，亲王跟克劳狄奥两个人手搀手走了进来，郑重其事地在商量着什么事情。我就把身子闪到屏风后面，听见他们约定由亲王出面去向希罗求婚，等她答应以后，就把她让给克劳狄奥。

约　翰　来，来，咱们到那边去。也许我可以借此出出我的一口怨气。自从我失势以后，那个年轻的新贵出尽了风头。要是我能够叫他受些挫折，也好让我拍手称快。你们两人都愿意帮助我，不会变心吧？

康拉德、波拉契奥　我们愿意誓死为爵爷尽忠。

约　翰　让我们也去参加那盛大的晚餐吧。他们看见我的屈辱，一定格外高兴。要是厨子也跟我抱着同样的心理就好了！我们要不要先计划一下怎样着手进行？

波拉契奥　谨遵爵爷之命。（同下）

第二幕

第一场　里奥那托家中的厅堂

【里奥那托、安东尼奥、希罗、贝特丽丝及仆从等同上。

里奥那托　约翰伯爵有没有在这儿吃晚饭？

安东尼奥　我没有看见他。

贝特丽丝　那位先生的面孔多么阴沉！我每一次看见他，总要有一个时辰心里不好过。

希　罗　他有一种很忧郁的脾气。

贝特丽丝　要是把他跟培尼狄克折中一下，那就是个顶好的人啦：一个太像泥塑木雕似的，老是一言不发。一个却像骄纵惯了的小少爷，叽里呱啦地吵个不停。

里奥那托　那么把培尼狄克先生的半条舌头放在约翰伯爵的嘴里，把约翰伯爵的半副忧郁面孔装在培尼狄克先生脸上——

贝特丽丝　叔叔，再加上一双好腿，一对好脚，袋里有几个钱，这样一个男人，世上无论哪个女人都愿意嫁给他的——要是他能够得到她的欢心的话。

里奥那托　真的，侄女，你要是说话这样刻薄，我看你一辈子也嫁不出去的。

安东尼奥　可不是，她这张嘴尖利得过了分。

贝特丽丝　尖利过了分就算不得尖利，那么“尖嘴姑娘嫁一个矮脚郎”这句话可落不到我头上来啦。

里奥那托　那是说，上帝干脆连一个“矮脚郎”都不送给你啦。

贝特丽丝　谢天谢地！我每天早晚都在跪求上帝，我说主啊！叫我嫁给一个脸上长胡子的丈夫，我是怎么也受不了的，还是让我睡在毛毯里吧！

里奥那托　你可以拣一个没有胡子的丈夫。

贝特丽丝　我要他来做什么呢？叫他穿起我的衣服来，让他做我的侍女吗？有胡子的人年纪一定不小了，没有胡子的人，算不得须眉男子。我不要一个老头子做我的丈夫，也不愿意嫁给一个没有丈夫气的男人。人家说，老处女死了要在地狱里牵猴子。所以还是让我把六便士的保证金交给动物园里的看守，把他的猴子牵下地狱去吧。

里奥那托　好，那么你决心下地狱吗？

贝特丽丝　不，我刚走到门口，头上出角的魔鬼就像个老王八似的，出来迎接我，说："您到天上去吧，贝特丽丝，您到天上去吧。这儿不是你们姑娘家住的地方。"所以我就把猴子交给他，到天上去见圣彼得了。他指点我单身汉在什么地方，我们就在那儿快快乐乐地过日子。

安东尼奥　（向希罗）好，侄女，我相信你一定听你父亲的话。

贝特丽丝　是的，我的妹妹是最懂得规矩的，先行个礼儿，说："父亲，您看怎么办，就怎么办吧。"可是虽然这么说，妹妹，他一定要是个漂亮的家伙才好，否则你还是再行个礼儿，说："父亲，这可要让我自己做主了。"

里奥那托　好，侄女，我希望看见你有一天嫁到一个丈夫。

贝特丽丝　男人都是泥做的，我不要。一个女人要把她的终身付托给一块顽固的泥土，还要在他面前低头伏小，岂不倒霉！不，叔叔，亚当的儿子都是我的兄弟，跟自己的亲族结婚是一件罪恶的事情哩。

里奥那托　侄女，记好我对你说的话。要是亲王真的向你提出那样的请求，你知道你应该怎样回答他。

贝特丽丝　妹妹，要是对方向你求婚求得不是时候，那毛病一定出在音乐里了——要是那亲王太冒失，你就对他说，什么事情都应该有个节拍。你就拿跳舞作为回答。听我说，希罗，求婚、结婚和后悔，就像是苏格兰急舞、慢步舞和五步舞一样：开始求婚的时候，正像苏格兰急舞一样狂热，迅速而充满幻想。到了结婚的时候，循规蹈矩的，正像慢步舞一样，拘泥着仪式和虚文。于是接着来了后悔，拖着疲乏的脚腿，开始跳起五步舞来，愈跳愈快，一直跳到精疲力尽，倒在坟墓里为止。

里奥那托　侄女，你的观察倒是十分深刻。

贝特丽丝　叔叔，我的眼光很不错哩——我能够在大白天看清一座教堂呢。

里奥那托　贤弟，跳舞的人进来了，咱们让开吧。

【唐·彼德罗、克劳狄奥、培尼狄克、鲍尔萨泽、康·约翰、波拉契奥、玛格莱特、欧苏拉及余人等各戴假面具上。

彼德罗　姑娘，您愿意陪着您的朋友走走吗？

希　罗　您要是轻轻儿走，态度文静点儿，也不说什么话，我就愿意奉陪。尤其是当我要走出去的时候。

彼德罗　您要不要我陪着您一块儿出去呢？

希　罗　我要是心里高兴，我可以这样说。

彼德罗　您什么时候才高兴这样说呢？

希　罗　当我看见您的相貌并不讨厌的时候。但愿上帝保佑琴儿不像琴囊一样难看！

彼德罗　我的脸罩就像腓利门的草屋，草屋里面住着天神乔武[①]。

希　罗　那么您的脸罩上应该盖起茅草来才是。

彼德罗　讲情话要低声点儿。（拉希罗至一旁）

鲍尔萨泽　好，我希望您喜欢我。

玛格莱特　为了您的缘故，我倒不敢这样希望，因为我有许多缺点哩。

鲍尔萨泽　可以让我略知一二吗？

玛格莱特　我念起祷告来，声音总是很大呢。

鲍尔萨泽　那我更加爱您了。大声念祷告，人家听见了就可以喊“阿门”。

玛格莱特　求上帝赐给我一个好舞伴！

鲍尔萨泽　阿门！

玛格莱特　求上帝，等到跳完舞，让我再也不要看见他！您怎么不说话了呀，执事先生？

鲍尔萨泽　别多讲啦，执事先生已经得到他的答复了。

欧苏拉　我认识您。您是安东尼奥老爷。

安东尼奥　干脆一句话，我不是。

欧苏拉　我瞧您摇头摆脑的样子，就知道是您啦。

---

① 腓利门是弗里吉亚的一个穷苦老人，天神乔武乔装成凡人，遨游世间，借宿在他的草屋里，腓利门和他的妻子招待尽礼，天神乃将其草屋变成殿宇。

安东尼奥　老实告诉你吧，我是学着他的样子的。

欧苏拉　您若不是他，绝对不会把他那种怪样子学得这么惟妙惟肖。这一只干瘪的手不正是他的？您一定是他，您一定是他。

安东尼奥　干脆一句话，我不是。

欧苏拉　算啦算啦，像您这样能言善辩，您以为我不能一下子就听出来，除了您没有别人吗？一个人有了好处，难道遮掩得了吗？算了吧，别多话了，您正是他，不用再抵赖了。

贝特丽丝　您不肯告诉我谁对您说这样的话吗？

培尼狄克　不，请您原谅我。

贝特丽丝　您也不肯告诉我您是谁吗？

培尼狄克　现在不能告诉您。

贝特丽丝　说我目中无人，说我的俏皮话儿都是从笑话书里偷下来的。哼，这一定是培尼狄克说的话。

培尼狄克　他是什么人？

贝特丽丝　我相信您一定很熟悉他的。

培尼狄克　相信我，我不认识他。

贝特丽丝　他没有叫您笑过吗？

培尼狄克　请您告诉我，他是什么人？

贝特丽丝　他呀，他是亲王手下的弄人，一个语言无味的傻瓜。他的唯一的本领，就是捏造一些无稽的谣言。只有那些胡闹的家伙才会喜欢他，可是他们并不赏识他的机智，只是赏识他的奸刁。他一方面会讨好人家，一方面又会惹人家生气，所以他们一面笑他，一面打他。我想他一定在人丛里。我希望他会碰到我！

培尼狄克　等我认识了那位先生以后，我可以把您说的话告诉他。

贝特丽丝　很好，请您一定告诉他。他听见了顶多不过把我侮辱两句。要是人家没有注意到他的话，或者听了笑也不笑，他就要郁郁不乐了，这样就可以有一块鹧鸪的翅膀省下来啦，因为这傻瓜会气得不吃晚饭的。（内乐声）我们应该跟随领队的人。

培尼狄克　只要有好处都得紧跟。

贝特丽丝　不，要是领头的先不懂规矩，那么到下一个转弯，我就把他甩掉了。

【跳舞。除唐·约翰、波拉契奥及克劳狄奥外皆下。

约　翰　我的哥哥真的给希罗迷住啦。他已经拉着她的父亲，去把他的意思告诉他了。女人们都跟着他去了，只有一个戴假面具的人留着。

波拉契奥　那是克劳狄奥。我从他的神气上认得出来。

约　翰　您不是培尼狄克先生吗？

克劳狄奥　您猜得不错，我正是他。

约　翰　先生，您是我哥哥亲信的人，他现在迷恋着希罗，请您劝劝他打断这一段痴情，她是配不上他这样的家世门第的。您要是肯这样去劝他，才是尽一个朋友的正道。

克劳狄奥　您怎么知道他爱着她？

约　翰　我听见他发过誓申说他的爱情了。

波拉契奥　我也听见了。他刚才发誓说要跟她结婚。

约　翰　来，咱们喝酒去吧。（约翰、波拉契奥同下）

克劳狄奥　我这样冒认着培尼狄克的名字，却用克劳狄奥的耳朵听见了这些坏消息。事情一定是这样：亲王是为他自己去求婚的。友谊在别的事情上都是可靠的，在恋爱的事情上却不能信托。所以恋人们都是用他们自己的唇舌。谁生着眼睛，让他自己去传达情愫吧，总不要请别人代劳。因为美貌是一个女巫，在她的魔力之下，忠诚是会在热情里融解的。这是一个每时每刻都可以找到证明的例子，毫无怀疑的余地。那么永别了，希罗！

【培尼狄克重上。

培尼狄克　是克劳狄奥伯爵吗？

克劳狄奥　正是。

培尼狄克　来，您跟着我来吧。

克劳狄奥　到什么地方去？

培尼狄克　到最近的一棵杨柳树底下去[①]，伯爵，为了您自己的事。您喜欢怎样戴花圈？是把它套在您的头颈上，像盘剥重利的人套着的锁链那样呢，还是把它串在您的胳膊底下，像一个军官的臂章那样？您一定要把它戴起来，因为您的希罗已经给亲王夺去啦。

① 杨柳树是悲哀和失恋的象征。

克劳狄奥　我希望他姻缘美满！

培尼狄克　哎哟，听您说话的神气，简直好像一个牛贩子卖掉了一头牛似的。可是您想亲王会这样对待您吗？

克劳狄奥　请你走开些让我一个人待在这儿吧。

培尼狄克　哈！现在您又变成一个不问是非的瞎子了。小孩子偷了您的肉去，您却去打一根柱子。

克劳狄奥　你要是不肯走开，那么我走了。（下）

培尼狄克　唉，可怜的受伤的鸟儿！现在他要爬到芦苇里去了。可是想不到咱们那位贝特丽丝小姐居然会见了我认不出来！亲王的弄人！嘿！也许因为人家瞧我喜欢说笑，所以背地里这样叫我。可是我要是这样想，那就是自己看轻自己了。不，人家不会这样叫我，这都是贝特丽丝凭着她那下流刻薄的脾气，认为人人都会同意她的看法，随口编造出来毁谤我的。好，我一定要伺机报仇。

【唐·彼德罗重上。

彼德罗　培尼狄克，伯爵呢？你看见他了吗？

培尼狄克　不瞒殿下说，我已经做过一个搬弄是非的长舌妇了。我看见他像猎囿里的一座小屋似的，一个人孤零零地在这儿发呆，我就对他说——我想我对他说的是真话——您已经得到这位姑娘的芳心了。我说我愿意陪着他到一株杨柳树底下去。或者给他编一个花圈，表示被弃的哀思。或者给他扎起一条藤鞭来，因为他有该挨打的理由。

彼德罗　该挨打！他做错了什么事？

培尼狄克　他犯了一个小学生的过失，因为发现了一窝小鸟，非常高兴，指点给他的同伴看，让他的同伴把它偷去了。

彼德罗　你把信任当作一种过失吗？偷的人才是有罪的。

培尼狄克　可是他把藤鞭和花圈扎好，总是有用的。花圈可以给他自己戴，藤鞭可以赏给您。照我看来，您就是把他那窝小鸟偷去的人。

彼德罗　我不过是想教它们唱歌，教会了就把它们归还原主。

培尼狄克　那么且用它们唱的歌儿来证明您的一片好心吧。

彼德罗　贝特丽丝小姐在生你的气。陪她跳舞的那位先生告诉她你说了她许多坏话。

培尼狄克　啊，她才把我侮辱得连一块顽石都要气得直跳起来呢！一株秃得只剩一片青叶子的橡树，也会忍不住跟她拌嘴。就是我的脸罩也差不多给她骂活了，要跟她对骂一场哩。她不知道在她面前的就是我自己，对我说，我是亲王的弄人，我比融雪的天气还要无聊。她用一连串恶毒的讥讽，像乱箭似的向我射了过来，我简直变成了一个箭垛啦。她的每一句话都是一把钢刀，每一个字都刺到人心里。要是她嘴里的气息跟她的说话一样恶毒，那一定无论什么人走近她身边都不能活命的。她的毒气会把北极星都熏坏呢。即使亚当把他没有犯罪以前的全部家产传给她，我也不愿意娶她做妻子。她会叫赫剌克勒斯给她烤肉，把他的棍子劈碎了当柴烧的。好了，别讲她了。她就是母夜叉的化身，但愿上帝差一个有法力的人来把她一道咒赶回地狱里去，因为她一天留在这世上，人家就会觉得地狱里简直清静得像一座洞天福地，大家为了希望下地狱，都会故意犯起罪来，所以一切的混乱、恐怖、纷扰，都跟着她一起来了。

彼德罗　瞧，她来啦。

【克劳狄奥、贝特丽丝、希罗及里奥那托重上。

培尼狄克　殿下有没有什么事情要派我到世界的尽头去？我现在愿意到地球的那一边去，给您干无论哪一件您所能想得到的最琐细的差使：我愿意给您从亚洲最远的边界上拿一根牙签回来。我愿意给您到埃塞俄比亚去量一量护法王约翰的脚有多长。我愿意给您去从蒙古大可汗的脸上拔下一根胡须，或者到侏儒国里去办些无论什么事情。可是我不愿意跟这妖精谈三句话儿。您没有什么事可以给我做吗？

彼德罗　没有，我要请你陪着我。

培尼狄克　啊，殿下，这是强人所难了。我可受不住咱们这位尖嘴的小姐。（下）

彼德罗　来，小姐，来，你伤了培尼狄克先生的心啦。

贝特丽丝　是吗，殿下？开头儿，他为了开心，把心里话全都“开诚布公”。承蒙他好意，我就不好意思不加上旧账，算上利息，回算他一片心，叫他“开心”之后加倍“双”心。所以您说他“伤”心，可也有道理。

彼德罗　你把他按下去了，小姐，你算把他按下去了。

贝特丽丝　我能让他来把我按倒吗，殿下？我能让一群傻小子来叫我傻大娘吗？您叫我去找克劳狄奥伯爵来，我已经把他找来了。

彼德罗　啊，怎么，伯爵！你为什么这样不高兴？

克劳狄奥　没有什么不高兴，殿下。

彼德罗　那么生病了吗？

克劳狄奥　也不是，殿下。

贝特丽丝　这位伯爵无所谓高兴不高兴，也无所谓生病不生病。您瞧他皱着眉头，也许他吃了一只酸橘子，心里头有一股酸溜溜的味道。

彼德罗　真的，小姐，我想您把他形容得很对。可是我可以发誓，要是他果真有这样的心思，那就错了。来，克劳狄奥，我已经替你向希罗求过婚，她已经答应了。我也已经向她的父亲说起，他也表示同意了。现在你只要选定一个结婚的日子，愿上帝给你快乐！

里奥那托　伯爵，从我手里接受我的女儿，我的财产也随着她一起传给您了。这门婚事多仗殿下鼎力，一定能够得到上天的嘉许！

贝特丽丝　说呀，伯爵，现在要轮到您开口了。

克劳狄奥　静默是表示快乐的最好的方法。要是我能够说出我的心里多么快乐，那么我的快乐只是有限度的。小姐，您现在既然已经属于我，我也就是属于您的了。我把我自己跟您交换，我要把您当作瑰宝一样珍爱。

贝特丽丝　说呀，妹妹，要是你不知道说些什么话好，你就用一个吻堵住他的嘴，让他也不要说话。

彼德罗　真的，小姐，您真会说笑。

贝特丽丝　是的，殿下。也幸亏是这样，我这可怜的傻子才从来不知道有什么心事。我那妹妹附着他的耳朵，在那儿告诉他她的心里有着他呢。

克劳狄奥　她正是这么说，姐姐。

贝特丽丝　天哪，真好亲热！人家一个个嫁了出去，只剩我一个人年老珠黄。我还是躲在壁角里，哭哭自己没有丈夫吧！

彼德罗　贝特丽丝小姐，我来帮你物色一个吧。

贝特丽丝　我倒宁愿从你父亲的儿子中物色一个，难道殿下没有个兄弟长得就跟您一个模样的？他老人家的儿子才是理想的丈夫——可惜女孩儿不容易接近他们。

彼德罗　您愿意嫁给我吗，小姐？

贝特丽丝　不，殿下，除非我可以再有一个家常用的丈夫。因为您太贵重啦，只好留着在星期日装装场面。可是我要请殿下原谅，我这一张嘴是向来胡说惯了的，没有一句正经。

彼德罗　您要是不声不响，我才要恼哪。这样说说笑笑，正是您的风趣本色。我想您一定是在一个快乐的时辰里出世的。

贝特丽丝　不，殿下，我的妈妈哭得才苦呢。可是那时候刚巧有一颗星在跳舞，我就在那颗星底下生下来了。妹妹，妹夫，愿上帝给你们快乐！

里奥那托　侄女，你肯不肯去把我对你说起过的事情办一办？

贝特丽丝　对不起，叔叔。殿下，恕我失陪了。（下）

彼德罗　真是一个快乐的小姐。

里奥那托　殿下，她身上找不出一丝丝的忧愁。除了睡觉的时候，她从来不曾板起过脸孔。就是在睡觉的时候，她也还是嘻嘻哈哈的，因为我曾经听见小女说起，她往往会梦见什么淘气的事情，把自己笑醒来。

彼德罗　她最不喜欢听见人家向她谈起丈夫之类的事。

里奥那托　啊，她听都不要听。向她求婚的人，一个个都给她嘲笑得退缩回去啦。

彼德罗　要是把她配给培尼狄克，倒是很好的一对。

里奥那托　哎哟！殿下，他们两人要是结了婚，不到一个星期，准会吵疯了呢。

彼德罗　克劳狄奥伯爵，你预备什么时候上教堂？

克劳狄奥　就是明天吧，殿下。在爱情没有完成它的一切仪式以前，时间总是走得像一个扶着拐杖的跛子一样慢。

里奥那托　那不成，贤婿，还是等到星期一吧，左右也不过七天工夫。要是把事情办得一切都称我的心，这几天日子还嫌太局促了些。

彼德罗　好了，别这么摇头长叹啦。克劳狄奥，包在我身上，我们要把这段日子过得一点也不沉闷。我想在这几天内干一件非常艰辛的工作。换句话说，我要叫培尼狄克先生跟贝特丽丝小姐彼此热恋起来。我很想把他们两人配成一对。要是你们三个人愿意听我的吩咐，帮着我一起进行这件事情，那是一定能成功的。

里奥那托　殿下，我愿意全力赞助，即使叫我十个晚上不睡觉都可以。

克劳狄奥　我也愿意出力，殿下。

彼德罗　温柔的希罗，您也愿意帮帮忙吗？

希　罗　殿下，我愿意尽我的微力，帮助我的姐姐得到一位好丈夫。

彼德罗　培尼狄克并不是一个没有出息的丈夫。至少我可以对他说这几句好话：

他的家世是高贵的。他的勇敢、他的正直，都是大家所公认的。我可以教您用怎样的话打动令姐的心，叫她对培尼狄克发生爱情。再靠着你们两位的合作，我只要向培尼狄克略施小计，凭他怎样刁钻古怪，不怕他不爱上贝特丽丝。要是我们能够把这件事情做成功，丘比特也可以不用再射他的箭啦。他的一切的光荣都要属于我们，因为我们才是真正的爱神。跟我一块儿进去，让我把我的计划告诉你们。（同下）

第二场　里奥那托家中的另一室

【唐·约翰及波拉契奥上。

约　翰　果然是这样，克劳狄奥伯爵要跟里奥那托的女儿结婚了。

波拉契奥　是，爵爷。可是我有法子破坏他们。

约　翰　无论什么破坏、阻挠、捣乱的手段，都可以替我消一消心头的闷气。我把他恨得什么似的，只要能够打破他的恋爱的美梦，什么办法我都愿意采取。你想怎样破坏他们的婚姻呢？

波拉契奥　不是用正当的手段，爵爷，可是我会把事情办得滴水不漏，让人家看不出破绽来。

约　翰　把你的计策简单告诉我一下。

波拉契奥　我想我在一年以前，就告诉过您我跟希罗的侍女玛格莱特相好了。

约　翰　我记得。

波拉契奥　我可以约她在夜静更深的时候，在她小姐闺房里的窗口等着我。

约　翰　这是什么用意？怎么就可以把他们的婚姻破坏了呢？

波拉契奥　毒药是要您自己配合起来的。您去对王爷说，他不该叫克劳狄奥这样一位赫赫有名的人物——您可以拼命抬高他的身价——去跟希罗那样一个下贱的女人结婚。您尽管对他说，这一次的事情对于他的名誉一定大有影响。

约　翰　我有什么证据可以提出呢？

波拉契奥　有，有，一定可以使亲王受骗，叫克劳狄奥懊恼，毁坏了希罗的名誉，把里奥那托活活气死：这不正是您所希望得到的结果吗？

约　翰　为了发泄我对他们这批人的气愤，什么事情我都愿意试一试。

波拉契奥　那么很好，找一个适当的时间，您把亲王跟克劳狄奥拉到一处没有旁人的所在，告诉他们说您知道希罗跟我很要好。您可以假意装出一副对亲王和他的朋友的名誉十分关切的样子，因为这次婚姻是亲王一手促成的，现在克劳狄奥将要娶到一个已非完璧的女子，您不忍坐视他们受人之愚，所以不能不把您所知道的告诉他们。他们听了这样的话，当然不会就此相信。您就向他们提出真凭实据，把他们带到希罗的窗下，让他们看见我站在窗口，听我把玛格莱特叫作希罗，听玛格莱特叫我波拉契奥。就在预定的婚期的前一个晚上，您带着他们看一看这幕把戏，我可以预先设法把希罗调开。他们见到这种似乎是千真万确的事实，一定会相信希罗果真是一个不贞的女子，在妒火中烧的情绪下绝对不会做冷静的推敲，这样他们的一切准备就可以全部推翻了。

约　翰　不管它会引起怎样不幸的后果，我要把这计策实行起来。你给我用心办理，我赏你一千块钱。

波拉契奥　您只要一口咬定，我的诡计是不会失败的。

约　翰　我这就去打听他们的婚期。（同下）

第三场　里奥那托的花园

【培尼狄克上。

培尼狄克　童儿！

【小童上。

小　童　大爷叫我吗？

培尼狄克　我的寝室窗口有一本书，你去给我拿到花园里来。

小　童　大爷，您瞧，我不是已经来了吗？

培尼狄克　我知道你来啦，可是我要你先到那边走一遭之后再来呀。（小童下）我真不懂一个人明明知道沉迷在恋爱里是一件多么愚蠢的事，可是在讥笑他人的浅薄无聊以后，偏偏会自己打自己的耳光，照样跟人家闹起恋爱来。克劳狄奥就是这种人。从前我认识他的时候，战鼓和军笛是他的唯一的音乐。现在他却宁愿听小鼓和洞箫了。从前他会跑十英里路去看一身好甲胄。现在他却会接连十个晚上不睡觉，为了设计一身新的紧身衣的式样。从前他说起话来，总是直接爽快，像个老老实实的军人。现在他却变成了个老学究，满嘴都是些稀奇古怪的话儿。我会不会眼看着自己也变得像他一样呢？我不知道。我想不至于。我不敢说爱情不会叫我变成一个牡蛎。可是我可以发誓，在它没有把我变成牡蛎以前，它一定不能叫我变成这样一个傻瓜。好看的女人、聪明的女人、贤惠的女人，我都碰见过，可是我还是个原来的我。除非在一个女人身上能够集合一切女人的优点，否则没有一个女人会中我的意的。她一定要有钱，这是不用说的。她必须聪明，不然我就不要。她必须贤惠，不然我也不敢领教。她必须美貌，不然我看也不要看她。她必须温柔，否则不要叫她走近我的身。她必须有高贵的人品，否则我不愿花十先令把她买下来。她必须会讲话、精音乐，而且她的头发必须是天然的颜色。哈！亲王跟咱们这位多情种子来啦！让我到凉亭里去躲他一躲。（退后）

【唐·彼德罗、里奥那托、克劳狄奥同上；鲍尔萨泽及众乐工随上。

彼德罗　来，我们要不要听听音乐？

克劳狄奥　好的，殿下。暮色是多么沉寂，好像故意静下来，让乐声显得格外和谐似的！

彼德罗　你们看见培尼狄克躲在什么地方吗？

克劳狄奥　啊，看得很清楚，殿下。等音乐停止了，我们要叫这小狐狸钻进我们的圈套。

彼德罗　来，鲍尔萨泽，我们要把那首歌再听一遍。

鲍尔萨泽　啊，我的好殿下，像我这样的坏嗓子，把好好的音乐糟蹋了一次，也就够了，不要再叫我献丑了吧！

彼德罗　越是本领超人一等，越是口口声声不满意自己的才能。请你唱起来吧，别让我向你再三求告了。

鲍尔萨泽　既蒙殿下如此错爱，我就唱了。有许多求婚的人，在开始求婚的时候，虽然明知道他的恋人没有什么可爱的地方，仍旧会把她恭维得天花乱坠，发誓说他真心爱着她的。

彼德罗　好了好了，请你别说下去了。要是你还想发表什么意见，就放在歌里边唱出来吧。

鲍尔萨泽　在我未唱以前，先要声明一句：我唱的歌儿是一句也不值得你们注意的。

彼德罗　他在那儿净说些不值得注意的废话。（音乐）

培尼狄克　（旁白）啊，神圣的曲调！现在他的灵魂要飘飘然起来了！几根羊肠绷起来的弦线，会把人的灵魂从身体里抽了出来，真是不可思议！其实说到底，还是吹号子最合我的胃口。

鲍尔萨泽　（唱）不要叹气，姑娘，不要叹气，
男人们都是些骗子，
一脚在岸上，一脚在海里，
他天性里朝三暮四。
不要叹息，让他们去，
你何必愁眉不展？
收起你的哀丝怨绪，
唱一曲清歌婉转。

莫再悲吟，姑娘，莫再悲吟，
停住你沉重的哀音。
哪一个夏天不绿叶成荫？
哪一个男子不负心？
不要叹息，让他们去，
你何必愁眉不展？
收起你的哀丝怨绪，
唱一曲清歌婉转。

彼德罗　真是一首好歌。

鲍尔萨泽　可是唱歌的人太不行啦，殿下。

彼德罗　哈，不，不，真的，你唱得总算过得去。

培尼狄克　（旁白）倘若他是一条狗叫得这样子，他们一定把他吊死啦。求上帝别让他的坏喉咙预兆着什么灾殃！与其听他唱歌，我宁愿听夜里的乌鸦叫，不管有什么祸事会跟着它一起来。

彼德罗　好，你听见了没有，鲍尔萨泽？请你给我们预备些好音乐，因为明天晚上我们要在希罗小姐的窗下弹奏。

鲍尔萨泽　我一定尽力去办，殿下。

彼德罗　很好，再见。（鲍尔萨泽及乐工等下）过来，里奥那托。您今天对我怎么说，说是令侄女贝特丽丝在恋爱着培尼狄克吗？

克劳狄奥　啊！是的。（向彼德罗旁白）小心，小心，鸟儿正在那边歇着呢——我再也想不到那位小姐会爱上什么男人的。

里奥那托　我也是出于意料之外。尤其想不到的是她竟会对培尼狄克这样一往情深，照外表上看起来，总像她把他当作冤家对头似的。

培尼狄克　（旁白）有这样的事吗？风会吹到那个角里去吗？

里奥那托　真的，殿下，这件事情简直使我莫名其妙。我只知道她爱他爱得像发狂一般。谁也万万想象不到会有这样的怪事。

彼德罗　也许她是假装着骗人的。

克劳狄奥　嗯，那倒也有几分可能。

里奥那托　上帝啊！假装出来的！我从来没有见过谁能把热情假装得像她这样逼真。

彼德罗　啊，那么她是怎样表示她的热情的呢？

克劳狄奥　（旁白）好好儿把钓钩放下去，鱼儿就要吞饵了。

里奥那托　怎样表示，殿下？她会一天到晚坐着出神。（向克劳狄奥）你听见过我的女儿怎样告诉你的。

克劳狄奥　她是这样告诉过我的。

彼德罗　怎么？怎么？你们说呀。你们让我奇怪死了。我以为像她那样的性格，是无论如何不会受到爱情的袭击的。

里奥那托　殿下，我也可以跟人家赌咒说绝对不会有这样的事，尤其是对培尼狄克。

培尼狄克　（旁白）倘不是这白须老头儿说的话，我一定会把它当作一场诡计。可是诡计是不会藏在这样庄严的外表之下的。

克劳狄奥　（旁白）他已经上了钩了，别让他溜走。

彼德罗　她有没有向培尼狄克表露心迹？

里奥那托　不，她发誓说一定不让他知道。这是使她痛苦的最大原因。

克劳狄奥　对了，我听令爱说她说过这样的话："我当着他的面前屡次把他讥笑，难道现在却要写信给他，说我爱他吗？"

里奥那托　她每次提起笔来想要写信给他，便这样自言自语。一个夜里她总要起来二十次，披了一件衬衫，写满了一张纸再睡下去。这都是小女告诉我们的。

克劳狄奥　您说起一张纸，我倒记起令爱告诉我的一个有趣的笑话来了。

里奥那托　啊！是不是说她写好了信，把它读了一遍，发现“培尼狄克”跟“贝特丽丝”两个名字刚好写在一块儿？

克劳狄奥　正是。

里奥那托　啊！她把那封信撕成了一千片，把她自己痛骂了一顿，说她不应该这样不知羞耻，写信给一个她知道一定会把她嘲笑的人。她说：“我根据自己的脾气推想他。要是他写信给我，即使我心里爱他，我也还是要嘲笑他的。”

克劳狄奥　于是她跪在地上，痛哭流涕，捶着她的心，扯着她的头发，一面祈祷一面诅咒：“啊，亲爱的培尼狄克！上帝呀，给我忍耐吧！”

里奥那托　她真是这样。小女就是这样说的。她这种疯疯癫癫、如醉如痴的神气，有时候简直使小女提心吊胆，恐怕她会对自己闹出些什么不顾死活的事情来呢。这些都是千真万确的。

彼德罗　要是她自己不肯说，那么叫别人去告诉培尼狄克知道也好。

克劳狄奥　有什么用处呢？他不过把它当作一桩笑话，叫这个可怜的姑娘格外难堪罢了。

彼德罗　他要是真的这样，那么吊死他也是一件好事。她是个很好的可爱的姑娘。她的品行也是无可争议的。

克劳狄奥　而且她是个绝顶聪明的人儿。

彼德罗　她什么都聪明，就是在爱培尼狄克这件事上不大聪明。

里奥那托　啊，殿下！智慧和感情在这么一个娇嫩的身体里交战，十之八九感情会得到胜利的，我是她的叔父和保护人，瞧着她这样子，心里真是难受。

彼德罗　我倒希望她把这样的痴情用在我身上。我一定会不顾一切，娶她做我的妻子的。依我看来，你们还是去告诉培尼狄克，听他怎么说。

里奥那托　您想这样会有用处吗？

克劳狄奥　希罗相信她迟早活不下去：因为她说要是他不爱她，她一定会死。可是她宁愿死也不愿让他知道她爱他。即使他来向她求婚，她也宁死不愿把她平日那种倔强的态度改变一丝一毫。

彼德罗　她的意思很对。要是她向他呈献了她的一片深情，多半反而要遭他奚落。因为你们都知道，这个人的脾气是非常骄傲的。

克劳狄奥　他是一个很漂亮的人。

彼德罗　他的确有一副很好的仪表。

克劳狄奥　凭良心说，他也很聪明。

彼德罗　他的确有几分小聪明。

里奥那托　我看他也很勇敢。

彼德罗　他是个大英雄哩。可是在碰到打架的时候，你就可以看到他的聪明所在，因为他总是小心翼翼地躲开，万一脱身不了，也是战战兢兢，像个好基督徒似的。

里奥那托　他要是敬畏上帝，当然应该跟人家和和气气。万一闹翻了，自然要惴惴不安的。

彼德罗　他正是这样。这家伙虽然一张嘴胡说八道，可是他倒的确敬畏上帝。好，我对于令侄女非常同情。我们要不要去找培尼狄克，把她的爱情告诉他？

克劳狄奥　别告诉他，殿下。还是让她好好地想一想，把这段痴心慢慢地淡下去吧。

里奥那托　不，那是不可能的。等到她觉悟过来，她的心早已碎了。

彼德罗　好，我们慢慢再等着听令爱报告消息吧，现在暂时不用多讲了。我很喜欢培尼狄克。我希望他能够平心静气反省一下，看看他自己多么配不上这么一位好姑娘。

里奥那托　殿下，请吧。晚饭已经预备好了。

克劳狄奥　（旁白）要是他听见了这样的话，还不会爱上她，我以后再不相信我自己的预测。

彼德罗　（旁白）咱们还要给她设下同样的圈套，那可要请令爱跟她的侍女多多费心了。顶有趣的一点，就是让他们彼此以为对方在恋爱着自己，其实却根本没有这么一回事儿。这就是我所希望看到的一幕哑剧。让我们叫她来请他进去吃饭吧。（彼德罗、克劳狄奥、里奥那托同下）

培尼狄克　（自凉亭内走出）这不会是诡计。他们谈话的神气是很严肃的。他们从希罗嘴里听到了这一件事情，当然不会有假。他们好像很同情这姑娘。她的热情好像已经涨到最高度。爱我！哎哟，我一定要报答她才是。我已经听见他们怎样批评我了，他们说要是我知道了她在爱我，我一定会摆架子。他们又说她宁愿死也不愿把她的爱情表示出来。结婚这件事我倒从来没有想起过。我一定不要摆架子。一个人知道了自己的短处，能够改过自新，就是有福的。

他们说这姑娘长得漂亮，这是真的，我可以为他们证明。说她品行很好，这也是事实，我不能否认。说她除了爱我以外，别的地方都是很聪明的，其实这一件事情固然不足表示她的聪明，可是也不能因此反证她的愚蠢，因为就是我也要从此为她颠倒哩。也许人家会向我冷嘲热讽，因为我一向都讥笑着结婚的无聊。可是难道一个人的口味是不会改变的吗？年轻的时候喜欢吃肉，也许老来一闻到肉味就要受不住。难道这种不关痛痒的舌丸唇弹，就可以把人吓退，叫他放弃他的决心吗？不，人类是不能让它绝种的。当初我说我要一生一世做个单身汉，那是因为我没有想到我会活到结婚的一天。贝特丽丝来了。天日在上，她是个美貌的姑娘！我可以从她脸上看出她几分爱我的意思来。

【贝特丽丝上。

贝特丽丝　他们叫我来请您进去吃饭，可是这是违反我自己的意志的。

培尼狄克　好贝特丽丝，有劳枉驾，辛苦您啦，真是多谢。

贝特丽丝　我并没什么辛苦可以领受您的谢意，就像您这一声多谢并没有辛苦了您。要是这是一件辛苦的事，我也不会来啦。

培尼狄克　那么您是很乐意来叫我的吗？

贝特丽丝　是的，这乐意的程度可以让您在刀尖儿上跳得起来，可以塞进乌鸦的嘴里硬死它。您肚子不饿吧，先生？再见。（下）

培尼狄克　哈！“他们叫我来请您进去吃饭，可是这是违反我自己的意志的。”这句话里含着双关的意义。“我并没什么辛苦可以领受您的谢意，就像您这一声多谢并没有辛苦了您。”那等于说，我无论给您做些什么辛苦的事，都像说一声谢谢那样不费事。要是我不可怜她，我就是个混蛋。要是我不爱她，我就是个犹太人。我要向她讨一幅小像去。（下）

第三幕

第一场　里奥那托的花园

【希罗、玛格莱特及欧苏拉上。

希　罗　好玛格莱特，你快跑到客厅里去，我的姐姐贝特丽丝正在那儿跟亲王和克劳狄奥讲话。你在她的耳边悄悄地告诉她，说我跟欧苏拉在花园里谈天，我们所讲的话都是关于她的事情。你说我们的谈话让你听到了，叫她偷偷地溜到给金银花藤密密地纠绕着的凉亭里。在那儿，繁茂的藤萝受着太阳的煦养，成长以后，却不许日光进来，正像一般凭借主子的势力作威作福的宠臣，一朝羽翼既成，却看不起那栽培他的恩人。你就叫她躲在那个地方，听我们说些什么话。这是你的事情，你好好地做去，让我们两个人在这儿。

玛格莱特　我一定叫她立刻就来。（下）

希　罗　欧苏拉，我们就在这条路上走来走去。一等贝特丽丝来了，我们必须满嘴都讲的是培尼狄克：我一提起他的名字，你就把他恭维得好像走遍天下也找不到他这样一个男人似的。我就告诉你他怎样为了贝特丽丝害相思。我们就这样用谎话造成丘比特的一支利箭，凭着传闻的力量射中她的心。

【贝特丽丝自后上。

希　罗　现在开始吧。瞧贝特丽丝像一只田凫似的，缩头缩脑地在那儿听我们谈话了。

欧苏拉　钓鱼最有趣的时候，就是瞧那鱼儿用她的金桨拨开银浪，贪馋地吞那陷入的美饵。我们也正是这样引诱贝特丽丝上钩。她现在已经躲在金银花藤的浓荫下面了。您放心吧，我一定不会讲错了话。

希　罗　那么让我们走近她些，好让她的耳朵一字不漏地把我们给她安排下的诱人的美饵吞咽下去。（二人走近凉亭）不，真的，欧苏拉，她太高傲啦。我知道她的脾气就像山上的野鹰一样倔强豪放。

欧苏拉　可是您真的相信培尼狄克这样一心一意地爱着贝特丽丝吗？

希　罗　亲王跟我的未婚夫都是这么说的。

欧苏拉　他们有没有叫您告诉她知道，小姐？

希　罗　他们请我把这件事情告诉她。可是我劝他们说，要是他们把培尼狄克当作他们的好朋友，就应该希望他从爱情底下挣扎出来，无论如何不要让贝特丽丝知道。

欧苏拉　您为什么对他们这样说呢？难道您觉得这位绅士就配不上贝特丽丝小姐吗？

希　罗　爱神在上，我也知道像他这样的人品是值得享受世间一切至美至好的事物的。可是造物神造下的女人的心，没有一颗比得上像贝特丽丝那样骄傲冷酷的。轻蔑和讥嘲在她的眼睛里闪耀着，把她所看见的一切贬得一文不值，她因为自恃才情，所以什么都不放在眼里。她不会恋爱，也从来不会想到有恋爱这件事。她是太自命不凡了。

欧苏拉　不错，我也是这样想。所以还是不要让她知道他对她的爱情，免得反而遭到她的讥笑。

希　罗　是呀，你说得很对。无论怎样聪明、高贵、年轻、漂亮的男子，她总要把他批评得体无完肤：要是他面孔长得白净，她就发誓说这位先生应当做她的妹妹。要是他皮肤黑了点儿，她就说上帝在打一个小花脸的图样的时候，不小心涂上了一大块墨渍。要是他是个高个儿，他就是柄歪头的长枪。要是他是个矮个儿，他就是块刻坏了的玛瑙坠子。要是他多讲了几句话，他就是个随风转的风标。要是他一声不响，他就是块没有知觉的木头。她这样指责着每一个人的短处，至于他的纯朴的德行和才能，她却绝口不给它们应得的赞赏。

欧苏拉　真的，这种吹毛求疵可不敢恭维。

希　罗　是呀，像贝特丽丝这样古怪得不近人情，真叫人不敢恭维。可是谁敢去对她这样说呢？要是我对她说了，她会把我讥笑得无地自容，用她的俏皮话儿把我揶揄死呢！所以还是让培尼狄克像一堆盖在灰里的火一样，在叹息中熄灭了他的生命的残焰吧。与其受人讥笑而死——这就像痒得要死那样难熬——还不如不声不响地闷死了好。

欧苏拉　可是告诉了她，听听她说些什么也好。

希　罗　不，我想还是去劝劝培尼狄克，叫他努力斩断这一段痴情。真的，我想捏造一些关于我这位姐姐的谣言，一方面对她的名誉没有什么损害，一方面却可以冷了他的心。谁也不知道一句诽谤的话，会多么中伤人们的感情！

欧苏拉　啊！不要做这种对不起您姐姐的事。人家都说她心窍玲珑，她绝对不会糊涂到这个地步，会拒绝培尼狄克先生那样一位难得的绅士。

希　罗　除了我的亲爱的克劳狄奥以外，全意大利再也找不到第二个像他这样的人来。

欧苏拉　小姐，请您别生气，照我看起来，培尼狄克先生无论在外表上，在风度上，还是在智力和勇气上，都可以在意大利首屈一指。

希　罗　是的，他有一个很好的名誉。

欧苏拉　这也是因为他果然有过人的才德，所以才会得到这样的名誉。小姐，您的大喜在什么时候？

希　罗　就在明天。来，进去吧。我要给你看几件衣服，你帮我决定明天最好穿哪一件。

欧苏拉　（旁白）她已经上了钩了。小姐，我们已经把她捉住了。

希　罗　（旁白）要是果然这样，那么恋爱就是一个偶然的机遇。有的人被爱神用箭射中，有的人却自己跳进网罗。（希罗、欧苏拉同下）

贝特丽丝　（上前）我的耳朵里怎么火一般热？果然会有这种事吗？难道我就让他们这样批评我的骄傲和轻蔑吗？去你的吧，那种狂妄！再会吧，处女的骄傲！人家在你的背后，是不会说你好话的。培尼狄克，爱下去吧，我一定会报答你。我要把这颗狂野的心收束起来，呈献在你温情的手里。你要是真的爱我，我的转变过来的温柔的态度，一定会鼓励你把我们的爱情用神圣的约束结合起来。人家说你值得我的爱，可是我比人家更知道你的好处。（下）

第二场　里奥那托家中一室

【唐·彼德罗、克劳狄奥、培尼狄克、里奥那托同上。

彼德罗　我等你结了婚，就到阿拉贡去。

克劳狄奥　殿下要是准许我，我愿意伴送您到那边。

彼德罗　不，你正在新婚燕尔的时候，这不是太煞风景了吗？把一件新衣服给孩子看了，却不许他穿起来，那怎么可以呢？我只要培尼狄克愿意跟我做伴就行了。他这个人从头顶到脚跟，没有一点心事。他曾经两三次割断了丘比特的弓弦，现在这个小东西再也不敢射他啦。他那颗心就像一口好钟一样完整无缺，他的一条舌头就是钟舌。心里一想到什么，便会打嘴里说出来。

培尼狄克　哥儿们，我已经不再是从前的我啦。

里奥那托　我也是这样说。我看您近来好像有些心事似的。

克劳狄奥　我希望他是在恋爱了。

彼德罗　哼，这个懒散的家伙，他的腔子里没有一丝真情，怎么会真的恋爱起来？要是他有了心事，那一定是因为没有钱用。

培尼狄克　我牙痛。

彼德罗　拔掉它呀。

培尼狄克　去他妈的吧！

克劳狄奥　你要去他妈的，先得拔掉它呀。

彼德罗　啊！因为牙齿痛才这样长吁短叹吗？

里奥那托　只是因为出了点脓水，或者一个小虫儿在作怪吗？

培尼狄克　算了吧，痛在别人身上，谁都会说风凉话的。

克劳狄奥　可是我说，他是在恋爱了。

彼德罗　他一点也没有痴痴癫癫的样子，就是喜欢把自己打扮得奇形怪状：今天是个荷兰人，明天是个法国人。有时候同时做了两个国家的人，下半身是个套着灯笼裤的德国人，上半身是个不穿紧身衣的西班牙人。除了这一股无聊的傻劲儿以外，他并没有什么反常的地方，可以证明像你说的那样是在恋爱。

克劳狄奥　要是他没有爱上什么女人，那么古来的看法也都是靠不住的了。他每天早上刷他的帽子，这表示什么呢？

彼德罗　有人见过他上理发店没有？

克劳狄奥　没有，可是有人看见理发匠跟他在一起。他那脸蛋上的几根装饰品，都已经拿去塞网球去了。

里奥那托　他剃了胡须，瞧上去的确年轻了点儿。

彼德罗　他还用麝香擦他的身子哩。你们闻不出来这一股香味吗？

克劳狄奥　那等于说，这一个好小子在恋爱了。

彼德罗　他的忧郁是他的最大的证据。

克劳狄奥　几时他曾经用香水洗过脸？

彼德罗　对了，我听人家说他还搽粉哩。

克劳狄奥　还有他那爱说笑话的脾气，现在也已经钻进了琴弦里，给音栓管住了啦。

彼德罗　不错，那已经充分揭露了他的秘密。总而言之，他是在恋爱了。

克劳狄奥　哦，可是我知道谁爱着他。

彼德罗　我也很想知道知道。我想一定是个不大熟悉他的人。

克劳狄奥　哪里，还深切知道他的坏脾气呢。可是人家愿意为他而死。

彼德罗　所以她只好仰面朝天地给人“埋”在下方了。

培尼狄克　你们这样胡说八道，不能叫我的牙齿不痛呀。老先生，陪我走走。我已经想好了八九句聪明的话儿，要跟您谈谈，可是一定不能让这些傻瓜们听见。（培尼狄克、里奥那托同下）

彼德罗　我可以打赌，他一定是向他说起贝特丽丝的事。

克劳狄奥　正是。希罗和玛格莱特大概也已经把贝特丽丝同样捉弄过啦。现在这两只熊碰见了，总不会再彼此相咬了吧。

【唐·约翰上。

约　翰　上帝保佑您，王兄！

彼德罗　你好，贤弟。

约　翰　您要是有工夫的话，我想跟您谈谈。

彼德罗　不能让别人听见吗？

约　翰　是的。不过克劳狄奥伯爵不妨让他听见，因为我所要说的话，是跟他很有关系的。

彼德罗　是什么事？

约　翰　（向克劳狄奥）大人预备在明天结婚吗？

彼德罗　那你早就知道了。

约　翰　要是他知道了我所知道的事，那就难说了。

克劳狄奥　倘若有什么妨碍，请您明白告诉我。

约　翰　您也许以为我对您有点儿过不去，那咱们等着瞧吧。我希望您听了我现在将要告诉您的话以后，可以把您对我的意见改变过来。至于我这位兄长，我相信他是非常看重您的。他为您促成了这一门婚事，完全是他的一片好心。可惜看错了追求的对象，这一番心思气力，花得好不冤枉！

彼德罗　啊，是怎么一回事？

约　翰　我就是来告诉你们的。也就不多说废话了，这位姑娘是不贞洁的，人家久已在那儿讲她的闲话了。

克劳狄奥　谁？希罗吗？

约　翰　正是她。里奥那托的希罗，您的希罗，大众的希罗。

克劳狄奥　不贞洁吗？

约　翰　不贞洁这个字眼，还是太好了，不够形容她的罪恶。她岂止不贞洁而已！您要是能想得到一个更坏的名称，她也可以受之而无愧。不要吃惊，等着看事实的证明吧，您只要今天晚上跟我去，就可以看见在她结婚的前一晚，还有人从窗外走进她的房间里去。您看见这种情形以后，要是仍旧爱她，那么明天就跟她结婚吧。可是为了您的名誉起见，还是把您的决心改变一下的好。

克劳狄奥　有这等事吗？

彼德罗　我想不会的。

约　翰　要是你们看见了真凭实据还不敢相信自己的眼睛，那么就不要承认你们所知道的事。你们只要跟我去，我一定可以叫你们看一个明白。等你们看饱听饱以后，再决定怎么办吧。

克劳狄奥　要是今天晚上果然有什么事情给我看到，那我明天一定不跟她结婚。我还要在举行婚礼的教堂里当众羞辱她呢。

彼德罗　我曾经代你向她求婚，我也要帮着你羞辱她。

约　翰　我也不愿多说她的坏话，横竖你们自己会替我证明的。现在大家不用声张，等到半夜时候再看究竟吧。

彼德罗　真扫兴的日子！

克劳狄奥　真倒霉的事情！

约　翰　等会儿你们就要说，幸亏发觉得早，真好的运气！（同下）

第三场　街　道

【道格培里、弗吉斯及巡丁等上。

道格培里　你们都是老老实实的好人吗？

弗吉斯　是啊，否则他们的肉体灵魂不一起上天堂，那才可惜哩。

道格培里　不，他们当了王爷的巡丁，要是有一点忠心的话，这样的刑罚还嫌太轻啦。

弗吉斯　好，道格培里伙计，把他们应该做的事吩咐给他们吧。

道格培里　第一，你们中间谁是顶不配当巡丁的人？

巡丁甲　回长官，修·奥凯克跟乔治·西可尔，因为他们俩都会写字念书。

道格培里　过来，西可尔伙计。上帝赏给你一个好名字。一个人长得漂亮是偶然的运气，会写字念书才是天生的本领。

巡丁乙　巡官老爷，这两种好处——

道格培里　你都有。我知道你会这样说。好，朋友，讲到你长得漂亮，那么你谢谢上帝，自己少卖弄卖弄。讲到你会写字念书，那么等到用不着这种玩意儿的时候，再显显你自己的本领吧。大家公认你是这儿最没有头脑、最配当一班巡丁头领的人，所以你拿着这盏灯笼吧。听好我的吩咐：你要是看见什么流氓无赖，就把他抓了。你可以用王爷的名义叫无论什么人站住。

巡丁甲　要是他不肯站住呢？

道格培里　那你就不用理他，让他去好了。你就立刻召集其余的巡丁，谢谢上帝免得你们受一个混蛋的麻烦。

弗吉斯　要是喊他站住他不肯站住，他就不是王爷的子民。

道格培里　对了，不是王爷的子民，就可以不用理他们。你们也不准在街上大声吵闹。因为巡丁们要是哗啦哗啦谈起天来，那是最叫人受得住也是最不可宽恕的事。

巡丁乙　我们宁愿睡觉，不愿说话。我们知道一个巡丁的责任。

道格培里　啊，你说得真像一个老练的安静的巡丁，睡觉总是不会得罪人的。只要留心你们的钩镰枪别给人偷去就行啦。好，你们还要到每一家酒店去查看，看见谁喝醉了，就叫他回去睡觉。

巡丁甲　要是他不愿意呢？

道格培里　那么让他去，等他自己醒过来吧。要是他不好好地回答你，你可以说你看错了人啦。

巡丁甲　是，长官。

道格培里　要是你们碰见一个贼，按着你们的职分，你们可以疑心他不是个好人。对于这种家伙，你们越是少跟他们多事，越可以显出你们都是规矩的好人。

巡丁乙　要是我们知道他是个贼，我们要不要抓住他呢？

道格培里　按着你们的职分，你们本来是可以抓住他的。可是我想谁把手伸进染缸里，总要弄脏自己的手。为了省些麻烦起见，要是你们碰见了一个贼，顶好的办法就是让他使出他的看家本领来，偷偷地溜走了事。

弗吉斯　伙计，你一向是个出名的好心肠的人。

道格培里　是呀，就是一条狗我也不忍把它勒死，何况是个还有几分天良的人，自然更加不在乎啦。

弗吉斯　要是你们听见谁家的孩子晚上啼哭，你们必须去把那奶妈子叫醒，叫她止住他的啼哭。

巡丁乙　要是那奶妈子睡熟了，听不见我们叫喊呢？

道格培里　那么你们就一声不响地走开去，让那孩子把她吵醒好了。因为母羊要是听不见她自己小羊的啼声，她怎么会回答一头小牛的叫喊呢？

弗吉斯　你说得真对。

道格培里　完了。你们当巡丁的，就是代表着王爷本人。要是你们在黑夜里碰见王爷，你们也可以叫他站住。

弗吉斯　哎哟，圣母娘娘呀！我想那是不可以的。

道格培里　谁要是懂得法律，我可以用五先令跟他赌一先令，他可以叫他站住。当然啰，那还要看王爷自己愿不愿意。因为巡丁是不能得罪人的，叫一个不愿意站住的人站住，那是要得罪人的。

弗吉斯　对了，这才说得有理。

道格培里　哈哈哈！好，伙计们，晚安！倘若有要紧的事，你们就来叫我起来。什么事大家彼此商量商量。再见！来，伙计。

巡丁乙　好，弟兄们，我们已经听见长官吩咐我们的话。让我们就在这教堂门前的凳子上坐下来，等到两点钟的时候，大家回去睡觉吧。

道格培里　好伙计们，还有一句话。请你们留心留心里奥那托老爷的门口。因为

他家里明天有喜事，今晚十分忙碌，怕有坏人混进去。再见，千万留心点儿。（道格培里、弗吉斯同下）

【波拉契奥及康拉德上。

波拉契奥　喂，康拉德！

巡丁甲　（旁白）静！别动！

波拉契奥　喂，康拉德！

康拉德　这儿，朋友，我就在你的身边哪。

波拉契奥　他妈的！怪不得我身上痒，原来有一颗癞疥疮在我身边。

康拉德　等会儿再跟你算账。现在还是先讲你的故事吧。

波拉契奥　那么你且站在这屋檐下面，天在下着毛毛雨哩。我可以像一个醉汉似的，把什么话儿都告诉你。

巡丁甲　（旁白）弟兄们，一定是些什么阴谋。可是大家站着别动。

波拉契奥　告诉你吧，我从唐·约翰那儿拿到了一千块钱。

康拉德　干一件坏事的价钱会这样高吗？

波拉契奥　你应该这样问：难道坏人就这样有钱吗？有钱的坏人需要没钱的坏人帮忙的时候，没钱的坏人当然可以漫天讨价。

康拉德　我可有点不大相信。

波拉契奥　这就表明你是个初出茅庐的人。你知道一套衣服、一顶帽子的式样时髦不时髦，对于一个人本来是没有什么相干的。

康拉德　是的，那不过是些皮囊而已。

波拉契奥　我说的是式样的时髦不时髦。

康拉德　对啦，时髦就是时髦，不时髦就是不时髦。

波拉契奥　呸！那简直就像说，傻子就是傻子。可是你不知道这个时髦是个多么坏的贼吗？

巡丁甲　（旁白）我知道有这么一个坏贼，他已经做了七年老贼了。他在街上走来走去，就像个绅士的模样。我记得有这么一个家伙。

波拉契奥　你没听见什么人在讲话吗？

康拉德　没有，只有屋顶上风标转动的声音。

波拉契奥　我说，你不知道这个时髦是个多么坏的贼吗？他会把那些从十四岁到三十五岁的血气未定的年轻人搅昏了头，有时候把他们装扮得活像那些烟熏的古画上的埃及法老的兵士，有时候又像漆在教堂窗上的异教邪神的祭司，有时候又像织在污旧虫蛀的花毡上的剃光了胡须的赫剌克勒斯，裤裆里的那话儿瞧上去就像他的棍子一样又粗又重。

康拉德　这一切我都知道。我也知道往往一件衣服还没有穿旧，流行的式样已经变了两三通。可是你是不是也给时髦搅昏了头，所以不向我讲你的故事，却来讨论起时髦问题来呢？

波拉契奥　那倒不是这样说。好，我告诉你吧，我今天晚上已经去跟希罗小姐的侍女玛格莱特谈过情话啦。我叫她希罗，她靠在她小姐卧室的窗口，向我说了一千次晚安——我把这故事讲得太坏，我应当先告诉你，那亲王和克劳狄奥怎样听了我那主人唐·约翰的话，三个人预先站在花园里远远的地方，瞧见我们这一场幽会。

康拉德　他们都以为玛格莱特就是希罗吗？

波拉契奥　亲王跟克劳狄奥是这样想的。可是我那个魔鬼一样的主人知道她是玛格莱特。一则因为他言之凿凿，使他们受了他的愚弄。二则因为天色昏黑，蒙过了他们的眼睛。可是说来说去，还是全亏我的诡计多端，证实了唐·约翰随口捏造的谣言，惹得那克劳狄奥一怒而去，发誓说他要在明天早上，按着预定的时间，到教堂里去见希罗的面，把他晚上所见的情形当众宣布出来，出出她的丑，叫她仍旧回去做一个没有丈夫的女人。

巡丁甲　我们用亲王的名义命令你们站住！

巡丁乙　去叫巡官老爷起来。一件最危险的奸淫案子叫我们给破获了。

巡丁甲　他们同伙的还有一个坏贼，我认识他，他头发上打着“爱人结”。

康拉德　列位朋友们！

巡丁乙　告诉你们吧，这个坏贼是一定要叫你们交出来的。

康拉德　列位——

巡丁甲　别说话，乖乖地跟我们去。

波拉契奥　他们把我们抓了去，倒是捞到了一批好货。

康拉德　少不得还要受一番检查呢。来，我们服从你们。（同下）

第四场　里奥那托家中一室

【希罗、玛格莱特及欧苏拉上。

希　罗　好欧苏拉，你去叫醒我的姐姐贝特丽丝，叫她快点儿起身。

欧苏拉　是，小姐。

希　罗　请她过来一下子。

欧苏拉　好的。（下）

玛格莱特　真的，我想还是那一个绉领好一点。

希　罗　不，好玛格莱特，我要戴这一个。

玛格莱特　这一个真的不是顶好。您的姐姐也一定会这样说的。

希　罗　我的姐姐是个傻子。你也是个傻子，我偏要戴这一个。

玛格莱特　我很喜欢这一顶新的发罩，要是头发的颜色再略微深一点儿就好了。您的长袍的式样真是好极啦。人家把米兰公爵夫人那件袍子称赞得了不得，那件衣服我也见过。

希　罗　啊！他们说它好得很哩。

玛格莱特　不是我胡说，那一件比起您这一件来，简直只好算是一件睡衣：金线织成的缎子，镶着银色的花边，嵌着珍珠，有垂袖，有侧袖，圆圆的衣裾，缀满了带点儿淡蓝色的闪光箔片。可是要是讲到式样的优美雅致，齐整漂亮，那您这一件就可以抵得上她十件。

希　罗　上帝保佑我快快乐乐地穿上这件衣服，因为我的心里重得好像压着一块石头似的！

玛格莱特　等到一个男人压到您身上，它还要重得多哩。

希　罗　啐！你不害臊吗？

玛格莱特　害什么臊呢，小姐？因为我说了句老实话吗？就是对一个叫花子来说，结婚不也是光明正大的事吗？难道不曾结婚，就不许提起您的姑爷吗？我想您也许要我这样说："对不起，说句不中听的粗话：一个丈夫。"只要说话有理，就不怕别人的歪曲。不是我有意跟人家抬杠，不过，"等到有了丈夫，压得可就更重了。"这话难道有什么要不得吗？只要大家是明媒正娶的，那有什么要紧的？否则倒不能说是重，只好说是轻狂了。您要是不相信，去问贝特丽丝小姐吧。她来啦。

【贝特丽丝上。

希　罗　早安，姐姐。

贝特丽丝　早安，好希罗。

希　罗　哎哟，怎么啦！你怎么说话这样懒洋洋的？

贝特丽丝　我的心绪乱得很呢。

玛格莱特　快唱一曲《妹妹心太活》吧，这是不用男低音伴唱的。你唱，我来跳舞。

贝特丽丝　大概你的一对马蹄子，就跟你的“妹妹”的一颗心那样，太灵活了吧。将来哪个丈夫娶了你，快替他养一马房马驹子吧。

玛格莱特　哎呀，真是牛头不对马嘴！我把它们一脚踢开了。

贝特丽丝　快要五点钟啦，妹妹。你该快点儿端整起来了。真的，我身子怪不舒服的。唉——呵！

玛格莱特　是您的肚肠里有了牵挂，还是得了心病、肝病？

贝特丽丝　我浑身说不出的不舒服。

玛格莱特　哼，您倘若没有变了一个人，那么航海的人也不用看星啦。

贝特丽丝　这傻子在那儿说些什么？

玛格莱特　我没有说什么。但愿上帝保佑每一个人如愿以偿！

希　罗　这双手套是伯爵送给我的，上面熏着很好的香料。

贝特丽丝　我的鼻子塞住啦，妹妹，我闻不出来。

玛格莱特　好一个塞住了鼻子的姑娘！今年的伤风可真流行。

贝特丽丝　啊，老天快帮个忙吧！你几时变得这样精灵的呀？

玛格莱特　自从您变得那样糊涂之后。我说俏皮话还有一手吧？

贝特丽丝　可惜还不够招摇，最好把你的俏皮劲儿顶在头上，那才好呢。真的，我生病了。

玛格莱特　您的心病是要心药来医治的。

希　罗　你这一下子可刺进她心眼儿里去了。

贝特丽丝　怎么，干吗要“心药”？你这句话是什么意思？

玛格莱特　意思！不，真的，我什么意思也没有。您也许以为我想您在恋爱啦。可是不，我不是那么一个傻子，会高兴怎么想就怎么想。我也不愿意想到什么就想什么。老实说，就是想空了我的心，我也绝对不会想到您是在恋爱，或者您将要恋爱，或者您会跟人家恋爱。可是培尼狄克起先也跟您一样，现在他却变了个人啦。他曾经发誓绝对不结婚，现在可死心塌地地做起爱情的奴隶来啦。我不知道您会变成个什么样子。可是我觉得您现在瞧起人来的那种神气，也有点跟别的女人差不多啦。

贝特丽丝　你的一条舌头滚来滚去的，在说些什么呀？

玛格莱特　反正不是说的瞎话。

【欧苏拉重上。

欧苏拉　小姐，进去吧。亲王、伯爵、培尼狄克先生、唐·约翰，还有全城的公子哥儿们，都来接您到教堂里去了。

希　罗　好姐姐，好玛格莱特，好欧苏拉，快帮我穿戴起来吧。（同下）

第五场　里奥那托家中的另一室

【里奥那托偕道格培里、弗吉斯同上。

里奥那托　朋友，你有什么事要对我说？

道格培里　呃，老爷，我有点事情要来向您禀告，这件事情对于您自己是很有关系的。

里奥那托　那么请你说得简单一点，因为你瞧，我现在忙得很哪。

道格培里　呃，老爷，是这么一回事。

弗吉斯　是的，老爷，真的是这么一回事。

里奥那托　是怎么一回事呀，我的好朋友们？

道格培里　老爷，弗吉斯是个好人，他讲起话来总是有点儿缠夹不清。他年纪老啦，老爷，他的头脑已经没有从前那么糊涂，上帝保佑他！可是说句良心话，他是个再老实不过的好人，瞧他的眉尖心就可以明白啦[①]。

弗吉斯　是的，感谢上帝，我就跟无论哪一个跟我一样老，也不比我更老实的人一样老实。

道格培里　不要比这个比那个，叫人家听着心烦啦。少说些废话，弗吉斯伙计。

---

① 古时有在犯人的眉尖心烙印的刑法，使人一望而知不是好人。

里奥那托　两位老乡，你们纠缠的本领可真不小啊。

道格培里　您高兴怎么说就怎么说，不过咱们都是可怜的公爵手下的巡官。可是说真的，拿我自个儿来说，要是我的纠缠的本领跟皇帝老子那样大，我一定舍得拿来一股脑儿全传给老爷您。

里奥那托　呃，拿你的纠缠的本领全传给我？

道格培里　对啊，哪怕再加上一千个金镑的价值，我也绝对不会舍不得。因为我听到的关于老爷您的赞美很多，不比这儿城里哪个守本分的人们差，我虽然是个老粗，听了也非常满意。

弗吉斯　我也同样满意。

里奥那托　你们把要讲的话讲出来我最满意。

弗吉斯　呃，老爷，我们的巡丁今天晚上捉到了墨西拿地方两个顶坏的坏人——当然不包括老爷您在内。

道格培里　老爷，他是个很好的老头子，就是喜欢多话。人家说的，年纪一老，人也变糊涂啦。上帝保佑我们！这世上新鲜的事情可多着呢！说得好，真的，弗吉斯伙计。好，上帝是个好人。两个人骑一匹马，总有一个人在后面。真的，老爷，他是个老实汉子，天地良心。可是我们应该敬重上帝，世上有好人也就有坏人。唉！好伙计。

里奥那托　可不，老乡，他跟你差远了。

道格培里　这也是上帝的恩典。

里奥那托　我可要少陪了。

道格培里　就是一句话，老爷。我们的巡丁真的捉住了两个形迹可疑的人，我们想在今天当着您面前把他们审问一下。

里奥那托　你们自己去审问吧，审问明白以后，再来告诉我。我现在忙得不得了，你们也一定可以看得出来的。

道格培里　那么就这么办吧。

里奥那托　你们喝点儿酒再走。再见。

【一使者上。

使　者　老爷，他们都在等着您去主持婚礼。

里奥那托　我就来。我已经预备好了。（里奥那托及使者下）

道格培里　去，好伙计，把法兰西斯·西可尔找来。叫他把他的笔和墨水壶带到监牢里，我们现在就要审问这两个家伙。

弗吉斯　我们一定要审问得非常聪明。

道格培里　是的，我们一定要尽量运用我们的智慧，叫他们狡赖不了。你去找一个有学问的念书人来给我们记录口供。我们在监牢里会面吧。（同下）

第四幕

第一场　教堂内部

【唐·彼德罗、唐·约翰、里奥那托、法兰西斯神父、克劳狄奥、培尼狄克、希罗、贝特丽丝等同上。

里奥那托　来，法兰西斯神父，简单一点。只要给他们行一行结婚的仪式，以后再把夫妇间应有的责任仔细告诉他们吧。

神　父　爵爷，您到这儿来是要跟这位小姐举行婚礼的吗？

克劳狄奥　不。

里奥那托　神父，他是来跟她结婚的。您才是给他们举行婚礼的人。

神　父　小姐，您到这儿来是要跟这位伯爵结婚吗？

希　罗　是的。

神　父　要是你们两人中间有谁知道有什么秘密的障碍，使你们不能结为夫妇，那么为了免得你们的灵魂受到责罚，我命令你们说出来。

克劳狄奥　希罗，你知道有没有？

希　罗　没有，我的主。

神　父　伯爵，您知道有没有？

里奥那托　我敢替他回答，没有。

克劳狄奥　啊！人们敢做些什么！他们会做些什么出来！他们每天都在做些什么，却不知道他们自己在做些什么！

培尼狄克　怎么！发起感慨来了吗？那么让我来大笑三声吧，哈！哈！哈！

克劳狄奥　神父，请你站在一旁。老人家，对不起，您愿意这样慷慨地把这位姑娘，您的女儿，给我吗？

里奥那托　是的，贤婿，正像上帝把她给我的时候一样慷慨。

克劳狄奥　我应当用什么来报答您，它的价值可以抵得过这一件贵重的礼物呢？

彼德罗　用什么都不行，除非把她仍旧还给他。

克劳狄奥　好殿下，您已经教会我表示感谢的最得体的方法了。里奥那托，把她拿回去吧，不要把这只坏橘子送给你的朋友，她只是外表上像一个贞洁的女人罢了。瞧！她那害羞的样子，多么像是一个无邪的少女！啊，狡狯的罪恶多么善于用真诚的面具遮掩它自己！她脸上现起的红晕，不是正可以证明她的贞静纯朴吗？你们大家看见她这种表面上的做作，不是都会发誓说她是个处女吗？可是她已经不是一个处女了，她已经领略过枕席上的风情。她的脸红是因为罪恶，不是因为羞涩。

里奥那托　爵爷，您这是什么意思？

克劳狄奥　我不要结婚，不要把我的灵魂跟一个声名狼藉的淫妇结合在一起。

里奥那托　爵爷，要是按照您这样说起来，您因为她年幼可欺，已经破坏了她的贞操——

克劳狄奥　我知道你会这么说：要是我已经跟她发生了肉体上的关系，你就会说她不过是委身于她的丈夫，所以不能算是一件不可恕的过失。不，里奥那托，我从来不曾用一句游辞浪语向她挑诱。我对她总是像一个兄长对待他的弱妹一样，表示着纯洁的真诚和合礼的情爱。

希　罗　您看我对您不也正是这样吗？

克劳狄奥　不要脸的！正是这样！我看你就像是月亮里的狄安娜女神一样纯洁，就像是未开放的蓓蕾一样无瑕。可是你像维纳斯一样放荡，像纵欲的禽兽一样无耻！

希　罗　我的主病了吗？怎么他会讲起这种荒唐的话来？

里奥那托　好殿下，您怎么不说句话儿？

彼德罗　叫我说些什么呢？我竭力替我的好朋友跟一个淫贱的女人撮合，我自己的脸也丢尽了。

里奥那托　这些话是从你们嘴里说出来的呢，还是我在做梦？

约　翰　老人家，这些话是从他们嘴里说出来的。这些事情都是真的。

培尼狄克　这简直不成其为婚礼啦。

希　罗　真的！啊，上帝！

克劳狄奥　里奥那托，我不是站在这儿吗？这不是亲王吗？这不是亲王的兄弟吗？这不是希罗的面孔吗？我们不是大家生着眼睛的吗？

里奥那托　这一切都是事实。可是您这样说是什么意思呢？

克劳狄奥　让我只问你女儿一个问题，请你用你做父亲的天赋权力，叫她老实回答我。

里奥那托　我命令你从实答复他的问题，因为你是我的孩子。

希　罗　啊，上帝保佑我！我要给他们逼死了！这算是什么审问呀？

克劳狄奥　我们要从你自己的嘴里听到你的实在的回答。

希　罗　我不是希罗吗？谁能够用公正的谴责玷污这一个名字？

克劳狄奥　嘿，那就要问希罗自己了。希罗自己可以玷污希罗的名节。昨天晚上在十二点钟到一点钟之间，在你的窗口跟你谈话的那个男人是谁？要是你是个处女，请你回答这一个问题吧。

希　罗　爵爷，我在那个时候不曾跟什么男人谈过话。

彼德罗　哼，你还要抵赖！里奥那托，我很抱歉要让你知道这一件事：凭着我的名誉起誓，我自己、我的兄弟和这位受人欺骗的伯爵，昨天晚上在那个时候的的确确看见她，也听见她在她卧室的窗口跟一个混账东西谈话。那个荒唐的家伙已经亲口招认，这样不法的幽会，他们已经有过许多次了。

约　翰　啧！啧！王兄，那些话还是不要说了吧，说出来也不过污了大家的耳朵。美貌的姑娘，你这样不知自重，我真替你可惜！

克劳狄奥　啊，希罗！要是把你外表上的一半优美分给你的内心，那你将会是一个多么好的希罗！可是再会吧，你这最下贱、最美好的人！你这纯洁的淫邪，淫邪的纯洁，再会吧！为了你我要锁闭一切爱情的门户，让猜疑停驻在我的眼睛里，把一切美色变成不可亲近的蛇蝎，永远失去它诱人的力量。

里奥那托　这儿谁有刀子可以借给我，让我刺在我自己的心里？（希罗晕倒）

贝特丽丝　哎哟，怎么啦，妹妹！你怎么倒下去啦？

约　翰　来，我们去吧。她因为隐私给人揭发了出来，一时羞愧交集，所以昏过去了。（彼德罗、约翰、克劳狄奥同下）

培尼狄克　这姑娘怎么啦？

贝特丽丝　我想是死了！叔叔，救命！希罗！哎哟，希罗！叔叔！培尼狄克先生！

神父！

里奥那托　命运啊，不要松了你的沉重的手！对于她的羞耻，死是最好的遮掩。

贝特丽丝　希罗妹妹，你怎么啦！

神　父　小姐，您宽心吧。

里奥那托　你的眼睛又睁开了吗？

神　父　是的，为什么她不可以睁开眼睛来呢？

里奥那托　为什么！不是整个世界都在斥责她的无耻吗？她可以否认已经刻下在她血液里的这一段丑事吗？不要活过来，希罗，不要睁开你的眼睛。因为要是你不能快快地死去，要是你的灵魂里载得下这样的羞耻，那么我在把你痛责以后，也会亲手把你杀死的。你以为我只有你这一个孩子，我会因为失去你而悲伤吗？我会埋怨造化的吝啬，不肯多给我几个子女吗？啊，像你这样的孩子，一个已经太多了！为什么我要有这么一个孩子呢？为什么你在我的眼睛里是这么可爱呢？为什么我不曾因为一时慈悲心起，在门口收养一个叫花子作为自己的孩子，那么要是她长大以后干下这种丑事，我还可以说："她的身上没有一部分是属于我的。这一种羞辱是她从不知名的血液里传下来的。"可是我自己亲生的孩子，我所钟爱的、我所赞美的、我所引为骄傲的孩子，为了爱她的缘故，我甚至把她看得比我自己还重。她——啊！她现在落在了污泥的坑里，大海的水也洗不净她的污秽，海里所有的盐也不够解除她肉体上的腐臭。

培尼狄克　老人家，您安心点儿吧。我瞧着这一切，简直是莫名其妙，不知道应该说些什么话才好。

贝特丽丝　啊！我敢赌咒，我的妹妹是给他们冤枉的！

培尼狄克　小姐，您昨天晚上跟她睡在一张床上吗？

贝特丽丝　那倒没有。虽然在昨晚以前，我跟她已经同床睡了一年啦。

里奥那托　证实了！证实了！啊，本来就是铁一般的事实，现在又加上一重证明了！亲王兄弟两人是会说谎的吗？克劳狄奥这样爱着她，讲到她的丑事的时候，也会忍不住流泪，难道他也是会说谎的吗？别理她！让她死吧！

神　父　听我讲几句话。我刚才在这儿静静地旁观着这一件意外的变故，我也在留心观察这位小姐的神色：我看见无数羞愧的红晕出现在她的脸上，可是立刻有无数冰霜一样皎洁的惨白把这些红晕驱走，显示出她的含冤蒙屈的清贞。

我更看见她的眼睛里射出一道火一样的光来，似乎要把这些贵人们加在她身上的无辜的诬蔑烧掉。要是这位温柔的小姐不是遭到重大的误会，要是她不是一个清白无罪的人，那么你们尽管把我叫作傻子，再不要相信我的学问、我的见识、我的经验，也不要重视我的年龄、我的身份或是我的神圣的职务吧。

里奥那托　神父，不会有这样的事的。你看她虽然做出这种丧尽廉耻的事来，可是她还有几分天良未泯，不愿在她的深重的罪孽之上再加上一重欺罔的罪恶。她并没有否认。事情已经这样明显了，你为什么还要替她辩护呢？

神　父　小姐，他们说你跟什么人私通？

希　罗　他们这样说我，他们一定知道。我可不知道。要是我违背了女孩儿家应守的礼法，跟任何不三不四的男人来往，那么让我的罪恶不要得到宽恕吧！啊，父亲！您要是能够证明有哪个男人在可以引起嫌疑的时间里跟我谈过话，或者我在昨天晚上曾经跟别人交换过言语，那么请您斥逐我、痛恨我、用酷刑处死我吧！

神　父　亲王们一定有了些误会。

培尼狄克　他们中间有两个人是正人君子。要是他们这次受了人家的欺骗，一定是约翰那个私生子弄的诡计，他是最喜欢设陷阱害人的。

里奥那托　我不知道。要是他们说的关于她的话果然是事实，我要亲手把她杀死。要是他们无中生有，损害她的名誉，我要跟他们中间最尊贵的一个人拼命去。时光不曾干涸了我的血液，年龄也不曾侵蚀了我的智慧，我的家财不曾因为逆运而消耗，我的朋友也不曾因为我的行为不检而走散。他们要是看我可欺，我就叫他们看看我还有几分精力，还会转转念头，也不是无财无势，也不是无亲无友，尽可对付得了他们的。

神　父　且慢，在这件事情上，请您还是听从我的劝告。亲王们离开这儿的时候，以为您的小姐已经死了。现在不妨暂时叫她深居简出，就向外面宣布说她真的已经死了，再给她举办一番丧事，在贵府的坟地上给她立起一方碑铭，一切丧葬的仪式都不可缺少。

里奥那托　为什么要这样呢？这样有什么好处呢？

神　父　要是照这样好好地做去，就可以使诬蔑她的人不禁哀怜她的不幸，这也未必不是好事。可是我提起这样奇怪的办法，却另有更大的用意。人家听说她一听到这种诽谤立刻身死，一定都会悲悼她、可怜她，从而原谅她。我们往往在享有某一件东西的时候，一点不看重它的好处。等到失掉它以后，却会格外夸大它的价值，发现当它还在我们手里的时候所看不出来的优点。克劳狄奥一定也会这样：当他听到了他的无情的言语，已经致希罗于死地的时候，她生前可爱的影子一定会浮起在他的想象之中，她的生命中的每一部分都会在他的心目中变得比活在世上的她格外值得珍贵，格外优美动人，格外充满生命。要是爱情果然打动过他的心，那时他一定会悲伤哀恸，即使他仍旧以为他所指斥她的确是事实，他也会后悔不该给她这样大的难堪。您就照这么办吧，它的结果一定会比我所能预料的还要美满。即使退一步说，它并不能收到理想中的效果，至少也可以替她把这场羞辱掩盖过去，您不妨把她隐藏在什么僻静的地方，让她潜心修道，远离世人的耳目，隔绝任何的诽谤损害。对于名誉已受创伤的她，这是一个最适当的办法。

培尼狄克　里奥那托大人，听从这位神父的话吧。虽然您知道我对于亲王和克劳狄奥都有很深的交情，可是我愿意凭着我的名誉起誓，在这件事情上，我一定抱着公正的态度，保持绝对的秘密。

里奥那托　我已经伤心得毫无主意了，你们用一根顶细的草绳都可以牵着我走。

神　父　好，那么您已经答应了。立刻去吧，非常的病症是要用非常的药饵来疗治的。来，小姐，您必须死里求生。今天的婚礼也许不过是暂时的延期，您耐心忍着吧。（神父，希罗及里奥那托同下）

培尼狄克　贝特丽丝小姐，您一直在哭吗？

贝特丽丝　是的，我还要哭下去哩。

培尼狄克　我希望您不要这样。

贝特丽丝　您有什么理由？这是我自己愿意这样呀。

培尼狄克　我相信令妹一定受了冤枉。

贝特丽丝　唉！要是有人能够替她伸雪这场冤枉，我才愿意跟他做朋友。

培尼狄克　有没有可以表示这一种友谊的方法？

贝特丽丝　方法是有，而且也是很直接爽快的，可惜没有这样的朋友。

培尼狄克　可以让一个人试试吗？

贝特丽丝　那是一个男子汉做的事情，可不是您做的事情。

培尼狄克　您是我在这世上最爱的人——这不是很奇怪吗？

贝特丽丝　就像我所不知道的事情一样奇怪。我也可以说您是我在这世上最爱的人——可是别信我——可是我没有说假话——我什么也不承认，什么也不否认——我只是为我的妹妹伤心。

培尼狄克　贝特丽丝，凭着我的宝剑起誓，你是爱我的。

贝特丽丝　发了这样的誓，是不能反悔的。

培尼狄克　我愿意凭我的宝剑发誓你爱着我。谁要是说我不爱你，我就叫他吃我一剑。

贝特丽丝　您不会食言而肥吗？

培尼狄克　无论给它调上些什么油酱，我都不愿把我今天说过的话吃下去。我发誓我爱你。

贝特丽丝　那么上帝恕我！

培尼狄克　亲爱的贝特丽丝，你犯了什么罪过？

贝特丽丝　您刚好打断了我的话头，我正要说我也爱着您呢。

培尼狄克　那么就请你用整个的心说出来吧。

贝特丽丝　我用整个心儿爱着您，简直分不出一部分来向您诉说。

培尼狄克　来，吩咐我给你做无论什么事吧。

贝特丽丝　杀死克劳狄奥。

培尼狄克　喔！那可办不到。

贝特丽丝　您拒绝了我，就等于杀死了我。再见。

培尼狄克　等一等，亲爱的贝特丽丝。

贝特丽丝　我的身子就算在这儿，我的心也不在这儿。您一点没有真情。哎哟，请您还是放我走吧。

培尼狄克　贝特丽丝——

贝特丽丝　真的，我要去啦。

培尼狄克　让我们先言归于好。

贝特丽丝　您愿意跟我做朋友，却不敢跟我的敌人决斗。

培尼狄克　克劳狄奥是你的敌人吗？

贝特丽丝　他不是已经充分证明是一个恶人，把我的妹妹这样横加诬蔑，信口毁谤，破坏她的名誉吗？啊！我但愿自己是一个男人！嘿！不动声色地搀着她的手，一直等到将要握手成礼的时候，才翻过脸来，当众宣布他的恶毒的谣言！——上帝啊，但愿我是个男人！我要在市场上吃下他的心。

培尼狄克　听我说，贝特丽丝——

贝特丽丝　跟一个男人在窗口讲话！说得真好听！

培尼狄克　可是，贝特丽丝——

贝特丽丝　亲爱的希罗！她负屈含冤，她的一生从此完了！

培尼狄克　贝特——

贝特丽丝　什么亲王！什么伯爵！好一个做见证的亲王！好一个甜言蜜语的风流伯爵！啊，为了他的缘故，我但愿自己是一个男人。或者我有什么朋友愿意为了我的缘故，做一个堂堂男子！可是人们的丈夫气概，早已消磨在打躬作揖里，他们的豪侠精神，早已丧失在逢迎阿谀里了。他们已经变得只剩下一条善于拍马吹牛的舌头。谁会造最大的谣言，而且拿谣言来赌咒，谁就是个英雄好汉。我既然不能凭着我的愿望变成一个男子，所以我只好做一个女人在伤心中死去。

培尼狄克　等一等，好贝特丽丝。我举手起誓，我爱你。

贝特丽丝　您要是真的爱我，那么把您的手用在比发誓更有意义的地方吧。

培尼狄克　凭着你的良心，你以为克劳狄奥伯爵真的冤枉了希罗吗？

贝特丽丝　是的，正像我知道我有思想有灵魂一样毫无疑问。

培尼狄克　够了！一言为定，我要去向他挑战。让我在离开你以前，吻一吻你的手。我凭你这只手起誓，克劳狄奥一定要得到一次重大的教训。请你等候我的消息，把我放在你的心里。去吧，安慰安慰你的妹妹。我必须对他们说她已经死了。好，再见。（各下）

第二场　监　狱

【道格培里、弗吉斯及教堂司事各穿制服上；巡丁押康拉德及波拉契奥随上。

道格培里　咱们这一伙儿都到齐了吗？

弗吉斯　啊！端一张凳子和垫子来给教堂司事先生坐。

教堂司事　哪两个是被告？

道格培里　呃，那就是我跟我的伙计。

弗吉斯　不错，我们是来审案子的。

教堂司事　可是哪两个是受审判的犯人？叫他们到巡官老爷面前来吧。

道格培里　对，对，叫他们到我面前来。朋友，你叫什么名字？

波拉契奥　波拉契奥。

道格培里　请写下波拉契奥。小子，你呢？

康拉德　长官，我是个绅士，我的名字叫康拉德。

道格培里　写下绅士康拉德先生。两位先生，你们都敬奉上帝吗？

康拉德、波拉契奥　是，长官，我们希望我们是敬奉上帝的。

道格培里　写下他们希望敬奉上帝，留心把上帝写在前面，因为要是让这些混蛋的名字放在上帝前面，上帝一定要生气的。两位先生，你们已经被证明是两个比奸恶的坏人好不了多少的家伙，大家也就要这样看待你们了。你们自己有什么辩白没有？

康拉德　长官，我们说我们不是坏人。

道格培里　好一个乖巧的家伙，可是我会诱他说出真话来。过来，小子，让我在你的耳边说一句话：先生，我对您说，人家都以为你们是奸恶的坏人。

波拉契奥　长官，我对你说，我们不是坏人。

道格培里　好，站在一旁。天哪，他们都是老早商量好了说同样的话的。你有没有写下来，他们不是坏人吗？

教堂司事　巡官老爷，您这样审问是审问不出什么结果来的。您必须叫那控诉他们的巡丁上来问话。

道格培里　对，对，这是最迅速的方法。叫那巡丁上来。弟兄们，我用亲王的名义，命令你们控诉这两个人。

巡丁甲　禀长官，这个人说亲王的兄弟唐·约翰是个坏人。

道格培里　写下约翰亲王是个坏人。哎哟，这简直犯的是伪证罪，把亲王的兄弟叫作坏人！

波拉契奥　巡官先生——

道格培里　闭住你的嘴，家伙，我讨厌你的面孔。

教堂司事　你们还听见他说些什么？

巡丁乙　呃，他说他因为捏造了中伤希罗小姐的谣言，唐·约翰给了他一千块钱。

道格培里　这简直是前所未闻的盗窃罪。

弗吉斯　对了，一点不错。

教堂司事　还有些什么话？

巡丁甲　他说克劳狄奥伯爵听了他的话，准备当着众人的面羞辱希罗，不再跟她结婚。

道格培里　哎哟，你这该死的东西！你干下这种恶事，要一辈子不会下地狱啦。

教堂司事　还有什么？

巡丁乙　没有什么了。

教堂司事　两位先生，就是这一点，你们也没有法子抵赖了。约翰亲王已经在今天早上逃走，希罗已经这样给他们羞辱过，克劳狄奥也已经拒绝跟她结婚，她因为伤心过度，已经突然身死了。巡官老爷，把这两个人绑起来，带到里奥那托家里去。我先走一步，把我们审问的结果告诉他。（下）

道格培里　来，把他们铐起来。

弗吉斯　把他们交给——

康拉德　滚开，蠢货！

道格培里　他妈的！教堂司事呢？叫他写下：亲王的官吏是个蠢货。来，把他们绑了。你这该死的坏东西！

康拉德　滚开，你是头驴子，你是头驴子！

道格培里　你难道瞧不起我的地位吗？你难道瞧不起我这一把年纪吗？啊，但愿他在这儿，给我写下我是头驴子！可是列位弟兄们，记住我是头驴子。虽然这句话没有写下来，可是别忘记我是头驴子。你这恶人，你简直是目中无人，这儿大家都可以做见证的。老实告诉你吧，我是个聪明人，而且是个官，而且是个有家小的人。再说，我的相貌也比得上墨西拿地方无论哪一个人。我懂得法律，那可不必说起。我身边还有几个钱，那也不必说起。我不是不曾碰到过坏运气，可是我还有两件袍子，无论到什么地方去总还是体体面面的。把他带下去！啊，但愿他给我写下我是一头驴子！（同下）

第五幕

第一场　里奥那托家门前

【里奥那托及安东尼奥上。

安东尼奥　您要是老是这样，那不过气坏了您自己的身体。帮着忧伤摧残您自己，那未免太不聪明吧。

里奥那托　请你停止你的劝告。把这些话送进我的耳中，就像把水倒在筛里一样毫无用处。不要劝我，也不要让什么人安慰我，除非他也遭到跟我同样的不幸。给我找一个像我一样溺爱女儿的父亲，他那做父亲的欢乐，跟我一样完全给粉碎了，叫他来劝我安心忍耐。把他的悲伤跟我的悲伤两两相较，必须铢两悉称，毫发不爽，从外表形象到细枝末节，都没有区别。要是这样一个人能够拈弄他的胡须微笑，把一切懊恼的事情放在脑后，用一些老生常谈自宽自解，装作忘却悲叹而若无其事地干咳嗽，借着烛光，钻在书堆里，再也想不起自己的不幸——那么叫他来见我吧，我也许可以从他那里学到些忍耐的方法。可是世上不会有这样的人。因为，兄弟，人们对于自己并不感觉到的痛苦，是会用空洞的话来劝告慰藉的，可是他们要是自己尝到了这种痛苦的滋味，他们的理性就会让感情来主宰了，他们就会觉得他们给人家服用的药饵，对自己也不会发生效力。极度的疯狂，是不能用一根丝线把它拴住的，就像空话不能止痛一样。不，不，谁都会劝一个在悲哀的重压下辗转呻吟的人安心忍耐，可是谁也没有那样的修养和勇气，能够叫自己忍受同样的痛苦。所以不要给我劝告，我的悲哀的呼号会盖住劝告的声音。

安东尼奥　人们就是在这种变故时跟小孩子没有分别。

里奥那托　请你不必多说。我只是个血肉之躯的凡人。就是那些写惯洋洋洒洒的大文的哲学家们，尽管他们像天上的神明一样，蔑视着人生的灾难痛苦，一旦他们的牙齿痛起来，也是会忍受不住的。

安东尼奥　可是您也不要总是一味自己吃苦。您应该叫那些害苦了您的人也吃些苦才是。

里奥那托　你说得有理。对了，我一定要这样。我心里觉得希罗一定是受人诬谤的。我要叫克劳狄奥知道他的错误，也要叫亲王跟那些破坏她的名誉的人知道他们的错误。

安东尼奥　亲王跟克劳狄奥急匆匆地来了。

【唐·彼德罗及克劳狄奥上。

彼德罗　早安，早安。

克劳狄奥　早安，两位老人家。

里奥那托　听我说，两位贵人——

彼德罗　里奥那托，我们现在没有工夫。

里奥那托　没有工夫，殿下！好，回头见，殿下。您现在这样忙吗？——好，那也不要紧。

彼德罗　哎哟，好老人家，别跟我们吵架。

安东尼奥　要是吵了架可以报复他的仇恨，咱们中间总有一个人会送命的。

克劳狄奥　谁得罪他了？

里奥那托　嘿，就是你呀，你，你这假惺惺的骗子！怎么，你要拔剑吗？我可不怕你。

克劳狄奥　对不起，那是我的手不好，害得您老人家吓了一跳。其实它并没有要拔剑的意思。

里奥那托　哼，朋友！别对我扮鬼脸取笑。我不像那些倚老卖老的傻老头儿一般，只会向人吹吹我在年轻时候怎么了不得，要是现在再年轻了几岁，一定会怎样怎样。告诉你，克劳狄奥，你冤枉了我的清白的女儿，把我害得好苦，我现在忍无可忍，只好不顾我这一把年纪，凭着满头的白发和这身久历风霜的老骨头，向你挑战，看究竟谁是谁非。我说你冤枉了我的清白的女儿。你的信口的诽谤已经刺透了她的心，她现在已经跟她的祖先长眠在一起了。啊，想不到我的祖先清白传家，到了她身上却落下一个污名，这都是因为你的万恶的手段！

克劳狄奥　我的手段？

里奥那托　是的，克劳狄奥，我说是因为你的万恶的手段。

彼德罗　老人家，您说错了。

里奥那托　殿下，殿下，要是他有胆量，我愿意用武力跟他较量出一个是非曲直来。虽然他击剑的本领不坏，练习得又勤，又年轻力壮，可是我不怕他。

克劳狄奥　走开！我不要跟你胡闹。

里奥那托　你会这样推开我吗？你已经杀死了我的孩子。要是你把我也杀死了，孩子，才算你是个汉子。

安东尼奥　他要把我们两人一起杀死了，才算是个汉子。可是让他先杀死一个吧，让他跟我较量一下，看他能不能战胜我。来，跟我来，孩子。来，哥儿，来，跟我来。哥儿，我要把你杀得无招架之功！我大丈夫说出来的话就算数。

里奥那托　兄弟——

安东尼奥　您宽心吧。上帝知道我爱我的侄女，她现在死了，给这些恶人们造的谣言气死了。他们只会欺负一个弱女子，可是叫他们跟一个男子汉决斗，却像叫他们从毒蛇嘴里拔出舌头来一样没有胆量。这些乳臭小儿，只会说大话，诓人的猴子，不中用的懦夫！

里奥那托　安东尼贤弟——

安东尼奥　您不要说话。干什么，好人儿！我看透了他们，知道他们的骨头一共有多少分量。这些胡闹的、寡廉鲜耻的纨绔公子们，就会说谎骗人，造谣生事，打扮得奇奇怪怪，装出一副吓唬人的样子，说几句假威风的言语，扬言他们要怎样打击敌人，假使他们有这胆量。这就是他们的全副本领！

里奥那托　可是，安东尼贤弟——

安东尼奥　不，这点小事您不用管，让我来对付他们。

彼德罗　两位老先生，我们不愿意冒犯你们。令爱的死实在使我非常抱憾。可是凭着我的名誉发誓，我们对她说的话都是绝对确实，而且有充分的证据的。

里奥那托　殿下，殿下——

彼德罗　我不要听你的话。

里奥那托　不要听我的话？好，兄弟，我们去吧。总有人会听我的话的——

安东尼奥　不要听也得听，否则咱们就拼个你死我活。（里奥那托、安东尼奥同下）

【培尼狄克上。

彼德罗　瞧，瞧，我们正要去找的那个人来啦。

克劳狄奥　啊，老兄，什么消息？

培尼狄克　早安，殿下。

彼德罗　欢迎，培尼狄克。你来迟了一步，我们刚才险些儿打起来呢。

克劳狄奥　我们的两个鼻子险些儿没给两个没有牙齿的老头子咬下来。

彼德罗　里奥那托跟他的兄弟。你看怎么样？要是我们真的打起来，那我们跟他们比起来未免太年轻点儿了。

培尼狄克　强弱异势，胜了也没有光彩。我是来找你们两个人的。

克劳狄奥　我们到处找你，因为我们一肚子都是烦恼，想设法排遣排遣。你给我们讲个笑话吧。

培尼狄克　我的笑话就在我的剑鞘里，要不要拔出来给你们瞧瞧？

彼德罗　你把笑话随身佩带的吗？

克劳狄奥　只听见把人笑破“肚皮”，可还没听说把笑话插在“腰”里的。请你把它“拔”出来，就像乐师从他的琴囊里拿出他的乐器来一样，给我们弹奏弹奏解解闷吧。

彼德罗　哎哟，他的脸色怎么这样白得怕人！你病了吗？还是在生气？

克劳狄奥　喂，放出勇气来，朋友！虽然忧能伤人，可是你是个好汉子，你会把忧愁赶走的。

培尼狄克　爵爷，您要是想用您的俏皮话儿挖苦我，那我是很可以把您对付得了的。请您换一个题目好不好？

克劳狄奥　好，他的枪已经弯断了，给他换一支吧。

彼德罗　他的脸色越变越难看了。我想他真的在生气哩。

克劳狄奥　要是他真的在生气，那么他总知道刀子就挂在他身边。

培尼狄克　可不可以让我在您的耳边说句话？

克劳狄奥　上帝保佑我不要是挑战！

培尼狄克　（向克劳狄奥旁白）你是个坏人，我不跟你开玩笑：你敢用什么方式，凭着什么武器，在什么时候跟我决斗，我一定从命。你要是不接受我的挑战，我就公开宣布你是一个懦夫。你已经害死了一位好好的姑娘，她的阴魂一定会缠绕在你的身上。请你给我一个回音。

克劳狄奥　好，我一定奉陪就是了。让我也可以借此消消闷儿。

彼德罗　怎么，你们打算喝酒去吗？

克劳狄奥　是的，谢谢他的好意。他请我去吃一个小牛头，吃一只阉鸡，我要是不把它切得好好的，就算我的刀子不中用。说不定我还能吃到一只呆鸟吧。

培尼狄克　您的才情真是太好啦，出口都是俏皮话儿。

彼德罗　让我告诉你那天贝特丽丝怎样称赞你的才情。我说你的才情很不错。"是的，"她说，"他有一点琐碎的小聪明。""不，"我说："他有很大的才情。""对了，"她说，"他的才情是大而无当的。""不，"我说，"他很机巧。""正是，"她说，"因为巧过头了，所以不会伤人。""不，"我说，"这位绅士很聪明。""啊，"她说，"好一位聪明的绅士！""不，"我说，"他有一条能言善辩的舌头。""我相信您的话，"她说，"因为他在星期一晚上向我发了一个誓，到星期二早上又把那个誓毁了。他不止有一条舌头，他是有两条舌头哩。"这样她用足足一小时的工夫，把你的长处批评得一文不值。可是临了她叹了口气，说你是意大利最漂亮的一个男人。

克劳狄奥　因此她伤心得哭了起来，说她一点不放在心上。

彼德罗　正是这样。可是说是这么说，她倘不把他恨进骨髓里去，就会把他爱到心窝儿里。那老头子的女儿已经完全告诉我们了。

克劳狄奥　全都说了——而且，当他躲在园里的时候，上帝就看见他[①]。

彼德罗　可是我们什么时候把那野牛的角儿插在有理性的培尼狄克的头上呢？

克劳狄奥　对了，还要在头颈下面挂一块招牌，"请看结了婚的培尼狄克！"

培尼狄克　再见，哥儿。你已经知道我的意思。现在我让你一个人去唠唠叨叨说话吧。谢谢上帝，你讲的那些笑话正像只会说说大话的那些懦夫们的刀剑一样伤不了人。殿下，一向蒙您知遇之恩，我是十分地感谢，可是现在我不能再跟您继续来往了。您那位弟弟已经从墨西拿逃走。你们几个人已经合伙害死了一位纯洁无辜的姑娘。至于我们那位白脸公子，我已经跟他约期相会了。在那个时候以前，我愿他平安。（下）

彼德罗　他果然认起真来了。

---

① 此句出自《旧约·创世记》。

克劳狄奥　绝对认真。我告诉您，他这样一本至诚，完全是为了贝特丽丝的爱情。

彼德罗　他向您挑战了吗？

克劳狄奥　他非常认真地向我挑战了。

彼德罗　一个衣冠楚楚的人，会这样迷塞了心窍，真是可笑！

克劳狄奥　像他这样一个人，论外表也许比一只猴子神气得多，可是他的聪明还不及一只猴子哩。

彼德罗　且慢，让我静下来想一想。糟了！他不是说我的兄弟已经逃走了吗？

【道格培里、弗吉斯及巡丁押康拉德、波拉契奥同上。

道格培里　你来，朋友。要是法律管不了你，那简直可以用不到什么法律了。不，你本来是个该死的伪君子，总得好好地看待看待你。

彼德罗　怎么！我兄弟手下的两个人都给绑起来啦！一个是波拉契奥！

克劳狄奥　殿下，您问问他们犯的什么罪。

彼德罗　巡官，这两个人犯了什么罪？

道格培里　禀王爷，他们乱造谣言，而且他们说了假话。第二点，他们信口诽谤。末了第六点，他们冤枉了一位小姐。第三点，他们做假见证。总而言之，他们是说谎的坏人。

彼德罗　第一点，我问你，他们干了些什么事？第三点，我问你，他们犯的什么罪？末了第六点，我问你，他们为什么被捕？总而言之，你控诉他们什么罪状？

克劳狄奥　问得很好，而且完全套着他的口气，把一个意思用各种不同的方式表达了出来。

彼德罗　你们两人得罪了谁，所以才给他们抓了起来问罪？这位聪明的巡官讲的话儿太奥妙了，我听不懂。你们犯了什么罪？

波拉契奥　好殿下，我向您招认一切以后，请您不必再加追问，就让这位伯爵把我杀死了吧。我已经当着您的面欺骗了您。您的智慧所观察不到的，却让这些蠢货们揭发出来了。他们在晚上听见我告诉这个人您的兄弟唐·约翰怎样唆使我毁坏希罗小姐的名誉。你们怎样听了他的话到花园里去，瞧见我在那儿跟打扮成希罗样子的玛格莱特昵昵情话，以及你们怎样在举行婚礼的时候把她羞辱。我的罪恶已经给他们记录下来。我现在但求一死，不愿再把它重新叙述出来，增加我的惭愧。那位小姐是受了我跟我的主人诬陷而死的。总之，我不求别的，只请殿下处我应得之罪。

彼德罗　他的这一番话，不是像一柄利剑刺进了你的心坎吗？

克劳狄奥　我听他说话，就像是吞下了毒药。

彼德罗　可是果真是我的兄弟指使你做这种事的吗？

波拉契奥　是的，他还给了我很大的酬劳呢。

彼德罗　他是个奸恶成性的家伙，现在一定是因为阴谋暴露，所以逃走了。

克劳狄奥　亲爱的希罗！现在你的形象又恢复到我最初爱你的时候那样纯洁美好了！

道格培里　来，把这两个原告带下去。咱们那位司事先生现在一定已经把这件事情告诉里奥那托老爷知道了。弟兄们，你们可别忘了替我证明我是头驴子。

弗吉斯　啊，里奥那托老爷来了，司事先生也来了。

【里奥那托、安东尼奥及教堂司事重上。

里奥那托　这个恶人在哪里？让我把他的面孔认认清楚，以后看见跟他长得模样差不多的人，就可以远而避之。两个人中哪一个是他？

波拉契奥　您倘要知道谁是害苦了您的人，就请瞧着我吧。

里奥那托　就是你这奴才用你的鬼话害死了我的清白的孩子吗？

波拉契奥　是的，那全是我一个人干的事。

里奥那托　不，恶人，你错了。这儿有一对正人君子，还有第三个已经逃走了，他们都是有份的。两位贵人，谢谢你们害死了我的女儿。你们干了这一件好事，是应该在青史上大笔特书的。你们自己想一想，这一件事情干得多光彩。

克劳狄奥　我不知道应该怎样向您请求原谅，可是我不能不说话。您爱怎样处置我就怎样处置我吧，我愿意接受您所能想得到的无论哪一种惩罚。虽然我所犯的罪完全是出于误会。

彼德罗　凭着我的灵魂起誓，我也犯下了无心的错误。可是为了消消这位好老人家的气起见，我也愿意领受他的任何重罚。

里奥那托　我不能叫你们把我的女儿救活过来，那当然是不可能的事。可是我要请你们两位向这儿墨西拿所有的人宣告她死得多么清白。要是您的爱情能够鼓动您写些什么悲悼的诗歌，请您就把它悬挂在她的墓前，向她的尸骸歌唱一遍。今天晚上您就去歌唱这首挽歌。明天早上您再到我家里来。您既然不能做我的子婿，那么就做我的侄婿吧。舍弟有一个女儿，她跟我去世的女儿长得一模一样，现在她是我们兄弟两人唯一的嗣息。您要是愿意把您本来应该给她姐姐的名分转给她，那么我这口气也就消下去了。

克劳狄奥　啊，可敬的老人家，您的大恩大德，真使我感激涕零！我敢不接受您的好意。从此以后，不才克劳狄奥愿意永远听从您的驱使。

里奥那托　那么明天早上我等您来。现在我要告别啦。这个坏人必须叫他跟玛格莱特当面对质。我相信她也一定是受到令弟的贿诱，参加这阴谋的。

波拉契奥　不，我可以用我的灵魂发誓，她并不知情。当她跟我说话的时候，她也不知道她已经做了些什么不应该做的事。照我平常所知道，她一向都是规规矩矩的。

道格培里　而且，老爷，这个原告，这个罪犯，还叫我驴子。虽然这句话没有写下来，可是请您在判罪的时候不要忘记。还有，巡丁听见他们讲起一个坏贼，到处用上帝的名义向人借钱，借了去永不归还，所以现在人们的心肠都变得硬起来，不再愿意看在上帝的面上借给别人半个子儿了。请您在这一点上也要把他仔细审问审问。

里奥那托　谢谢你这样细心，这回真的有劳你啦。

道格培里　您老爷说得真像一个知恩感德的小子，我为您赞美上帝！

里奥那托　这儿是你的辛苦钱。

道格培里　上帝保佑，救苦救难！

里奥那托　去吧，你的罪犯归我发落，谢谢你。

道格培里　我把一个大恶人交在您手里。请您自己处罚他，给别人做个榜样。上帝保佑您老爷！愿老爷平安如意，无灾无病！后会无期，小的告辞了！来，伙计。（道格培里、弗吉斯同下）

里奥那托　两位贵人，咱们明天早上再见。

安东尼奥　再见。我们明天等着你们。

彼德罗　我们一定准时奉访。

克劳狄奥　今晚我就到希罗坟上哀吊去。（彼德罗、克劳狄奥同下）

里奥那托　（向巡丁）把这两个家伙带走。我们要去问一问玛格莱特，她怎么会跟这个下流的东西来往。（同下）

第二场　里奥那托的花园

【培尼狄克及玛格莱特自相对方向上。

培尼狄克　好玛格莱特姑娘，请你帮帮忙替我请贝特丽丝出来说话。

玛格莱特　我去请她出来了，您肯不肯写一首诗歌颂我的美貌呢？

培尼狄克　我一定会写一首顶高雅的诗送给你。高雅得没一个别的男子高攀得上。凭着最讨人喜欢的真理起誓，你真配。

玛格莱特　再没哪个男子能够高攀得上！那我只好一辈子愿望“落空”啦？

培尼狄克　你这张嘴说起俏皮话来，就像猎狗那样会咬人。

玛格莱特　您的俏皮话就像一把练剑用的钝刀头子，怎样使也伤不了人。

培尼狄克　这才叫大丈夫，他不肯伤害女人。玛格莱特，请你快去叫贝特丽丝来吧——我服输啦，我向你缴械，盾牌也不要啦。

玛格莱特　盾牌我们自己有，把剑交上来。

培尼狄克　这可不是好玩儿的，玛格莱特，这家伙才叫危险，只怕姑娘降不住他。

玛格莱特　好，我就去叫贝特丽丝出来见您。我想她自己也生腿的。

培尼狄克　所以一定会来。（玛格莱特下）

恋爱的神明，
高坐在天庭，
知道我，知道我，
多么的可怜！——

我的意思是说，我的歌喉是多么糟糕得可怜。可是讲到恋爱，那么那位游泳好手里昂德，那位最初发明请人拉纤的特洛伊罗斯，以及那一大批载在书上的古代的风流才子们，他们的名字至今为骚人墨客所乐道，谁也没有像可怜的我这样真的为情颠倒了。可惜我不能把我的热情用诗句表示出来。我曾经搜索枯肠，可是找来找去，可以跟“姑娘”押韵的，只有“儿郎”两个字，一个孩子气的韵！可以跟“羞辱”押韵的，只有“甲壳”两个字，一个硬绷绷的韵！可以跟“学校”押韵的，只有“呆鸟”两个字，一个混账的韵！这些韵脚都不大吉利。不，我想我命里没有诗才，我也不会用那些风花雪月的话儿向人求爱。

【贝特丽丝上。

培尼狄克　亲爱的贝特丽丝，我一叫你你就出来了吗？

贝特丽丝　是的，先生。您一叫我走，我也就会去的。

培尼狄克　不，别走，再待一会儿。

贝特丽丝　“一会儿”已经待过了，那么再见吧——可是在我未去以前，让我先问您一个明白，您跟克劳狄奥说过些什么话？我原是为这事才来的。

培尼狄克　我已经骂过他了。所以给我一个吻吧。

贝特丽丝　骂人的嘴是不干净的。不要吻我，让我去吧。

培尼狄克　你真会强词夺理。可是我必须明白告诉你，克劳狄奥已经接受了我的挑战，要是他不就给我一个回音，我就公开宣布他是个懦夫。现在我要请你告诉我，你究竟为了我哪一点坏处而开始爱起我来呢？

贝特丽丝　为了您所有的坏处，它们朋比为奸，尽量发展它们的恶势力，不让一点好处混杂在它们中间。可是您究竟为了我哪一点好处，才对我害起相思来的呢？

培尼狄克　“害起相思来”，好一句话！我真的给相思害了，因为我爱你是违反我的本心的。

贝特丽丝　那么您原来是在跟您自己的心作对。唉，可怜的心！你既然为了我的缘故而跟它作对，那么我也要为了您的缘故而跟它作对了。因为我的朋友要是讨厌它，我当然再也不会喜欢它的。

培尼狄克　咱们两个人都太聪明啦，总不会安安静静地讲几句情话。

贝特丽丝　照您这样说法，恐怕未必如此。真的聪明人是不会自称自赞的。

培尼狄克　这是一句老生常谈，贝特丽丝，在从前世风淳厚、大家能够赏识他邻人的好处的时候，未必没有几分道理。可是当今之世，谁要是不趁他自己未死之前预先把墓志铭刻好，那么等到丧钟敲过，他的寡妇哭过几声以后，谁也不会再记得他了。

贝特丽丝　您想那要经过多少时间呢？

培尼狄克　问题就在这里，左右也不过钟鸣一小时，泪流一刻钟而已。所以一个人只要问心无愧，把自己的好处自己宣传宣传，就像我对于我自己这样，实在是再聪明不过的事。我可以替我自己做证，我这个人的确不坏。现在已经自称自赞得够了——我敢给自己担保，我这个人完全值得称赞——请你告诉我，你的妹妹怎样啦？

贝特丽丝　她现在憔悴不堪。

培尼狄克　你自己呢？

贝特丽丝　我也是憔悴不堪。

培尼狄克　敬礼上帝，尽心爱我，你的身子就可以好起来。现在我应该去啦。有人慌慌张张地找你来了。

【欧苏拉上。

欧苏拉　小姐，快到您叔叔那儿去。他们正在那儿议论纷纷：希罗小姐已经证明受人冤枉，亲王跟克劳狄奥上了人家一个大大的当。唐·约翰是罪魁祸首，他已经逃走了。您就来吗？

贝特丽丝　先生，您也愿意去听听消息吗？

培尼狄克　我愿意活在你的心里，死在你的怀里，葬在你的眼里。我也愿意陪着你到你叔叔那儿去。（同下）

第三场　教堂内部

【唐·彼德罗、克劳狄奥及侍从等携乐器、蜡烛上。

克劳狄奥　这儿就是里奥那托家的坟堂吗？

一侍从　正是，爵爷。

克劳狄奥　（展手卷朗诵）"青蝇玷玉，谗口铄金，嗟吾希罗，月落星沉！生蒙不虞之毁，死播百世之馨。惟令德之昭昭，斯虽死而犹生。"谨呈手卷昭美誉（悬手卷于墓前），此恨绵绵无绝期！现在奏起音乐来，歌唱你们的挽诗吧。

歌

唯兰蕙之幽姿兮，
遽一朝而摧焚。
风云怫郁其变色兮，
月姊掩脸而似嗔：
语月姊兮毋嗔，
听长歌兮当哭。

绕墓门而逡巡兮，

岂百身之可赎！

风瑟瑟兮云漫漫，

纷助予之悲叹。

安得起重泉之白骨兮，

及长夜之未旦！

克劳狄奥　幽明从此音尘隔，岁岁空来祭墓人。永别了，希罗！

彼德罗　早安，列位朋友。把你们的火把熄了。豺狼已经觅食。瞧，熹微的晨光在日轮尚未出现之前，已经在欲醒未醒的东方缀上鱼肚色的斑点了。劳驾你们，现在你们可以回去了。再会。

克劳狄奥　早安，列位朋友。大家各走各的路吧。

彼德罗　来，我们也去换好衣服，再到里奥那托家里去。

克劳狄奥　但愿许门有灵，这一回赐给我好一点的运气！（同下）

第四场　里奥那托家中一室

【里奥那托、安东尼奥、培尼狄克、贝特丽丝、玛格莱特、欧苏拉、法兰西斯神父及希罗同上。

神　父　我不是对您说她是无罪的吗？

里奥那托　亲王跟克劳狄奥怎样凭着莫须有的罪名冤诬她，您是听见的，他们误信人言，也不能责怪他们。可是玛格莱特在这件事情上也有几分不是，虽然照盘问和调查的结果看起来，她的行动并不是出于本意。

安东尼奥　好，一切事情总算圆满收场，我很高兴。

培尼狄克　我也很高兴，因为否则我有誓在先，非得跟克劳狄奥那小子算账不可。

里奥那托　好，女儿，你跟各位姑娘进去一会。等我叫你们出来的时候，大家戴上面罩出来。亲王跟克劳狄奥约定在这个时候来看我的。（众女下）兄弟，你知道你应该做些什么事。你必须做你侄女的父亲，把她许婚给克劳狄奥。

安东尼奥　我一定会扮演得神气十足。

培尼狄克　神父，我想我也要有劳您一下。

神　父　先生，您要我做些什么事？

培尼狄克　替我加上一层束缚，或者替我解除独身主义的约束吧。里奥那托大人，不瞒您说，好老人家，令侄女对我很是另眼相看。

里奥那托　不错，她这一只另外的眼睛是我的女儿替她装上去的。

培尼狄克　为了报答她的眷顾，我也已经把我的一片痴心呈献给她。

里奥那托　您这一片痴心，我想是亲王、克劳狄奥跟我三个人替您安放进去的。可是请问有何见教？

培尼狄克　大人，您说的话太玄妙了。可是讲到我的意思，那么我是希望得到您的许可，让我们就在今天正式成婚。好神父，这件事情我要有劳您啦。

里奥那托　我将竭诚促成您的美事。

神　父　我也愿意效劳。亲王跟克劳狄奥来啦。

【唐·彼德罗、克劳狄奥及侍从等上。

彼德罗　早安，各位朋友。

里奥那托　早安，殿下。早安，克劳狄奥。我们正在等着你们呢。您今天仍旧愿意娶我的侄女吗？

克劳狄奥　即使她长得像黑炭一样，我也绝对不反悔。

里奥那托　兄弟，你去叫她出来。神父已经等在这儿了。（安东尼奥下）

彼德罗　早安，培尼狄克。啊，怎么，你的面孔怎么像严冬一样难看，堆满了霜雪风云？

克劳狄奥　他大概想起了那头野牛。呸！怕什么，朋友！我们要用金子镶在你的角上，整个的欧罗巴都会喜欢你，正像从前欧罗巴喜欢那因为爱情而变成一头公牛的乔武一样。

培尼狄克　乔武老牛叫起来声音很是好听。大概也有那么一头野牛看中了令尊大人那头母牛，结果才生下了像老兄一样的一头小牛来，因为您的叫声也跟他差不多，倒是家学渊源哩。

克劳狄奥　我暂时不跟你算账。这儿来了我一笔待清的债务。

【安东尼奥率众女戴面罩重上。

克劳狄奥　哪一位姑娘我有福握住她的手？

安东尼奥　就是这一个，我现在把她交给您了。

克劳狄奥　啊，那么她就是我的了。好人，让我瞻仰瞻仰您的芳容。

里奥那托　不，在您没有搀着她的手到这位神父面前宣誓娶她为妻以前，不能让您瞧见她的面孔。

克劳狄奥　把您的手给我。当着这位神父的面，我愿意娶您为妻，要是您不嫌弃我的话。

希　罗　当我在世的时候，我是您的另一个妻子。（取下面罩）当您爱我的时候，您是我的另一个丈夫。

克劳狄奥　又是一个希罗！

希　罗　一点不错。一个希罗已经蒙垢而死，但我以清白之身活在人间。

彼德罗　就是从前的希罗！已经死了的希罗！

里奥那托　殿下，当谗言流传的时候，她才是死的。

神　父　我可以替你们解释一切。等神圣的仪式完毕以后，我会详细告诉你们希罗逝世的一段情节。现在暂时把这些怪事看作不足为奇，让我们立刻到教堂里去。

培尼狄克　慢点儿，神父。贝特丽丝呢？

贝特丽丝　（取下面罩）我就是她。您有什么见教？

培尼狄克　您不是爱我吗？

贝特丽丝　啊，不，我不过照着道理对待您罢了。

培尼狄克　这样说来，那么您的叔父、亲王跟克劳狄奥都受了骗啦。因为他们发誓说您爱我的。

贝特丽丝　您不是爱我吗？

培尼狄克　真的，不，我不过照着道理对待您罢了。

贝特丽丝　这样说来，那么我的妹妹、玛格莱特跟欧苏拉都大错而特错啦。因为她们发誓说您爱我的。

培尼狄克　他们发誓说您为了我差不多生起病来啦。

贝特丽丝　她们发誓说您为了我差不多活不下去啦。

培尼狄克　没有这回事。那么您不爱我吗？

贝特丽丝　不，真的，咱们不过是两个普通的朋友。

里奥那托　好了好了，侄女，我可以断定你是爱着这位绅士的。

克劳狄奥　我也可以赌咒他爱着她。因为这儿就有一首他亲笔写的歪诗，是他从自己的枯肠里搜索出来，歌颂着贝特丽丝的。

希　罗　这儿还有一首诗，是我姐姐的亲笔，我从她的口袋里偷出来的。这上面写着她对培尼狄克的爱慕。

培尼狄克　怪事怪事！我们自己的手会写下跟我们心里的意思完全不同的话。好，我愿意娶你。可是天日在上，我是因为可怜你才娶你的。

贝特丽丝　我不愿拒绝您。可是天日在上，我只是因为抵不过人家的劝告，一方面也是因为要救您的性命，才答应嫁给您的。人家告诉我您在一天天地瘦下去呢。

培尼狄克　别多话！让我堵住你的嘴。（吻贝特丽丝）

彼德罗　结了婚的培尼狄克，请了！

培尼狄克　殿下，我告诉你吧，就是一大伙鼓唇弄舌的家伙向我鸣鼓而攻，我也绝对不会因为他们的讥笑而放弃我的决心。你以为我会把那些冷嘲热讽的话儿放在心上吗？不，要是一个人这么容易给人家用空话打倒，他根本不配穿体面的衣服。总之，我既然立志结婚，那么无论世人说些什么闲话，我都不会去理会他们。所以你们也不必因为我从前说过反对结婚的话而把我取笑，因为人本来是个出尔反尔的东西，这就是我的结论了。至于讲到你，克劳狄奥，我倒很想把你打一顿。可是既然你就要做我的亲戚了，那么就让你保全皮肉，好好地爱我的小姨吧。

克劳狄奥　我倒很希望你会拒绝贝特丽丝，这样我就可以用棍子打你一顿，打得你不敢再做光棍了。我就担心你这家伙不大靠得住。我的大姨应该把你监管得紧一点才好。

培尼狄克　得啦得啦，咱们是老朋友。现在我们还是趁没有举行婚礼之前，大家跳一场舞，让我们的心跟我们妻子的脚跟一起飘飘然起来吧。

里奥那托　还是结过婚再跳舞吧。

培尼狄克　不，我们先跳舞再结婚。奏起音乐来！殿下，你好像有些什么心事似的。娶个妻子吧，娶个妻子吧。世上再没有比那戴上一顶绿帽子的丈夫更受人敬重的了。

【一使者上。

使　者　殿下，您的在逃的兄弟约翰已经在路上给人抓住，现在由武装的兵士把他押回到墨西拿来了。

培尼狄克　现在不要想起他，明天再说吧。我可以给你设计一些最巧妙的惩罚他的方法。吹起来，笛子！（跳舞。众下）

As You Like It 皆大欢喜

❦ 有德必有勇，正直的人决不胆怯。

导 读

《皆大欢喜》主要讲罗瑟琳与奥兰多的爱情故事，围绕爱情和田园生活展开。故事发展迅速，没有剧烈的冲突或悬疑。戏剧中，最后结束被放逐的生活，重回宫廷，剧中受迫害的好人全都得到好报，恶人受到感化，有情人双双喜结良缘，这反映了莎士比亚理想中的以善胜恶的美好境界。

此剧中，作者在写作手法上强调内容重要，语言、情节次之。全剧的背景是亚登森林，这座森林中有绿荫、歌声、鸟兽，有爱情、友谊、忠诚，使得全剧充满了浓厚的田园文学气息的独特特点，同时也表达了作者对理想世界的憧憬和向往。剧中人物表面看似都在亚登森林中净化心灵，其实并不只是靠大自然力量来治愈心灵的，还有很大成分是人类的善良和慷慨。因此，只有自然的陶冶与人类的文明，如教化、爱情、宽容、幽默、智慧等互相结合，才能臻于和谐。

剧中人物

公　爵　在放逐中

弗莱德里克　其弟，篡位者

阿米恩斯
杰奎斯　}　流亡公爵的从臣

勒·波　弗莱德里克的侍臣

查尔斯　拳师

奥列佛
贾奎斯
奥兰多　}　罗兰·德·鲍埃爵士的儿子

亚　当
丹尼斯　}　奥列佛的仆人

试金石　小丑

奥列佛·马坦克斯特　牧师

柯　林
西尔维斯　}　牧人

威　廉　乡人，恋奥德蕾

扮许门者

罗瑟琳　流亡公爵的女儿

西莉娅　弗莱德里克的女儿

菲　苾　牧女

奥德蕾　村姑

众臣、侍童、林居人及侍从等

地　点

奥列佛宅旁庭园，篡位者的宫廷。亚登森林

第一幕

第一场　奥列佛宅旁园中

【奥兰多及亚当上。

奥兰多　亚当，我记得遗嘱上留给我的只有区区一千块钱，而且正像你所说的，遗嘱还要我大哥把我好生教养，否则他就得不到我父亲的祝福：我的不幸就这样开始了。他把我的二哥贾奎斯送进学校，据说成绩很好。可是我呢，他却叫我像个村汉似的待在家里，或者再说得确切一点，把我当作牛马似的关在家里：你说像我这种身份的良家子弟，就可以像一头牛那样养着的吗？他的马匹也比我养得好些。因为除了食料充足之外，还要用重金雇下了骑师对它们加以训练。可是我，他的兄弟，却不曾在他手下得到一点好处，除了让我白白地傻长，这是我跟他那些粪堆上的畜生一样要感激他的。他除了如此慷慨地什么也不给我之外，还要剥夺去我固有的一点点天分。他叫我和佃工在一起过活，不把我当兄弟看待，尽他一切力量用这种教育来摧毁我的高贵的素质。这是使我伤心的缘故，亚当。我觉得在我身体之内的我的父亲的精神已经因为受不住这种奴隶的生活而反抗起来了。我一定不能再忍受下去，虽然我还不曾想到避免它的妥当的方法。

亚　当　大爷，您的哥哥从那边来了。

奥兰多　到一边去，亚当，你就会听到他将怎样欺侮我。

【奥列佛上。

奥列佛　嘿，少爷！你到这儿来做什么？

奥兰多　不做什么，我不曾学习过做什么。

奥列佛　那么你在作践些什么呢，少爷？

奥兰多　哼，大爷，我在帮您的忙，帮您用游荡来作践您那上帝造下来的可怜的没有用处的兄弟哩。

奥列佛　那么你给我做事去，别站在这儿碍眼，少爷。

奥兰多　我要去看守您的猪，跟它们一起吃糠吗？我浪费了什么了，才要受这种惩罚？

奥列佛　你知道你在什么地方吗，少爷？

奥兰多　噢，大爷，我知道得很清楚。我在您的园子里。

奥列佛　你知道你是当着谁说话吗，少爷？

奥兰多　哦，我知道我面前这个人是谁，比他知道我是谁要清楚得多。我知道您是我的大哥。但是说起优良的血统，您也应该知道我是谁。按着世间的常礼，您的身份比我高些，因为你是长子。可是同样的礼法并不能取去我的血统，即使我们之间还有二十个兄弟。我的血液里有着跟您一样多的我们父亲的素质。虽然我承认您出生在先更有资格得到应得的尊敬。

奥列佛　什么，小子！（打奥兰多）

奥兰多　算了吧，算了吧，大哥，来这一手您还太嫩了些。（抓住奥列佛）

奥列佛　你要向我动起手来了吗，混蛋？

奥兰多　我不是混蛋。我是罗兰·德·鲍埃爵士的小儿子，他是我的父亲。谁敢说这样一位父亲会生下混蛋儿子来的，才是个大混蛋。你若不是我的哥哥，我这手一定不放松你的喉咙，直等我那另一只手拔出了你的舌头为止，因为你说了这样的话。你骂的是你自己。

亚　当　（上前）好爷爷们，别生气。看在去世的老爷的面上，大家和和气气的吧！

奥列佛　放开我！

奥兰多　等我高兴放你的时候再放你。你给我听着：父亲在遗嘱上吩咐你好好教育我。你却把我培育成一个农夫，不让我具有或学习任何上流人士的本领。父亲的精神在我心中炽烈燃烧，我再也忍受不下去了。你得允许我去学习那种适合上流人身份的技艺。否则把父亲在遗嘱里指定给我的那笔数目小小的钱给我，也好让我去自寻生路。

奥列佛　等到那笔钱用完了你便怎样？去做叫花子吗？哼，少爷，给我进去吧，别再跟我找麻烦了。你会得到你所要的一部分。请你走吧。

奥兰多　我不愿过分冒犯你，除了为我自身的利益。

奥列佛　你跟着他去吧，你这老狗！

亚　当　“老狗”便是您给我的回报吗？一点不错，我服侍你们已经服侍得牙齿都落光了。上帝和我的老爷同在！他是绝对不会说出这种话来的。（奥兰多、亚当下）

奥列佛　竟有这种事吗？你不服我管了吗？我要把你的傲气去掉，你也别想得到那一千块钱。喂，丹尼斯！

【丹尼斯上。

丹尼斯　大爷叫我吗？

奥列佛　公爵手下那个拳师查尔斯不是在这儿要跟我说话吗？

丹尼斯　禀大爷，他就在门口，要求见您哪。

奥列佛　叫他进来。（丹尼斯下）这是一个妙计。明天就是摔跤比赛的日子。

【查尔斯上。

查尔斯　早安，大爷！

奥列佛　查尔斯好朋友，新朝廷里有些什么新消息？

查尔斯　朝廷里没有什么新消息，大爷，只有一些老消息：那就是说老公爵给他的弟弟新公爵放逐了。三四个忠心的大臣自愿跟着他出亡，他们的地产收入都给新公爵没收了去，因此他巴不得他们一个个滚蛋。

奥列佛　你知道公爵的女儿罗瑟琳是不是也跟她的父亲一起被放逐了？

查尔斯　啊，不，因为新公爵的女儿，她的族妹自小便跟她在一个摇篮里一起长大，非常爱她，一定要跟她一同出亡，否则便要寻死。所以她现在仍旧在宫里，她的叔父把她当自家女儿一样看待。从来不曾有两位小姐像她们这样要好的了。

奥列佛　老公爵预备住在什么地方呢？

查尔斯　据说他已经住在亚登森林了，有好多人跟着他。他们在那边度着昔日英国罗宾汉那样的生活。据说每天有许多年轻贵人投奔到他那儿去，逍遥地把时间消磨过去，像是置身在古代的黄金时代里一样。

奥列佛　喂，你明天要在新公爵面前表演摔跤吗？

查尔斯　正是，大爷。我来就是要通知您一件事情。我得到了一个风声，大爷，说您的弟弟奥兰多想要假扮了明天来跟我交手。明天这一场摔跤，大爷，是与我的名誉有关的。谁想不断一根骨头而安然逃出，必须好好留点神才行。

令弟年纪太轻，顾念着咱们的交情，我本来不愿对他施加毒手，可是如果他一定要参加，为了我自己的名誉起见，我也别无办法。为此看在咱们的交情上，我特地来通报您一声：您或者劝他打断了这个念头。或者请您不用为了他所将要遭到的羞辱而生气，这全然是他自取其咎，并非我的本意。

奥列佛　查尔斯，多谢你对我的好意，我一定会重重报答你的。我自己也已经注意到舍弟的意思，曾经用婉言劝阻过他。可是他执意不改。我告诉你，查尔斯，他是在全法国顶无理可喻的一个小子，野心勃勃，一见人家有什么好处，心里总是不服，而且老是在阴谋设计陷害我，他的同胞兄长。一切悉听你的尊意吧。我巴不得你把他的头颈和手指一起折断了呢。你得留心一些。要是你略为削了他一点面子，或者他不能大大地削你的面子，他就会用毒药毒死你，用奸谋陷害你，非把你的性命用卑鄙的手段除掉了不肯甘休。不瞒你说，我一说起也忍不住要流泪，在现在世界上没有比他更奸恶的年轻人了。因为他是我的兄弟，我不好怎样说他。假如我把他的真相完全告诉了你，那我一定要惭愧得痛哭流涕，你也要脸色发白，大吃一惊的。

查尔斯　我真幸运上您这儿来。假如他明天来，我一定要给他一顿教训。倘若不叫他瘸了腿，我以后再不跟人家摔跤赌锦标了。好，上帝保佑您大爷！（下）

奥列佛　再见，好查尔斯。——现在我要去挑拨这位好勇斗狠的家伙了。我希望他送了命。我自己也不明白我为什么要那么恨他。说起来他很善良，从来不曾受过教育，然而很有学问，充满了高贵的思想，无论哪一等人都爱戴他。真的，大家都这样喜欢他，尤其是我自己手下的人，以至于我倒给人家轻视起来。可是情形不会长久下去的。这个拳师可以给我解决一切。现在我只消把那小子激去就是了。我这就去。（下）

第二场　公爵宫门前草地

【罗瑟琳及西莉娅上。

西莉娅　罗瑟琳，我的好姐姐，请你快活些吧。

罗瑟琳　亲爱的西莉娅，我已经强作欢容，你还要我再快活一些吗？除非你能教我怎样忘掉一个被放逐的父亲，否则你再怎样也不能叫我想起有趣的事情的。

西莉娅　我看出你爱我的程度不及我爱你那样深。要是我的伯父，你的被放逐的父亲，放逐了你的叔父，我的父亲，只要你仍旧跟我在一起，我可以爱你的父亲就像爱我自己的父亲一样。假如你爱我也像我爱你一样真纯，那么你也一定会这样的。

罗瑟琳　好，我愿意忘记我自己的处境，为了你而高兴起来。

西莉娅　你知道我父亲只有我一个孩子，看来也不见得会再有了，等他去世之后，你便可以承继他的王位。因为凡是他用暴力从你父亲手里夺来的东西，我都要怀着爱心归还给你。凭着我的名誉起誓，我一定会这样。要是我背了誓，让我变成个妖怪。所以，我的好罗瑟琳，我的亲爱的罗瑟琳，快活起来吧。

罗瑟琳　妹妹，从此以后我要高兴起来，想出一些消遣的法子。让我想想看。你觉得来一场恋爱怎样？

西莉娅　好的，不妨作为消遣，可是不要认真爱起人来。而且玩笑也不要开得过度，羞答答地脸红了一下子就算了，不要弄到丢了脸摆不脱身。

罗瑟琳　那么我们做什么消遣呢？

西莉娅　让我们坐下来嘲笑那位好管家太太命运之神，叫她羞得离开了纺车，免得她的赏赐老是不公平[①]。

罗瑟琳　我希望我们能够这样做，因为她的恩典完全是滥给的。这位慷慨的瞎眼婆子在给女人赏赐的时候尤其是乱来。

西莉娅　一点不错，因为她给了美貌，就不给贞洁。给了贞洁，就只给丑陋的相貌。

罗瑟琳　不，现在你把命运的职务拉扯到造物神身上去了。命运之神管理着人间的赏罚，可是管不了天生的相貌。

【试金石上。

西莉娅　管不了吗？造物神生下了一个美貌的人儿来，命运之神不会把她推到火里去从而毁坏她的容颜吗？造物神虽然给我们智慧，可以把命运取笑，可是命运之神不已经差这个傻瓜来打断我们的谈话了吗？

罗瑟琳　真的，那么命运之神太对不起造物神了，她会叫一个天生的傻瓜来打断天生的智慧。

---

① 指希腊神话中命运女神于纺车上纺织人类的命运。因命运赏罚毫无定准，故下文云“瞎眼婆子”。

西莉娅　也许这也不关命运之神的事，而是造物神的意思，因为看到我们天生的智慧太迟钝了，不配议论神明，所以才叫这傻瓜来做我们的砺石。因为傻瓜的愚蠢往往是聪明人的砺石。喂，聪明人！你到哪儿去？

试金石　小姐，快到您父亲那儿去。

西莉娅　你做起差人来了吗？

试金石　不，我以名誉起誓，我是奉命来请您去的。

罗瑟琳　傻瓜，你从哪儿学来的这一句誓？

试金石　从一个骑士那儿学来的，他以名誉起誓说煎饼很好，又以名誉起誓说芥末不行。可是我知道煎饼不行，芥末很好。然而那骑士也不曾发假誓。

西莉娅　你怎样用你那一大堆的学问证明他不曾发假誓呢？

罗瑟琳　哦，对了，请把你的聪明施展出来吧。

试金石　您两人都站出来，摸摸你们的下巴，以你们的胡须起誓说我是个坏蛋。

西莉娅　以我们的胡须起誓，要是我们有胡须的话，你是个坏蛋。

试金石　以我的坏蛋的身份起誓，要是我有坏蛋的身份的话，那么我便是个坏蛋。可是假如你们用你们所没有的东西起誓，你们便不算是发的假誓。这个骑士用他的名誉起誓，因为他从来不曾有过什么名誉，所以他也不算是发假誓。即使他曾经有过名誉，也早已在他看见这些煎饼和芥末之前发誓发掉了。

西莉娅　请问你说的是谁？

试金石　是您的父亲老弗莱德里克所喜欢的一个人。

西莉娅　我的父亲喜欢他，他也就够有名誉的了。够了，别再说起他。你总有一天会因为讥诮人而吃鞭子的。

试金石　这就更可叹了，聪明人可以做傻事，傻子却不准说聪明话。

西莉娅　真的，你说得对。自从把傻子的一点点小聪明重重压制住之后，聪明人的一点点小小的傻气就大大地显起身手来了。——勒·波先生来啦。

罗瑟琳　他满嘴都是新闻。

西莉娅　他会把他的新闻向我们倾吐出来，就像鸽子哺雏一样。

罗瑟琳　那么我们要塞满一肚子的新闻了。

西莉娅　那再好没有，塞得胖胖的，更好卖啦。

【勒·波上。

西莉娅　您好，勒·波先生。有什么新闻？

勒·波　好郡主，您错过一场很好的玩意儿了。

西莉娅　玩意儿！什么花色的？

勒·波　什么花色的，小姐！我怎么回答您呢？

罗瑟琳　凭着您的聪明和您的机缘吧。

试金石　或者按照命运女神的旨意。

西莉娅　说得好，极尽堆砌之能事了。

试金石　本来吗，如果我说的话不够味儿——

罗瑟琳　你的口臭病大概就好了。

勒·波　两位小姐，你们真叫我莫名其妙。我是要来告诉你们有一场很好的摔跤比赛，你们错过机会了。

罗瑟琳　那你就把那场摔跤比赛的情形讲给我们听吧。

勒·波　我可以把开场的情形告诉你们。假如两位小姐听完后感兴趣，收场的情形你们可以自己看一个明白，精彩的部分还不曾开始呢。他们就要到这儿来表演了。

西莉娅　好，就把那个已经陈腐了的开场说来听听。

勒·波　有一个老人带着他的三个儿子到来——

西莉娅　我可以把这开头接上一个老掉牙的故事去。

勒·波　三个漂亮的青年，长得一表人才——

罗瑟琳　头颈里挂着招贴，“特此布告，俾众周知”。

勒·波　老大跟公爵的拳师查尔斯摔跤，查尔斯一下子就把他摔倒了，打断了三根肋骨，几乎断送了生命。老二老三也都这样给他对付过去。他们都躺在那边。那个可怜的老头子，他们的父亲，在为他们痛哭，惹得旁观的人都陪他落泪。

罗瑟琳　哎哟！

试金石　但是，先生，您说小姐们错过了的玩意儿是什么呢？

勒·波　哪，就是我说过的这件事啊。

试金石　所以人们每天都可以增进一些见识。我今天才第一次听说折断肋骨是小姐们的玩意儿。

西莉娅　我也是第一次呢。

罗瑟琳　可是还有谁想要听自己肋下清脆动人的一声吗？还有谁喜欢让他的肋骨给人敲断吗？妹妹，我们要不要去看他们摔跤？

勒·波　要是你们不走开，那么不看也得看。因为这儿正是指定摔跤的地方，他们就要来表演了。

西莉娅　真的，他们从那边来了。让我们不要走开，看一下子吧。

【喇叭奏花腔；弗莱德里克、众臣、奥兰多、查尔斯及侍从等上。

弗莱德里克　来吧。那年轻人既然不听劝，就让他吃些苦楚，也是他自不量力的报应。

罗瑟琳　那边就是那个人吗？

勒·波　就是他，小姐。

西莉娅　唉！他太年轻啦。可是瞧他的神气倒好像很有得胜的把握似的。

弗莱德里克　啊，吾儿和侄女！你们也溜到这儿来看摔跤吗？

罗瑟琳　是的，殿下，请您恩准。

弗莱德里克　我可以断定你们一定不会感到兴趣的，两方的实力太不平均了。我因为可怜这个挑战的人年纪轻轻，想劝阻他，可是他不听劝。小姐们，你们去对他说说，看能不能说服他。

西莉娅　叫他过来，勒·波先生。

弗莱德里克　好吧，我且走开几步。（退至一旁）

勒·波　挑战的先生，两位郡主有请。

奥兰多　敢不从命。

罗瑟琳　年轻人，你向拳师查尔斯挑战了吗？

奥兰多　不，美貌的郡主，他才是向众人挑战的人。我不过像别人一样来到这儿，想要跟他较量较量我的青春的力量。

西莉娅　年轻的先生，照您的年纪而论，您的胆量是太大了。您已经看见了这个人的无情的蛮力。要是您能够用您的眼睛瞧见您自己的形状，或者用您的理智判断您自己的能力，那么您对于这回冒险所怀的戒惧，一定会劝您另外找一件比较适宜于您的事情来做。为了您自己的缘故，我们请求您顾虑您自身的安全，放弃了这种尝试吧。

罗瑟琳　是的，年轻的先生，您的名誉不会因此而受损。我们可以去请求公爵停止这场摔跤比赛。

奥兰多　我要请你们原谅，我觉得我自己十分有罪，胆敢拒绝这么两位美貌出众的小姐的要求。可是让你们的美目和好意伴送着我去进行这场决斗吧。假如我打败了，那不过是一个从来不曾给人看重过的人丢了脸。假如我死了，也不过死了一个自己愿意寻死的人。我不会辜负我的朋友们，因为没有人会哀悼我。我不会对世间有什么损害，因为我在世上一无所有。我不过在世间占了一个位置，也许死后可以让更好的人来补充。

罗瑟琳　我但愿我所有的一点点微弱的力量也加在您身上。

西莉娅　我也愿意把我的力量再加在她的力量上面。

罗瑟琳　再会。求上天但愿我错看了您！

西莉娅　愿您的希望能实现！

查尔斯　来，那个想要来送死的哥儿在什么地方？

奥兰多　已经预备好了，朋友。可是他并没有那样的野心。

弗莱德里克　你们斗一个回合就够了。

查尔斯　殿下，既然这头一个回合您已经竭力敦劝他不要参加，我包您不会再有第二个回合。

奥兰多　你要嘲笑我也得等完了再说，可不必事先就嘲笑起来。来啊。

罗瑟琳　赫剌克勒斯默佑着你，年轻人！

西莉娅　我希望我有隐身术，去拉住那强徒的腿。（查尔斯、奥兰多二人摔跤）

罗瑟琳　啊，出色的青年！

西莉娅　假如我的眼睛里会打雷，我知道谁是要被打倒的。（查尔斯被摔倒。欢呼声）

弗莱德里克　算了，算了。

奥兰多　请殿下准许我再试。我的一口气还不曾透完哩。

弗莱德里克　你怎样啦，查尔斯？

勒·波　他说不出话来了，殿下。

弗莱德里克　把他抬出去。你叫什么名字，年轻人？（查尔斯被抬下）

奥兰多　禀殿下，我是奥兰多，罗兰·德·鲍埃爵士的幼子。

弗莱德里克　我希望你是别人的儿子。世间都以为你的父亲是个好人，但他是我永远的仇敌。假如你是别族的子孙，你今天的行事一定可以使我更喜欢你一些。再见吧。你是个勇敢的青年，我愿你向我说起的是另外一个父亲。（弗莱德里克、勒·波及随从下）

西莉娅　姐姐，假如我是我父亲，我会做这种事吗？

奥兰多　我以做罗兰爵士的儿子为荣，即使只是他的幼子。我不愿改变我的地位，过继给弗莱德里克做后嗣。

罗瑟琳　我的父亲宠爱罗兰爵士，就像爱他的灵魂一样。全世界的人都抱着和我父亲同样的意见。要是我本来就已经知道这位青年是他的儿子，我一定含着眼泪谏劝他不要冒这种危险。

西莉娅　好姐姐，让我们到他跟前去鼓励鼓励他。我父亲那无礼而又猜忌的脾气，使我十分痛心。——先生，您很值得尊敬。您的本事确是出人意外，如果您对意中人也能真诚，那么您的情人一定是很有福气的。

罗瑟琳　先生，（自颈上取下项链赠给奥兰多）为了我，请戴上这个吧。我是个失爱于命运的人，本应多送你一些的，只可惜心有余而力不足，不过略表微忱而已。我们走吧，妹妹。

西莉娅　好。再见，好先生。

奥兰多　我不能说一句谢谢您吗？我的心神都已摔倒，站在这儿的只是一个人形的枪靶，一块没有生命的木石。

罗瑟琳　他在叫我们回去。我的矜傲早随着我的命运一起丢光了。我且去问他有什么话说。您叫我们吗，先生？先生，您摔跤摔得很好。给您征服了的，不单是您的敌人。

西莉娅　还不走吗，姐姐？

罗瑟琳　你先走，我跟着你。再会。（罗瑟琳、西莉娅下）

奥兰多　是什么样的一种情感重压住我的舌头？她想跟我交谈，我却想不出话来对她说。可怜的奥兰多啊，你被人征服了！战胜了你的，不是查尔斯，却是比他更柔弱的人儿。

【勒·波重上。

勒·波　先生，我劝您还是离开这地方吧。虽然您很值得恭维、赞扬和敬爱，但是公爵的脾气太坏，他会误会您所做的一切的。公爵的心性有点捉摸不定。他的为人怎样我不便说，还是您自己去忖度忖度吧。

奥兰多　谢谢您，先生。我还要请您告诉我，这两位小姐哪一位是在场的公爵的女儿？

勒·波　要是我们照行为举止上看起来，两个可以说都不是他的女儿。但是那位矮小一点的的的确确是他的女儿。另外一位便是被放逐在外的公爵所生的女儿，被她这位篡位的叔父留在这儿陪伴他的女儿。她们两人的相爱是远过于同胞姐妹的。但是我可以告诉您，新近公爵对于他这位温柔的侄女有点不乐意。毫无理由，只是因为人民都称赞她的品德，为了她那位好父亲的缘故而同情她。我可以断定他对于这位小姐的恶意不久就会突然爆发的。再会吧，先生。我希望在另外一个较好的世界里可以再跟您多多亲近。

奥兰多　我非常感谢您的好意。再会。（勒·波下）才穿过浓烟，又钻进烈火。一边是专制的公爵，一边是暴虐的哥哥。可是天仙一样的罗瑟琳啊！（下）

第三场　宫中一室

【西莉娅及罗瑟琳上。

西莉娅　喂，姐姐！喂，罗瑟琳！爱神哪！没有一句话吗？

罗瑟琳　连可以丢给一条狗的一句话也没有。

西莉娅　不，你的话是太宝贵了，怎么可以丢给贱狗呢？丢给我几句吧。来，讲一些道理来叫我浑身瘫痪。

罗瑟琳　那么姐妹两人都害了病了：一个是给道理害得浑身瘫痪，一个是因为想不出什么道理来而发了疯。

西莉娅　但这是不是全然为了你的父亲？

罗瑟琳　不，一部分是为了我的孩子的父亲。唉，这个平凡的世间到处都充满了荆棘呀！

西莉娅　姐姐，这不过是些有刺的果壳，为了取笑玩玩而丢在你身上的。要是我们不在正道上走，我们的裙子就会被它们挂住。

罗瑟琳　在衣裳上的，我可以把它们抖去。但是这些刺是在我的心里呢。

西莉娅　你咳嗽一声就咳出来了。

罗瑟琳　要是我咳嗽一声，它就会应声而来，那么我倒会试一下的。

西莉娅　算了算了。使劲地把你的爱情摔一跤吧。

罗瑟琳　唉！我的爱情比我气力大得多哩！

西莉娅　啊，那么我替你祝福吧！即使失败，你也得努力试一下。但是把笑话搁在一旁，让我们正正经经地谈谈。你真的会突然这样猛烈地爱上老罗兰爵士的小儿子吗？

罗瑟琳　我的父亲和他的父亲非常要好呢。

西莉娅　因此你也必须和他的儿子非常要好吗？照这样说起来，那么我的父亲非常恨他的父亲，因此我也应当恨他了。可是我并不恨奥兰多。

罗瑟琳　不，看在我的面上，不要恨他。

西莉娅　为什么不呢？他不是值得恨的吗？

罗瑟琳　因为他是值得爱的，所以我爱他。因为我爱他，所以你也要爱他。瞧，公爵来了。

西莉娅　他满眼都是怒气。

【弗莱德里克率众臣上。

弗莱德里克　姑娘，为了你的安全，你得赶快收拾起来，离开我们的宫廷。

罗瑟琳　我吗，叔父？

弗莱德里克　你，侄女。在这十天之内，要是发现你在离我们宫廷二十英里之内，你就得死。

罗瑟琳　请殿下让我知道，我犯了什么罪过。要是我有自知之明，要是我并没有做梦，也不曾发疯——我相信我没有——那么，亲爱的叔父，我从来不曾起过半分触犯您老人家的念头。

弗莱德里克　一切叛徒都是这样的。要是他们凭着口头的话便可以免罪，那么他们都是再清白没有的了。可是我不能信任你，这一句话就够了。

罗瑟琳　但是您的不信任并不能使我变成叛徒。请告诉我您有什么证据？

弗莱德里克　你是你父亲的女儿。还用得着说别的话吗？

罗瑟琳　当殿下夺去了我父亲的公国的时候，我就是他的女儿。当殿下把他放逐的时候，我还是他的女儿。叛逆并不是遗传的，殿下。即使我们受到亲友的牵连，那与我又有什么相干？我的父亲并不是个叛徒呀。所以，殿下，别看错了我，把我的穷迫看作了奸慝。

西莉娅　好殿下，听我说。

弗莱德里克　嗯，西莉娅，我让她留在这儿，只是为了你的缘故，否则她早已跟她的父亲流浪去了。

西莉娅　那时我没有请您让她留下来。那是您自己的主意，因为您自己觉得有点不好意思。那时候我还太小，不曾知道她的好处，但现在我知道了。要是她是个叛徒，那么我也是。我们一直都睡在一起，同时起床，一块儿读书，同游同食，无论到什么地方去，都像朱诺的一双天鹅，永远成双成对，拆不开来。

弗莱德里克　她这人太阴险，你敌不过她。她的和气、她的沉默和她的忍耐，都能感动人心，叫人民可怜她。你是个傻子，她已经夺去了你的名誉。她走了之后，你就可以显得更光彩更贤德了。所以闭住你的嘴。我对她所下的判决是确定而无可挽回的，她必须被放逐。

西莉娅　那么您把这句判决也加在我身上吧，殿下。我没有她做伴便活不下去。

弗莱德里克　你是个傻子。侄女，你得准备起来，假如误了期限，凭着我的名誉和我的言出如山的命令，要把你处死。（偕众臣下）

西莉娅　唉，我的可怜的罗瑟琳！你到哪儿去呢？你肯不肯换一个父亲？我把我的父亲给了你吧。请你不要比我更伤心。

罗瑟琳　我比你有更多的伤心的理由。

西莉娅　你没有，姐姐。请你高兴一点。你知道不知道，公爵把他的女儿也放逐了？

罗瑟琳　他没有。

西莉娅　没有？那么罗瑟琳，你还没有那种爱来使你明白你我两人有如一体。我们难道要拆散吗？我们难道要分手吗，亲爱的姑娘？不，让我的父亲另外找一个后嗣吧。你应该跟我商量我们应当怎样飞走，到哪儿去，带些什么东西。不要因为环境的变迁而独自伤心，让我分担一些你的心事吧。我对着因为同情我们而惨白的天空起誓，无论你怎样说，我都要跟你一起走。

罗瑟琳　但是我们到哪儿去呢？

西莉娅　到亚登森林找我的伯父去。

罗瑟琳　唉，像我们这样的姑娘家，走这么远的路，该是多么危险！美貌比金银更容易引起盗心呢。

西莉娅　我可以穿破旧的衣裳，用些黄泥涂在脸上，你也这样。我们便可以通行过去，不会遭人家算计了。

罗瑟琳　我的身材特别高，完全打扮得像个男人岂不更好？腰间插一把出色的匕首，手里拿一柄刺野猪的长矛。心里尽管隐藏着女人家的胆怯，也要在外表上装出一副雄赳赳气昂昂的样子来，正像那些冒充好汉的懦夫一般。

西莉娅　你做了男人之后，我叫你什么名字呢？

罗瑟琳　我要取一个和乔武的侍童一样的名字，所以你叫我盖尼米德吧。但是你叫什么呢？

西莉娅　我要取一个可以表示我的境况的名字。我不再叫西莉娅，就叫爱莲娜[1]吧。

罗瑟琳　但是妹妹，我们设法去把你父亲宫廷里的小丑偷来好不好？他在我们的旅途中不是很可以给我们解闷吗？

西莉娅　他一定肯跟着我走遍广大的世界。让我独自去对他说吧。我们且去把珠宝钱物收拾起来。我出走之后，他们肯定要追赶，我们该想出一个顶适当的时间和顶安全的方法来避过他们。现在我们是满心的欢畅，去找寻自由，不是流亡。（同下）

---

① 爱莲娜 Aliena，暗示 alienated（远隔）之意。

第二幕

第一场 亚登森林

【公爵、阿米恩斯及众臣着林居人装束上。

公 爵 我的流放生涯中的同伴和弟兄们，我们不是已经习惯了这种生活，觉得它比虚饰的浮华有趣得多吗？这些树林不比猜忌的朝廷更为安全吗？我们在这儿所感觉到的，只是时序的改变，那是上帝加于亚当的惩罚[①]。冬天的寒风张舞着冰雪的爪牙，发出狂烈的呼啸，即使当它砭刺着我的身体，使我冷得发抖的时候，我也会微笑着说："这不是谄媚啊。它们就像是忠臣一样，谆谆提醒我所处的地位。"逆境厄运也有它的好处，就像丑陋而有毒的蟾蜍，它的头上却顶着一颗珍贵的宝石。我们的这种生活，虽然远离尘嚣，却可以听树木的谈话，溪中的流水便是大好的文章，一石之微，也暗寓着教训。每一件事物中，都可以找到些益处来。我不愿改变这种生活。

阿米恩斯 殿下真是幸福，能把命运的顽逆看得这样恬静而可爱。

公 爵 来，我们打鹿去吧。可是我心里有些不忍，这种可怜的花斑的畜生，本来是这荒凉的城市中的居民，现在却要在它们自己的家园中让它们的后腿领略箭镞的滋味。

臣 甲 不错，那忧愁的杰奎斯很为此伤心，发誓说在这件事上跟您那篡位的兄弟相比，您还是个更大的篡位者。今天阿米恩斯大人跟我两人悄悄地躲在背

① 亚当未逐出乐园之前，世界上只有春天。见《圣经·创世记》。

后，瞧他躺在一株橡树底下，那古老的树根露出在沿着林旁潺潺流去的溪水上面，有一只可怜的失群的牡鹿中了猎人的箭受伤，奔到那边去喘气。真的，殿下，这头不幸的畜生发出了那样的呻吟，真要把它的皮囊都胀破了，一颗颗又大又圆的泪珠怪可怜地争先恐后流到它的无辜的鼻子上。忧愁的杰奎斯瞧着这头可怜的毛畜这样站在急流的小溪边，往溪水里添注眼泪。

公　爵　杰奎斯可说了些什么？他见了此情此景，不又要讲起一番道理来了吗？

臣　甲　啊，是的，他做了一千种的譬喻。起初他看见那鹿把眼泪流进了水流之中，便说："可怜的鹿，你就像世人立遗嘱一样，把你所有的一切给了那已经有得太多的人。"于是，看它孤苦伶仃，被它那些皮毛柔滑的朋友们所遗弃，便说："不错，人倒了霉，朋友也不会来睬你了。"不久又有一群吃得饱饱的、无忧无虑的鹿跳过它的身边，也不停下来向它打个招呼。"嗯，"杰奎斯说，"奔过去吧，你们这批肥胖而富于脂肪的市民们。世事无非如此，那个可怜的破产的家伙，瞧他做什么呢？"他这样用最恶毒的话来辱骂着乡村、城市和宫廷的一切，甚至于骂着我们的这种生活。发誓说我们只是些篡位者、暴君或者比这更坏的人物，到这些畜生们的天然的居处来惊扰它们，杀害它们。

公　爵　你们就在他做这种思索的时候离开了他吗？

臣　甲　是的，殿下，就在他为了这头啜泣的鹿而流泪发议论的时候。

公　爵　带我到那地方去，我喜欢趁他发愁的时候去见他，因为那时他最富于见识。

臣　甲　我这就领您去见他。（同下）

第二场　宫中一室

【弗莱德里克、众臣及侍从上。

弗莱德里克　难道没有一个人看见她们吗？绝对不会的。一定在我的宫廷里有奸人知情串通。

臣　甲　我不曾听见谁说曾经看见她。她寝室里的侍女们都看她上了床。可是一早就发现床上的宝贝郡主不见了。

臣　乙　殿下，那个常常逗您发笑的下贱小丑也失踪了。郡主的侍女希丝比利娅供认她曾经偷听到郡主跟她的姐姐常常称赞最近在摔跤赛中打败了强有力的查尔斯的那个汉子的技艺和人品。她说她相信不论她们到哪里去，那个少年一定是跟她们在一起的。

弗莱德里克　差人到他哥哥家里去，把那家伙抓来。要是他不在，就带他的哥哥来见我，我要叫他哥哥去找他。马上去，这两个逃走的傻子一定要用心搜寻探访，非把她们寻回来不可。（众下）

第三场　奥列佛家门前

【奥兰多及亚当自相对方向上。

奥兰多　那边是谁？

亚　当　啊！我的少爷吗？啊，我的善良的少爷！我的好少爷！啊，您叫人想起了老罗兰爵爷！唉，您为什么到这里来呢？您为什么这样好呢？为什么人家要爱您呢？为什么您是这样仁慈、这样健壮、这样勇敢呢？为什么您这么傻，要去把那乖僻的公爵手下那个力大如牛的拳师打败呢？您的声誉是来得太快了。您不知道吗，少爷，有些人常会因为他们太好了，反而害了自己？您也正是这样。您的好处，好少爷，就是陷害您自身的圣洁的叛徒，唉，这算是一个什么世界，怀德的人会因为他们的德行反遭毒手！

奥兰多　啊，怎么一回事？

亚　当　唉，不幸的青年！不要走进这扇门来。在这屋子里潜伏着您一切美德的敌人呢。您的哥哥——不，不是哥哥，却是您父亲的儿子——不，他也不能称为他的儿子——他听见了人家称赞您的话，预备在今夜放火烧去您所住的屋子。要是这计划不成功，他还会想出别的法子来除掉您。他的阴谋给我偷听到了。这儿不是安身之处，这屋子不过是一所屠场，您要回避，您要警戒，别走进去。

奥兰多　可是，亚当，你要我到哪儿去？

亚　当　随您到哪儿去都好，只要不在这儿。

奥兰多　什么，你要我去做个要饭的吗？还是在大路上用下贱无耻的剑做一个强盗？我只好走这种路，否则我就不知道怎么办。可是不论怎样，我也不愿这样干。我宁愿忍受一个不念手足之情的凶狠的哥哥的恶意。

亚　当　可是不要这样。我在您父亲身边侍候了这许多年，曾经辛辛苦苦把工钱省下了五百块。我把那笔钱存下，本来是预备等我没有气力做不动事的时候做养老之本，人老了，不中用了，是会被人踢在角落里的。您把这钱拿了去吧。上帝既然给食物予乌鸦，也不会忘记把麻雀喂饱的，我这一把年纪，就悉听他的慈悲吧！钱就在这儿，我把它全都给了您吧。让我做您的仆人。我虽然瞧上去这么老，可是我的气力还不错。因为我在年轻时候从不曾灌下过一滴猛烈的酒，也不曾鲁莽地贪欲伤身，所以我的老年好比生气勃勃的冬天，虽然结着严霜，却并不惨淡。让我跟着您去。我可以像一个年轻人一样，为您照料一切。

奥兰多　啊，好老人家！在你身上多么明白地表现出来古时那种义胆侠肠，不是为着报酬，只是为了尽职而流着血汗！你是太不合时了。现在的人们努力工作，只是为着希望高升，等到目的一达到，便耽于安逸。你却不是这样。但是，可怜的老人家，你虽然这样辛辛苦苦地尽心培植，养出的却是一株不成材的树木，开不出一朵花来酬答你的殷勤。可是赶路吧，我们一块儿走。在我们没有把你年轻时的积蓄花完之前，一定要找到一处小小的安身的地方。

亚　当　少爷，走吧。我愿意忠心地跟着您，直至喘尽最后一口气。从十七岁起我到这儿来，到现在快八十了，却要离开我的老地方。许多人们在十七岁的时候都去碰运气，但八十岁的人还能求什么呢？可是我只要能够有个好死，对得住我的主人，那么命运对我也不算无恩。（同下）

第四场　亚登森林

【罗瑟琳男装、西莉娅着牧羊女装束及试金石上。

罗瑟琳　天哪！我的精神多么疲乏啊。

试金石　假如我的两腿不疲乏，我可不管我的精神。

罗瑟琳　我简直想丢了我这身男装的脸，而像一个女人一样哭起来。可是我必须安慰安慰这位小娘子，穿褐衫短裤的，总该向穿裙子的显出一点勇气来才是。好，打起精神来吧，好爱莲娜。

西莉娅　请你担待担待我吧。我再也走不动了。

试金石　我可以担待你，可是不要叫我担你。但是即使我担你，也不会背上十字架，因为我想你钱包里没有那种带十字架的金币。

罗瑟琳　好，这儿就是亚登森林了。

试金石　哦，现在我到了亚登了。我真是个大傻瓜！在家里要舒服得多哩。可是出门人只好知足一点。

罗瑟琳　对了，好试金石。你们瞧，谁来了。一个年轻人和一个老头子在一本正经地讲话。

【柯林及西尔维斯上。

柯　林　你那样不过叫她永远把你笑骂而已。

西尔维斯　啊，柯林，你可知道我是多么爱她！

柯　林　我有点猜得出来，因为我也曾经恋爱过呢。

西尔维斯　不，柯林，你现在老了，也就不能猜想了。虽然在你年轻的时候，你也像那些半夜三更在枕上翻来覆去的情人们一样真心。可是假如你的爱情也跟我的差不多——我想一定没有人会有我那样的爱情——那么你为了你的痴心梦想，一定做出过不知多少可笑的事情呢！

柯　林　我做过一千种的傻事，现在都已忘记了。

西尔维斯　噢！那么你就是不曾诚心爱过。假如你记不得你为了爱情而做出来的一件最琐细的傻事，你就不算真的恋爱过。假如你不曾像我现在这样坐着絮絮讲你的姑娘的好处，使听的人不耐烦，你就不算真的恋爱过。假如你不曾突然离开你的同伴，像我的热情现在驱使着我一样，你也不算真的恋爱过。啊，菲苾！菲苾！菲苾！（下）

罗瑟琳　唉，可怜的牧人！我在诊断你的痛处的时候，却不幸地找到我自己的创伤了。

试金石　我也是这样。我记得我在恋爱的时候，曾经把一柄剑在石头上摔断，叫夜里来和琴·史美尔幽会的那个家伙留心着我。我记得我曾经吻过她的洗衣棒，也吻过被她那双皲裂的玉手挤过的母牛乳头。我记得我曾经把一颗豌豆荚权当作她而向她求婚，我剥出了两颗豆子，又把它们放进去，边流泪边说："为了我的缘故，请您留着做个纪念吧。"我们这种多情种子都会做出一些古怪事儿来。但是我们既然都是凡人，一着了情魔是免不得要大发其痴劲的。

罗瑟琳　你的话聪明得出于你自己的意料之外。

试金石　哦，我总不知道自己的聪明，除非有一天我给它绊了一跤，跌断了我的腿骨。

罗瑟琳　天神，天神！这个牧人的痴心，很有几分像我自己的情形。

试金石　也有点像我的情形。只是我的似乎有点儿陈腐了。

西莉娅　请你们随便哪一位去问问那边的人，肯不肯让我们用金子向他买一点吃的东西。我简直饿得要死了。

试金石　喂，你这蠢货！

罗瑟琳　别胡说，傻子。他并不是你自家人。

柯　林　谁叫我？

试金石　比你好一点的人，朋友。

柯　林　要是他们不比我好一点，那可寒酸得太不成话啦。

罗瑟琳　对你说，不许胡说。——您晚安，朋友。

柯　林　晚安，好先生。各位晚安。

罗瑟琳　牧人，假如人情或是金银可以在这种荒野里换到一点款待的话，请你带我们到一处可以休息一下吃些东西的地方去好不好？这一位小姑娘赶路疲乏，快要晕过去了。

柯　林　好先生，我可怜她，不是为我自己打算，只是为了她的缘故，但愿我有能力帮助她。可是我只是给别人看羊，羊儿虽然归我饲养，羊毛却不归我剪。我的东家很小气，从不会修修福做点儿好事。而且他的草屋、他的羊群、他的牧场，现在都要出卖了。现在因为他不在家，我们的牧舍里没有一点可以给你们吃的东西。但是别管它有些什么，请你们来瞧瞧，我是极其欢迎你们的。

罗瑟琳　他的羊群和牧场预备卖给谁呢？

柯　林　就是刚才你们看见的那个年轻汉子，可是他并不想要买什么东西。

罗瑟琳　要是没有什么不对的地方，我请你把那草屋牧场和羊群都买下了，我们给你出钱。

西莉娅　我们还要加你的工钱。我喜欢这地方，很愿意在这儿消度我的时光。

柯　林　这桩买卖一定可以成交。跟我来。要是你们打听过后，对于这块地皮、这种收益和这样的生活觉得中意，我愿意做你们十分忠心的仆人，马上用你们的钱去把它买来。（同下）

第五场　林中的另一个地方

【阿米恩斯、杰奎斯及余人等上。

阿米恩斯　（唱）

绿树高张翠幕，
谁来偕我偃卧，
翻将欢乐心声，
学唱枝头鸟鸣：
盍来此？盍来此？盍来此？
目之所接，
精神契一，
唯忧雨雪之将至。

杰奎斯　再来一个，再来一个，请你再唱下去。

阿米恩斯　那会叫您发起愁来的，杰奎斯先生。

杰奎斯　再好没有。请你再唱下去！我可以从一曲歌中抽出愁绪来，就像黄鼠狼吮啜鸡蛋一样。请你再唱下去吧！

阿米恩斯　我的喉咙很粗哑，我知道一定不能讨您的喜欢。

杰奎斯　我不要你讨我的喜欢。我只要你唱。来，再唱一阕。你是不是把它们叫作一阕一阕的？

阿米恩斯　您高兴怎样叫就怎样叫吧，杰奎斯先生。

杰奎斯　不，我倒不去管它们叫什么名字。它们又不欠我的钱。你唱起来吧！

阿米恩斯　既蒙敦促，我就勉为其难了。

杰奎斯　那么好，要是我会感谢什么人，我一定会感谢你。可是人家所说的恭维就像是两只狗猿碰了头。倘使有人诚心感谢我，我就觉得好像我给了他一个铜子，所以他像一个叫花子似的向我道谢。来，唱起来吧。你们不唱的都不要作声。

阿米恩斯　好，我就唱完这支歌。列位，铺起餐桌来吧。公爵就要到这株树下来喝酒了。他已经找了您整整一天啦。

杰奎斯　我已经躲避了他整整一天时间啦。他太喜欢辩论了，我不高兴跟他在一起。我想到的事情像他一样多，可是感谢上帝，我却不像他那样会说嘴。来，唱吧。

阿米恩斯　（唱，众和）

　　孰能敝屣尊荣，
　　来沐丽日光风，
　　觅食自求果腹，
　　一饱欣然意足：
　　盍来此？盍来此？盍来此？
　　目之所接，
　　精神契一，
　　唯忧雨雪之将至。

杰奎斯　昨天我曾经按着这调子不加雕饰顺口吟成一节，倒要献丑献丑。

阿米恩斯　我可以把它唱出来。

杰奎斯　是这样的：

　　倘有痴愚之徒，
　　忽然变成蠢驴，
　　趁着心性癫狂，
　　撇却财富安康，
　　特达米，特达米，特达米，
　　何为来此？
　　举目一视，
　　唯见傻瓜之遍地。

阿米恩斯　“特达米”是什么意思？

杰奎斯　这是希腊文里召唤傻子们排起圆圈来的一种咒语。——假如睡得成觉的话，我要睡觉去。假如睡不成，我就要把埃及地方一切头胎生的痛骂一顿[1]。

阿米恩斯　我可要找公爵去。他的点心已经预备好了。（各下）

---

① 《旧约·出埃及记》载上帝降罚埃及，凡埃及一切头胎生的皆遭瘟死。此处杰奎斯暗讽老公爵。

第六场　林中的另一个地方

【奥兰多及亚当上。

亚　当　好少爷，我再也走不动了。唉！我要饿死了。让我在这儿躺下挺尸吧。再会了，好心的少爷！

奥兰多　啊，怎么啦，亚当！你再没有勇气了吗？再活一些时候。提起一点精神来，高兴点儿。要是这座古怪的林中有什么野东西，那么我倘不是给它吃了，一定会把它杀了来给你吃的。你并不是真的就要死了，不过是在胡思乱想而已。为了我的缘故，提起精神来吧。把死神推开，我去一去就回来看你，要是我找不到什么可以给你吃的东西，我一定答应你死去。可是假如你在我没有回来之前便死去，那你就是看不起我的辛苦了。好样的！你瞧上去有点振作了。我立刻就回来。可是你躺在寒风里呢。来，我把你背到有背风的地方去。只要这块荒地里有活东西，你一定不会因为没有饭吃而饿死。振作起来吧，好亚当。（同下）

第七场　林中的另一个地方

【餐桌铺就。公爵、阿米恩斯及流亡诸臣上。

公　爵　我想他一定已经变成一头畜生了，因为我到处找不到他的人影。

臣　甲　殿下，他刚刚走开去。方才他还在这儿很高兴地听人家唱歌。

公　爵　要是浑身都不和谐的他，居然也会变得爱好起音乐来，那么天体上不久就要大起骚乱了。去找他来，对他说我要跟他谈谈。

臣　甲　他自己来了，省了我一番跋涉。

【杰奎斯上。

公　爵　啊，怎么啦，先生！这算什么，您的可怜的朋友们一定要千求万唤才能把您请来吗？啊，您的神气很高兴哩！

杰奎斯　一个傻子，一个傻子！我在林中遇见一个傻子，一个身穿彩衣的傻子。唉，这乱糟糟的世界！我确实遇见了一个傻子，正如我是靠着食物而活命一样真实。他躺在地上晒太阳，用头头是道的话辱骂着命运女神，然而他仍然不过是个身穿彩衣的傻子。“早安，傻子。”我说。“不，先生。”他说，“等到老天保佑我发了财，您再叫我傻子吧。”[1]于是他从袋里掏出一只表来，用没有光彩的眼睛瞧着它，很聪明地说：“现在是十点钟了。我们可以从这里看出世界是怎样在变迁着：一小时之前还不过是九点钟，而再过一小时便是十一点钟了。照这样一小时一小时过去，我们越长越老，越老越不中用，这上面真是大有感慨可发。”我听了这个穿彩衣的傻子对时间发挥的这一段玄理，我的胸头就像公鸡一样叫起来了，纳罕着傻子居然会有这样深刻的思想。我笑个不停，整整笑去了一个小时。啊，高贵的傻子！可敬的傻子！彩衣是最好的装束。

公　爵　这是个什么样的傻子？

杰奎斯　啊，可敬的傻子！他曾经出入宫廷。他说凡是年轻貌美的小姐们，都是有自知之明的。他的头脑就像航海回来剩下的饼干那样干燥，其中的每一个角落却塞满了人生的经验，他都用杂乱的话儿随口说了出来。啊，但愿我也是个傻子！我想要穿一件花花的外套。

公　爵　我会让你有一件的。

杰奎斯　这是我唯一的请求。只要殿下明鉴，除掉一切成见，别把我当聪明人看待。同时要准许我有像风那样广大的自由，高兴吹着谁便吹着谁：傻子们是有这种权利的，那些最被我的傻话所挖苦的人也最应该笑。殿下，为什么他们必须这样呢？这理由正和到教区礼拜堂去的路一样清楚：被一个傻子用俏皮话讥刺了的人，即使刺痛了，假如不装出一副若无其事的样子来，那么就显出聪明人的傻气，可以被傻子不经意一箭就刺穿，未免太傻了。给我穿一件彩衣，准许我说我心里的话。我一定会痛痛快快地把这染病的世界的丑恶的身体清洗个干净，假如他们肯耐心接受我的药方。

公　爵　算了吧！我知道你会做出些什么来。

杰奎斯　我可以拿一根筹码打赌，我做的事会不好吗？

公　爵　最坏不过的罪恶，就是指斥他人的罪恶：因为你自己也曾经是一个放荡不羁的浪子。你要把你那身因为你的荒唐而长起来的臃肿的脓疮、溃烂的恶病，向全世界播散。

---

① 英国谚语“愚人多福”，故云。

杰奎斯　什么，呼斥人间的骄奢，难道便是对个人的攻击吗？人类奢侈的习俗不是像海潮一样浩瀚地流着，直到力竭而消退吗？假如我说城里的那些小户人家的妇女穿扮得像王公大人的女眷一样，我指明是哪一个女人了吗？谁能挺身出来说我说的是她，假如她的邻居也是和她一个样子？一个操着最微贱行业的人，假如心想我讥讽了他，说他的好衣服不是我出的钱，那不是恰恰把他的愚蠢合上了我说的话吗？照此看来，又有什么关系呢？指给我看我的话伤害了他什么地方：要是说得对，那是他自取其咎。假如他问心无愧，那么我的责骂就像是一只野鸭飞过，不干谁的事。——可是谁来了？

【奥兰多拔剑上。

奥兰多　住手，休得再吃！

杰奎斯　嘿，我还不曾吃过呢。

奥兰多　而且也不会再给你吃，除非让饿肚子的人先吃过了。

杰奎斯　这只公鸡是哪儿来的？

公　爵　朋友，你是因为落难而变得这样强横吗？还是因为生来就是瞧不起礼貌的粗汉子，一点儿不懂得规矩？

奥兰多　你第一下就猜中我了，困苦逼迫着我，使我不得不把温文的礼貌抛在一旁。可是我是在都市生长，受过一点儿教养的。但是我吩咐你们停住。在我的事情没有办完之前，谁碰一碰这些果子，就得死。

杰奎斯　你要是无理可喻，那么我准得死。

公　爵　你要什么？假如你不用暴力，客客气气地向我们说，我们一定会更客客气气地对待你的。

奥兰多　我快饿死了。给我吃的。

公　爵　请坐请坐，随意吃吧。

奥兰多　你说得这样客气吗？请你原谅我，我以为这儿的一切都是野蛮的，因此才装出这副暴横的威胁神气来。可是不论你们是些什么人，在这人踪不到的荒野里，躺在凄凉的树荫下，不理会时间的消逝。假如你们曾经见过较好的日子，假如你们曾经到过鸣钟召集礼拜的地方，假如你们曾经参加过上流人的宴会，假如你们曾经揩过你们眼皮上的泪水，懂得怜悯和被怜悯，那么让我的温文的态度格外感动你们：我抱着这样的希望，惭愧地藏好我的剑。

公　爵　我们确曾见过好日子，曾经被神圣的钟声召集到教堂里去，参加过上流人的宴会，从我们的眼上揩去过被神圣的怜悯所感动而流下的眼泪。所以你不妨和和气气地坐下来，凡是我们可以帮忙满足你需要的地方，我们一定愿意效劳。

奥兰多　那么请你们暂时不要把东西吃掉，我要去像一只母鹿一样找寻我的小鹿，把食物喂给他吃。有一位可怜的老人家，全然出于好心，跟着我一瘸一拐地走了许多疲乏的路，双重的劳瘁——他的高龄和饥饿——累倒了他。除非等他饱餐了之后，我决不碰触一口食物。

公　爵　快去找他，我们绝对不会把东西吃掉，等着你回来。

奥兰多　谢谢。愿您好心有好报！（下）

公　爵　你们可以看到不幸的不只是我们。这个广大的宇宙的舞台上，还有比我们所演出的更悲惨的场景呢。

杰奎斯　全世界是一个舞台，所有的男男女女不过是一些演员。他们都有下场的时候，也都有上场的时候。一个人的一生中扮演着好几个角色，他的表演可以分为七个时期。最初是婴孩，在保姆的怀中啼哭呕吐。然后是背着书包、满脸红光的学童，像蜗牛一样慢腾腾地拖着脚步，不情愿地呜咽着上学堂。然后是情人，像炉灶一样叹着气，写了一首哀伤的诗歌咏着他恋人的眉毛。然后是一个军人，满口发着古怪的誓，胡须长得像豹子一样，爱慕名誉，动不动就要打架，在炮口上寻求着泡沫一样的荣光。然后是法官，胖胖圆圆的肚子塞满了阉鸡，凛然的眼光，整洁的胡须，满嘴都是格言和老生常谈。他这样扮了他的另一个角色。第六个时期变成了精瘦的趿着拖鞋的龙钟老叟，鼻子上架着眼镜，腰边悬着钱袋。他那年轻时候节省下来的长袜子套在他皱瘪的小腿上显得宽大异常。他那朗朗的男子的口音又变成了孩子似的尖声，像是吹着风笛和哨子。终结着这段古怪的多事的历史的最后一场，是孩提时代的再现，全然的遗忘，没有牙齿，没有眼睛，没有口味，没有一切。

【奥兰多背亚当重上。

公　爵　欢迎！放下你背上那位可敬的老人家，让他吃东西吧。

奥兰多　我代他向您竭诚道谢。

亚　当　您真该代我道谢。我简直无力向您开口道谢呢。

公　爵　欢迎，请用吧。我还不会马上就来打扰你，问你的遭遇。给我们奏些音乐。贤卿，你唱吧。

阿米恩斯　（唱）

不惧冬风凛冽，
风威远难遽及
人世之寡情。
其为气也虽厉，
其牙尚非甚锐，
体本无形。
噫嘻乎！且向冬青歌一曲：
友交皆虚妄，恩爱痴人逐。
噫嘻乎冬青！
可乐唯此生。

不愁冱天冰雪，
其寒尚难遽及
受施而忘恩。
风皱满池碧水，
利刺尚难遽比
捐旧之友人。
噫嘻乎！且向冬青歌一曲：
友交皆虚妄，恩爱痴人逐。
噫嘻乎冬青！
可乐唯此生。

公　爵　照你刚才悄声儿老老实实告诉我的，你说你是好罗兰爵士的儿子，我看你的相貌也真的十分像他。如果不是假的，那么我真心欢迎你到这儿来。我便是敬爱你父亲的那个公爵。关于你其他的遭遇，到我的洞里来告诉我吧。好老人家，我们欢迎你像欢迎你的主人一样。搀扶着他。把你的手给我，让我明白你们一切的经过。（众下）

第三幕

第一场　宫中一室

【弗莱德里克、奥列佛、众臣及侍从等上。

弗莱德里克　以后没有见过他！哼，哼，不见得吧。倘不是因为仁慈在我的心里占了上风，有着你在眼前，我尽可以不必找一个不在的人出气的。可是你留心着吧，不论你的兄弟在什么地方，都得去给我找来。点起灯笼去寻访吧。一年之内，不论死活都要找到他，否则你不用再在我们的领土上过活了。你的土地和一切你自命为属于你的东西，值得没收的我们都要没收，除非等你能够凭着你兄弟的招供洗刷去我们对你的怀疑。

奥列佛　求殿下明鉴！我从来就不曾喜欢过我的兄弟。

弗莱德里克　这可见你更是个坏人。好，把他赶出去。吩咐主管官吏把他的房屋土地没收。赶快把这事办好，叫他滚蛋。（众下）

第二场　亚登森林

【奥兰多携纸上。

奥兰多　悬在这里吧，我的诗，证明我的爱情。

你三重王冠的夜间的女王[①]，请临视，

① 三重王冠的女王指狄安娜女神，因为她在天上为琉娜，在地上为狄安娜，在幽冥为普洛塞庇那。

从苍白的昊天，用你那贞洁的眼睛，

那支配我生命的，你那猎伴[①]的名字。

啊，罗瑟琳！这些树林将是我的书册，

我要在一片片树皮上镂刻下相思，

好让每一个来到此间的林中游客，

任何处见得到颂赞她美德的言辞。

走，走，奥兰多。去在每株树上刻下她，

那美好的、幽娴的、无可比拟的人儿。（下）

【柯林及试金石上。

柯　林　您喜欢不喜欢这种牧人的生活，试金石先生？

试金石　说老实话，牧人，按着这种生活的本身说起来，倒是一种很好的生活。可是按着这是一种牧人的生活说起来，那就毫不足取了。照它的清静而论，我很喜欢这种生活。可是照它的寂寞而论，实在是一种很坏的生活。看到这种生活是在田间，很使我惬意。可是看到它不是在宫廷里，那简直很无聊。你瞧，这是一种很实惠的生活，因此倒怪合我的脾胃。可是它未免太寒伧了，因此我过不来。你懂不懂得一点哲学，牧人？

柯　林　我只知道这一点儿：一个人越是害病，他越是不舒服。钱财、资本和知足，是人们缺少不来的三位好朋友。雨湿淋衣，火旺烧柴。好牧场产肥羊，天黑是因为没有了太阳。生来愚笨怪祖父，学而不慧怨师长。

试金石　这样一个人是天生的哲学家了。有没有到过宫廷里，牧人？

柯　林　没有，不瞒您说。

试金石　那么你这人就该死了。

柯　林　我希望不至于吧？

试金石　真的，你这人该死，就像一个煎得不好一面焦的鸡蛋。

柯　林　因为没有到过宫廷里吗？请问您的理由。

试金石　喏，要是你从来没有到过宫廷里，你就不曾见过好礼貌。要是你从来没有见过好礼貌，你的举止一定很坏。坏人就是有罪的人，有罪的人就该死。你的情形很危险呢，牧人。

---

① 狄安娜又为司狩猎的女神和处女的保护神，故奥兰多以罗瑟琳为她的猎伴。

柯　林　一点不，试金石先生。在宫廷里算作好礼貌的，在乡野里就会变成可笑，正像乡下人的行为一到了宫廷里就显得寒伧一样。您对我说过你们在宫廷里见到人不是行礼，而是吻手。要是宫廷里的老爷们都是牧人，那么这种礼貌就要嫌太龌龊了。

试金石　有什么证据？简单地说。来，说出理由来。

柯　林　喏，我们的手常常要去碰着母羊。它们的毛，您知道，是很油腻的。

试金石　嘿，廷臣们的手上不是也要出汗的吗？羊身上的脂肪比起人身上的汗腻来，不是一样干净的吗？浅薄！浅薄！说出一个好一点的理由来，说吧。

柯　林　而且，我们的手很粗糙。

试金石　那么你们的嘴唇格外容易感到它们。还是浅薄！再说一个充分一点的理由，说吧。

柯　林　我们的手在给羊们包扎伤处的时候总是涂满了焦油。您要我们跟焦油亲吻吗？宫廷里的老爷们手上都是涂着麝香的。

试金石　浅薄不堪的家伙！把你跟一块好肉比起来，你简直是一块生着蛆虫的臭肉！用心听听聪明人的教训吧：麝香是一只猫身上流出来的龌龊分泌物，它的来源比焦油脏得多呢。把你的理由修正修正吧，牧人。

柯　林　您太会讲话了，我说不过您。我不说了。

试金石　你就甘心该死吗？上帝保佑你，浅薄的人！上帝把你好好针砭一下！你太不懂世事了。

柯　林　先生，我是一个地道的卖力气的。我用自己的力量换饭吃换衣服穿。不跟别人结怨，也不妒羡别人的福气。瞧着人家得意我也高兴，自己倒了霉就自宽自解。我的最大的骄傲就是瞧我的母羊吃草，我的羔羊啜奶。

试金石　这又是你的一桩因为傻气而造下的孽：你把母羊和公羊拉拢在一起，靠着它们的配对来维持你的生活。给挂铃的羊当龟奴，替一头歪脖子的老王八公羊把才一岁的雌儿骗诱失身，也不想到合配不合配。要是你不会因此而下地狱，那么魔鬼也没有人给他牧羊了。我想不出你有什么被豁免的希望。

柯　林　盖尼米德大官人来了，他是我的新主人的哥哥。

【罗瑟琳读一张字纸上。

罗瑟琳　从东印度到西印度找遍奇珍，
没有一颗珠玉比得上罗瑟琳。

她的名声随着好风播满诸城，

整个世界都在仰慕着罗瑟琳。

画工描摹下一幅幅倩影真真，

都要黯然无色一见了罗瑟琳。

任何的脸貌都不用铭记在心，

单单牢记住了美丽的罗瑟琳。

试金石 这样的诗我可以一口气吟上八年，吃饭和睡觉的时间除外。完全与集市上卖奶油的大娘的货色没什么两样。

罗瑟琳 啐，傻子！

试金石 试一下看：

要是公鹿找不到母鹿很伤心，

不妨叫它前去寻找那罗瑟琳。

倘说是没有一只猫儿不叫春，

心同此情有谁能责怪罗瑟琳？

冬天的衣裳棉花应该衬得温，

免得冻坏了娇怯怯的罗瑟琳。

割下的田禾必须捆得端端整，

一车的禾捆上装着个罗瑟琳。

最甜蜜的果子皮儿酸痛了唇，

这种果子的名字便是罗瑟琳。

有谁想找到玫瑰花开香喷喷，

就会找到爱的棘刺和罗瑟琳。

这简直是胡扯的歪诗。您怎么也会给这种东西沾上了呢？

罗瑟琳 别多嘴，你这蠢傻瓜！我在一株树上找到它们的。

试金石 真的，这株树生的果子太坏。

罗瑟琳 那我就把它和你接种在一起，把它和爱乱缠的枸杞接种在一起。这样它就是地里最早的果子了。因为没等半熟你就会烂掉的，这正是爱乱缠的枸杞的特点。

【西莉娅读一张字纸上。

罗瑟琳 静些！我的妹妹读着些什么来了。到旁边去。

西莉娅　为什么这里是一片荒碛？
因为没有人居住吗？不然，
我要叫每株树长起喉舌，
吐露出温文典雅的语言：
或是慨叹着生命一何短，
未上正道便已到了终点，
只是在弹指一挥转瞬间，
便早已历尽了他的天年。
或是感怀着旧盟今已冷，
同心的契友忘却了故交。
但我要把最好树枝选定，
缀附在每行诗句的终梢，
罗瑟琳三个字小名美妙，
向普世的读者遍告周知。
莫看她苗条的一身娇小，
宇宙间的精华尽萃于兹。
造物神当时曾向自然诏示，
吩咐把所有的绝世姿才，
向纤纤一躯中合炉熔制，
累天工费去不少的安排：
负心的海伦醉人的脸蛋，
克莉奥佩特拉威仪丰容。
阿塔兰忒[①]的柳腰儿款摆，
鲁克丽西娅[②]的节操贞松：
劳动起玉殿上诸天仙众，
造成这十全十美罗瑟琳。
荟萃了各式的妍媚万种，

① 阿塔兰忒，希腊神话中善疾走的美女。

② 鲁克丽西娅，莎士比亚叙事诗《鲁克丽丝受辱记》中的主角。

选出一副俊脸目秀精神。

上天给她这般恩赐优渥，

我命该终身做她的仆从。

罗瑟琳　啊，最温柔的丘比特！您的恋爱的说教是多么啰唆，叫您的教民听了厌烦，可是您也不喊一声，“请耐心一点，好人们。”

西莉娅　啊！朋友们，退后去！牧人，稍微走开一点。跟他去，小子。

试金石　来，牧人，让我们堂堂退却：大小箱笼都不带，只带一个书香袋。（柯林、试金石下）

西莉娅　你有没有听见这种诗句？

罗瑟琳　啊，是的，我都听见了。还不止这些呢。有些诗句里韵脚多得诗行都支撑不住了。

西莉娅　那没关系，多出的韵脚或许可以支撑诗行呢。

罗瑟琳　不错，但是这些脚自己就不是四平八稳的，没有诗韵的帮助，它们连自己也支撑不了。所以只能勉强塞在那里。

西莉娅　但是你听见你的名字被人家悬挂起来，还刻在这种树上，不觉得奇怪吗？

罗瑟琳　人家说一件奇事过了九天便不足为奇。在你没有来之前，我已经过了第七天了。瞧，这是我在一株棕榈树上找到的。自从毕达哥拉斯的时候以来，我从不曾被人这样用诗句咒过。那时我是一只爱尔兰的老鼠[①]，现在简直记也记不起来了。

西莉娅　你想这是谁干的？

罗瑟琳　会不会是个男人？

西莉娅　而且有一根链条，是你从前戴过的，套在他的颈上。你脸红了吗？

罗瑟琳　请你告诉我是谁？

西莉娅　主啊！主啊！朋友们见面真不容易。可是两座高山也许会给地震搬了家而碰起头来。

罗瑟琳　哎，但是究竟是谁呀？

西莉娅　真的猜不出来吗？

罗瑟琳　哎，我使劲地央求你告诉我他是谁。

---

① 念咒驱除老鼠为爱尔兰人一种迷信习俗。

西莉娅　奇怪啊！奇怪啊！奇怪到无可再奇怪的奇怪！奇怪而又奇怪！说不出来的奇怪！

罗瑟琳　我要脸红起来了！你以为我打扮得像个男人，就会在精神上也穿起男装来吗？你再耽延一刻不说出来，就要累我在汪洋大海里做茫茫的探索了。请你快快告诉我他是谁，不要吞吞吐吐。我倒希望你是个口吃的，那么你也许会把这个藏在嘴里的秘密名字不期然地吐出来，就像酒从狭口的瓶里倒出来一样，不是一点都倒不出，就是一下子出来了许多。求求你拔去你嘴里的塞子，让我饮着你的消息吧。

西莉娅　那么你要把那人儿一口气吞下肚子里去是不是？

罗瑟琳　他是上帝造下来的吗？是个什么样子的人？他的头戴上一顶帽子显不显得寒伧？他的下巴留着一把胡须像不像个样儿？

西莉娅　不，他只有一点点胡须。

罗瑟琳　哦，要是这家伙知道好歹，上帝会再给他一些的。要是你立刻就告诉我他的下巴是怎么一个样子，我愿意等候他长起须来。

西莉娅　他就是年轻的奥兰多，一下子把那拳师的脚跟和你的心一起绊跌了个筋斗的他。

罗瑟琳　哎，取笑人的让魔鬼抓了去。正正经经地说实话好不好？

西莉娅　真的，姐姐，是他。

罗瑟琳　奥兰多？

西莉娅　奥兰多。

罗瑟琳　哎哟！我这一身大衫短裤该怎么办呢？你看见他的时候他在做些什么？他说了些什么？他瞧上去怎样？他穿着什么？他为什么到这儿来？他问起我了吗？他住在哪儿？他怎样跟你分别的？你什么时候再去看他？用一个字回答我。

西莉娅　你一定先要给我向卡冈都亚[1]借一张嘴来才行。像我们这时代的人，一张嘴里是装不下这么大的一个字的。要是一句句都用“是”和“不”回答起来，也比考问教义还麻烦呢。

罗瑟琳　可是他知道我在这林子里，打扮成男人的样子吗？他是不是跟摔跤的那

① 卡冈都亚，法国拉伯雷《巨人传》中的饕餮巨人。

天一样有精神？

西莉娅　回答情人的问题，就像数微尘的粒数一般为难。你好好听我讲我怎样找到他的情形，静静地体味着吧。我看见他在一株树底下，像一颗落下来的橡果。

罗瑟琳　树上会落下这样的果子来，那真可以说是神树了。

西莉娅　好小姐，好好听我说。

罗瑟琳　讲下去。

西莉娅　他直挺挺地躺在那儿，像一个受伤的骑士。

罗瑟琳　虽然这种样子有点可怜，可是地上躺着这样一个人，倒也是很合适的。

西莉娅　喊你的舌头停步吧。它简直随处乱跳。——他打扮得像个猎人。

罗瑟琳　哎哟，糟了！他要来猎取我的心了。

西莉娅　我唱歌的时候不要别人和着唱。你缠得我弄错拍子了。

罗瑟琳　你不知道我是个女人吗？我心里想到什么，便要说出口来。好人儿，说下去吧。

西莉娅　你已经打断了我的话头。且慢！他不是来了吗？

罗瑟琳　是他。我们躲在一旁瞧着他吧。

【奥兰多及杰奎斯上。

杰奎斯　多谢相陪。可是说老实话，我倒是喜欢一个人清静些。

奥兰多　我也是这样。可是为了礼貌的关系，我多谢您的陪伴。

杰奎斯　上帝和您同在！让我们越少见面越好。

奥兰多　我希望我们还是不要相识的好。

杰奎斯　请您别再在树皮上写情诗糟蹋树木了。

奥兰多　请您别再用难听的声调念我的诗，把它们糟蹋了。

杰奎斯　您的情人的名字是罗瑟琳吗？

奥兰多　正是。

杰奎斯　我不喜欢她的名字。

奥兰多　她取名的时候，并没有打算要您喜欢。

杰奎斯　她的身高如何？

奥兰多　恰恰够得到我的心头那样高。

杰奎斯　您怪会说俏皮的回答。您是不是跟金匠们的妻子有点儿交情，因此把戒指上的警句都默记下来了？

奥兰多　不，我都是用彩画的挂帷上的话儿来回答您的。您的问题不也是从那儿学来的吗？

杰奎斯　您的口才很敏捷，我想是用阿塔兰忒的脚跟做成的。我们一块儿坐下来好不好？我们俩把世界痛骂一顿，大发一下牢骚吧。

奥兰多　我不愿责骂世上的有生之伦，除了我自己。因为我最清楚自己的错处。

杰奎斯　您的最坏的错处就是要恋爱。

奥兰多　这个错处拿您最好的美德来换我还不肯呢。您真叫我腻烦。

杰奎斯　说老实话，我遇见您的时候，本来是在找一个傻子。

奥兰多　他掉在溪水里淹死了，您向水里一望，就可以瞧见他。

杰奎斯　我只瞧见我自己的影子。

奥兰多　那我以为倘不是个傻子，定然是个废物。

杰奎斯　我不想再跟您在一起了。再见，多情的公子。

奥兰多　我巴不得您走。再会，忧愁的先生。（杰奎斯下）

罗瑟琳　（对西莉娅）我要像一个无礼的小厮一样去和他说话，跟他捣捣乱。——听见我的话了吗，树林里的人？

奥兰多　很好，你有什么话要说？

罗瑟琳　请问现在是几点钟？

奥兰多　你应该问我现在是什么时辰。树林里哪来的钟？

罗瑟琳　那么树林里也不会有真心的情人了。否则每分钟的叹气，每点钟的呻吟，该会像时钟一样计算出时间的懒懒的脚步来的。

奥兰多　为什么不说时间的快步呢？那样说不对吗？

罗瑟琳　不对，先生。时间对于每个人步履都是不同的。我可以告诉你时间对于谁是走慢步的，对于谁是跨着细步走的，对于谁是飞奔向前的，对于谁是立定不动的。

奥兰多　请问他对于谁是跨着细步走的？

罗瑟琳　呃，对于一个订了婚还没有成礼的姑娘，时间是跨着细步有气无力地走着的。即使这中间只有一星期，也似乎有七年那样难过。

奥兰多　对于谁时间是走着慢步的？

罗瑟琳　对于一个不懂拉丁文的牧师，或是一个不害痛风的富翁：一个因为不能读书而睡得很酣畅，一个因为没有痛苦而活得很高兴。一个可以不必辛辛苦苦地钻研，一个不知道有贫穷的艰困。对于这种人，时间是走着慢步的。

奥兰多　对于谁他是飞奔向前的？

罗瑟琳　对于一个上绞架的贼子。因为虽然他尽力放慢脚步，他还是觉得到得太快了。

奥兰多　对于谁他是静止不动的？

罗瑟琳　对于在休假中的律师，因为他们在前后开庭的空当儿，完全昏睡过去，察觉不到时间的移动。

奥兰多　可爱的少年，你住在哪儿？

罗瑟琳　跟这位牧羊姑娘，我的妹妹，住在这儿的树林边，正像裙子上的花边一样。

奥兰多　你是本地人吗？

罗瑟琳　跟那只你看见的兔子一样，它的住处就是它生长的地方。

奥兰多　住在这种穷乡僻壤，你的谈吐却很高雅。

罗瑟琳　好多人都曾经这样说我。其实是因为我有一个修行的老伯父，他本来生长在城市里的，是他教导我讲话。他曾经在宫廷里闹过恋爱，因此很懂得交际的礼节。我曾经听他发过许多反对恋爱的议论。多谢上帝我不是个女人，不会犯到他所归咎于一般女性的那许多心性轻浮的罪恶。

奥兰多　你记不记得他所说的女人的罪恶当中主要的几桩？

罗瑟琳　没有什么主要不主要的，跟两个铜子没什么差别一样，全差不多。每一件过失似乎都十分严重，可是立刻又有一件出来可以赛过它。

奥兰多　请你说几件看。

罗瑟琳　不，我的药是只给病人吃的。这座树林里常常有一个人来往，在我们的嫩树皮上刻满了“罗瑟琳”这个名字，把树木糟蹋得不成样子。山楂树上挂起了诗篇，荆棘枝上吊悬着哀歌，说来说去都是把罗瑟琳的名字捧作神明。要是我碰见了那个卖弄风情的家伙，我一定要好好给他一番教训，因为他似乎害着相思病。

奥兰多　我就是那个给爱情折磨的他。请你告诉我你有什么医治的方法。

罗瑟琳　我伯父所说的那种记号在你身上全找不出来，他曾经告诉我怎样可以看出来一个人是在恋爱着。我可以断定你一定不是那个草笼中的囚人。

奥兰多　什么是他所说的那种记号呢？

罗瑟琳　一张瘦瘦的脸庞，你没有。一双眼圈发黑的凹陷的眼睛，你没有。一副懒得跟人家交谈的神气，你没有。一脸忘记了修剃的胡子，你没有。——可是那我可以原谅你，因为你的胡子本来就像小兄弟的产业一样少得可怜。而且你的袜子上应当是不套袜带的，你的帽子上应当是不结帽纽的，你的袖口的纽扣应当是脱开的，你的鞋子上的带子应当是松散的，你身上的每一处都要表示出一种不经心的疏懒。可是你不是这样一个人。你把自己打扮得这么齐整，瞧你倒有点顾影自怜，全不像在爱着什么人。

奥兰多　美貌的少年，我希望我能使你相信我是在恋爱。

罗瑟琳　我相信！你还是叫你的爱人相信吧。我可以断定，她即使容易相信你，她嘴里也是不肯承认的。这也是女人们不老实的一点。可是说老实话，你真的便是把恭维着罗瑟琳的诗句悬挂在树上的那家伙吗？

奥兰多　少年，我凭着罗瑟琳的玉手向你起誓，我就是他，那个不幸的他。

罗瑟琳　可是你真的像你诗上所说的那样热烈地爱恋着她吗？

奥兰多　什么也不能表达我的爱情的深切。

罗瑟琳　爱情不过是一种疯狂。我对你说，有了爱情的人，是应该像对待一个疯子一样，把他关在黑屋子里用鞭子抽一顿的。那么为什么他们不用这种处罚的方法来医治爱情呢？因为那种疯病是极其平常的，就是拿鞭子的人也在恋爱哩。可是我有医治它的法子。

奥兰多　你曾经医治过什么人吗？

罗瑟琳　是的，医治过一个。法子是这样的：他假想我是他的爱人，他的情妇，我叫他每天都来向我求爱。那时我是一个善变的少年，便一会儿伤心，一会儿温存，一会儿翻脸，一会儿思慕，一会儿欢喜。骄傲、古怪、刁钻、浅薄、轻浮，有时满眼的泪，有时满脸的笑。什么情感都来一点儿，但没有一种是真切的，就像大多数的孩子们和女人们一样。有时喜欢他，有时讨厌他，有时讨好他，有时冷淡他，有时为他哭泣，有时把他唾弃：我这样把我这位求爱者从疯狂的爱逼到真个疯狂起来，以至于抛弃人世，做起隐士来了。我用这种方法治好了他，我也可以用这种方法把你的心肝洗得干干净净，像一颗没有毛病的羊心一样，再没有一点爱情的痕迹。

奥兰多　我这个病是治不好的，少年。

罗瑟琳　我可以把你治好，只要你愿意把我叫作罗瑟琳，每天到我的草屋里来向我求爱。

奥兰多　凭着我的恋爱的真诚，我愿意。告诉我你住在什么地方。

罗瑟琳　跟我去，我可以指点给你看。一路上你也要告诉我你住在林中的什么地方。去吗？

奥兰多　当然去，好孩子。

罗瑟琳　不，你一定要叫我罗瑟琳。来，妹妹，我们去吧。（同下）

第三场　林中的另一部分

【试金石及奥德蕾上；杰奎斯随后。

试金石　快来，好奥德蕾。我去把你的山羊赶来。怎样，奥德蕾？我还不曾是你的好人儿吗？我这副老实样子你中意吗？

奥德蕾　您的样子！天神保佑我们！什么样子？

试金石　我陪着你和你的山羊在这里，就像那最会梦想的诗人奥维德在一群哥特人中间一样。

杰奎斯　（旁白）唉，学问装在这么一副躯壳里，比乔武住在草棚里更坏！

试金石　要是一个人写的诗不能叫人懂，他的才情不能叫人理解，那比之小客栈里开出一张大账单来还要命。真的，我希望神们把你变得诗意一点。

奥德蕾　我不懂得什么叫作“诗意一点”。那是一句好话，一件好事情吗？那是真实的东西吗？

试金石　老实说，不，因为最真实的诗是最虚妄的。情人们都富于诗意，他们在诗里发的誓，可以说都是情人们的假话。

奥德蕾　那么您愿意天神们把我变得诗意一点吗？

试金石　是的，不错。因为你发誓说你是贞洁的，假如你是个诗人，我就可以希望你说的是假话了。

奥德蕾　您不愿意我贞洁吗？

试金石　对了，除非你生得难看。因为贞洁跟美貌碰在一起，就像在糖里再加蜜。

杰奎斯　（旁白）好一个有见识的傻瓜！

奥德蕾　好，我生得不好看，因此我求求天神们让我贞洁吧。

试金石　真的，把贞洁丢给一个丑陋的懒女人，就像把一块好肉盛在龌龊的盆子里一样。

奥德蕾　我不是个懒女人，虽然我谢谢天神们我是丑陋的。

试金石　好吧，感谢天神们把丑陋赏给了你！懒惰也许会跟着来的。可是不管这些，我一定要跟你结婚。为了这事我已经去见过邻村的牧师奥列佛·马坦克斯特师傅，他已经答应在这儿树林里会我，给我们配对。

杰奎斯　（旁白）我倒要瞧瞧这场热闹。

奥德蕾　好，天神们保佑我们快活吧！

试金石　阿门！倘若是一个胆小的人，也许不敢贸然行事。因为这儿没有庙宇，只有树林，没有宾众，只有一些长角的畜生。但这有什么要紧呢？放出勇气来！角虽然讨厌，却也是少不来的。人家说，“许多人有数不清的家私。”对了，许多人也有数不清的好角。好在那是他老婆陪嫁来的妆奁，不是他自己弄到手的。长角吗？有什么要紧？只有苦人儿才长犄角吗？不，不，最高贵的鹿和最寒伧的鹿长的角一样大呢。那么单身汉便算是好福气吗？不，城市总比乡村好些，已婚者隆起的额角，也要比未婚者平坦的额角体面得多。懂得几手击剑法的，总比一点不会的好些，因此有角也总比没角强。奥列佛师傅来啦。

【奥列佛·马坦克斯特师傅上。

试金石　奥列佛·马坦克斯特师傅，您来得巧极了。您是就在这树下替我们把事情办了呢，还是让我们跟您到您的教堂里去？

马坦克斯特　这儿没有人可以做主把这女人嫁出去吗？

试金石　我不要别人把她布施给我。

马坦克斯特　真的，她一定要有人做主许嫁，否则这种婚姻便不合法。

杰奎斯　（上前）进行下去，进行下去。我可以把她许嫁。

试金石　晚安，某某先生。您好，先生？欢迎欢迎！上次多蒙照顾，不胜感激。我很高兴看见您。我现在有一点点儿小事，先生。哎，请戴上帽子。

杰奎斯　你要结婚了吗，傻瓜？

试金石　先生，牛有轭，马有勒，猎鹰腿上挂金铃，人非木石岂无情？鸽子也要亲个嘴儿。女大当嫁，男大当婚。

杰奎斯　像你这样有教养的人，却愿意在一棵树底下像叫花子那样成亲吗？到教堂里去，找一位可以告诉你们婚姻的意义的好牧师。要是让这个家伙把你们像钉墙板似的钉在一起，你们中间总有一个人会像没有晒干的木板一样干缩起来，越变越弯的。

试金石 （旁白）我倒以为让他给我主婚比别人好一点，因为瞧他的样子是不会像样地主持婚礼的。假如结婚结得草率一些，以后我就可以借口离弃我的妻子。

杰奎斯 你跟我来，让我指教指教你。

试金石 来，好奥德蕾。我们一定得结婚，否则我们只好通奸。再见，好奥列佛师傅，不是

亲爱的奥列佛！
勇敢的奥列佛！
请你不要把我丢弃。①

而是

走开去，奥列佛！
滚开去，奥列佛！
我们不要你行婚礼。（杰奎斯、试金石、奥德蕾同下）

马坦克斯特 不要紧，这一批荒唐的混蛋谁也不能讥笑掉我的饭碗。（下）

第四场 林中的另一部分

【罗瑟琳及西莉娅上。

罗瑟琳 别跟我讲话。我要哭了。

西莉娅 那你就哭吧。可是你还得想一想男人是不该流眼泪的。

罗瑟琳 但我岂不是有应该哭的理由吗？

西莉娅 理由是再充分也没有的了。所以你哭吧。

罗瑟琳 瞧他头发的颜色，就可以看出来他是个坏东西。

西莉娅 比犹大的头发颜色略为深些。他的接吻就是犹大一脉相传下来的。

罗瑟琳 凭良心说一句，他的头发颜色很好。

西莉娅 那颜色好极了。栗色是最好的颜色。

罗瑟琳 他的接吻神圣得就像圣餐面包触到唇边一样。

---

① “亲爱的奥列佛”三句为当时民歌中的片段。

西莉娅　他买来了一对狄安娜用过的嘴唇。一个凛若冰霜的修女也不会吻得像他那样虔诚。他的嘴唇里有着冷冰冰的贞洁。

罗瑟琳　可是他为什么发誓说今天早上要来，却偏偏不来呢？

西莉娅　不用说，他这人没有半分真心。

罗瑟琳　你是这样想的吗？

西莉娅　是的。我想他不是个扒儿手，也不是个盗马贼。可是要说起他的爱情的真不真来，那么我想他就像一只盖好了的空杯子，或是一枚蛀空了的硬壳果一样空心。

罗瑟琳　他的恋爱不是真心的吗？

西莉娅　他在恋爱的时候，他是真心的。可是我以为他并不在恋爱。

罗瑟琳　你不是听见他发誓说他的的确确在恋爱吗？

西莉娅　从前说是，现在却不一定是。而且情人们发的誓，是和堂倌嘴里的话一样靠不住的，他们都是惯报虚账的家伙。他在这儿树林子里跟公爵你的父亲在一块儿呢。

罗瑟琳　昨天我碰见公爵，跟他谈了好久。他问我的父母是怎样的人。我对他说，我的父母跟他一样高贵。他大笑着让我走了。可是我们现在有像奥兰多这么一个人，还要谈父亲做什么呢？

西莉娅　啊，好一个出色的人！他写得一手好诗，讲得一口漂亮话，发着动听的誓，再堂而皇之地毁了誓，同时碎了他情人的心。正如一个拙劣的枪手，骑在马上一面歪，像一只好鹅一样把他的枪杆折断了。但是年轻人凭着血气和痴劲做出来的事，总是很出色的。——谁来了？

【柯林上。

柯　林　姑娘和大官人，你们不是常常问起那个害相思病的牧人，那天你们不是看见他和我坐在草地上，称赞着他的情人，那个盛气凌人的牧羊女吗？

西莉娅　嗯，他怎样啦？

柯　林　要是你们想看一出认真扮演的好戏，一面是因为情痴而容颜惨白，一面是因为傲慢而满脸绯红。只要稍走几步路，我可以领你们去，看一个痛快。

罗瑟琳　啊！来，让我们去吧。在恋爱中的人，喜欢看人家相恋。带我们去看。我将要在他们的戏里头当一名重要的角色。（同下）

第五场　林中的另一部分

【西尔维斯及菲苾上。

西尔维斯　亲爱的菲苾，不要讥笑我。请不要，菲苾！您可以说您不爱我，但不要说得那样狠。习惯于杀人的硬心肠的刽子手，在把斧头向低俯的颈项上劈下的时候也要先说一声对不起。难道您会比这种靠着流血为生的人的心肠更硬吗？

【罗瑟琳、西莉娅及柯林自后上。

菲　苾　我不愿做你的刽子手，我逃避你，因为我不愿伤害你。你对我说我的眼睛会杀人。这种话当然说得很好听，很动人。眼睛本来是最柔弱的东西，一见了些微尘就会胆小得关起门来，居然也会给人叫作暴君、屠夫和凶手！现在我使劲地抡起白眼瞧着你。假如我的眼睛能够伤人，那么让它们把你杀死了吧：现在你可以假装晕过去了啊。嘿，现在你可以倒下去了呀。假如你并不倒下去，哼！羞啊，羞啊，你可别再胡说，说我的眼睛是凶手了。现在你且把我的眼睛加在你身上的伤痕拿出来看。单单用一枚针儿划了一下，也会有一点疤痕。握着一根灯芯草，你的手掌上也会有一刻儿留着痕迹。可是我的眼光现在投射在你身上，却不曾伤了你：我相信眼睛里是绝对没有可以伤人的力量的。

西尔维斯　啊，亲爱的菲苾，要是有一天——也许那一天就近在眼前——您在谁个清秀的脸庞上看出了爱情的力量，那时您就会感觉到爱情的利箭所加在您心上的无形的创伤了。

菲　苾　可是在那一天没有到来之前，你不要走近我吧。如果有那一天，那么你可以用你的讥笑来凌虐我，却不用可怜我。因为不到那时候，我总不会可怜你的。

罗瑟琳　（上前）为什么呢，请问？谁是你的母亲，生下了你来，把这个不幸的人这般侮辱，如此欺凌？你生得不漂亮——老实说，我看你还是晚上不用点蜡烛就钻到被窝里去的好——难道就该这样骄傲而无情吗？——怎么，这是什么意思？你望着我做什么？我瞧你不过是一件天生的粗货罢了。他妈的！我想她要打算迷住我哩。不，老实说，骄傲的姑娘，你别做梦吧！凭着你的墨水一样的眉毛，你的乌丝一样的头发，你的黑玻璃球一样的眼睛，或是你的乳脂一样的脸庞，可不能叫我为你倾倒呀。——你这蠢牧人儿，干吗你要追随着她，像是挟着雾雨而俱来的南风？你是比她漂亮一千倍的男人。都是因为有了你们这种傻瓜，世上才有那许多难看的孩子。叫她得意的是你的恭维，不是她的镜子。听了你的话，她便觉得她自己比她本来的容貌美得多了。——可是，姑娘，你自己得放明白些。跪下来，斋戒谢天，赐给你这么好的一个爱人。我得在你耳边讲句体己的话，有买主的时候赶快卖去了吧。你不是到处都有销路的。求求这位大哥恕了你。爱他。接受他的好意。生得丑再要瞧人不起，那才是奇丑无比了。——好，牧人，你拿了她去。再见吧。

菲　苾　可爱的青年，您把我骂一整年吧。我宁愿听您的骂，也不要听这人的恭维。

罗瑟林　他爱上她的丑样子，她爱上我的怒气。倘使真的有这种事，那么她一扮起了怒容来答复你，我便会拿刻薄的话儿去治她。——你为什么这样瞧着我？

菲　苾　我对您没有怀着恶意呀。

罗瑟林　请你不要爱我吧，我这人是比醉后发的誓更靠不住的。而且我又不喜欢你。要是你要知道我家在何处，请到这儿附近的那簇橄榄树的地方来寻访好了。——我们去吧，妹妹。——牧人，努力追求她。——来，妹妹。——牧女，待他好一点儿，别那么骄傲。整个世界上生眼睛的人，都不会像他那样把你当作天仙的。——来，瞧我们的羊群去。（罗瑟琳、西莉娅、柯林同下）

菲　苾　过去的诗人，现在我明白了你的话果然是真的："谁个情人不是一见就钟情？"[①]

西尔维斯　亲爱的菲苾——

菲　苾　啊！你怎么说，西尔维斯？

西尔维斯　亲爱的菲苾，可怜我吧！

菲　苾　唉，我为你伤心呢，温柔的西尔维斯。

西尔维斯　同情之后，必有安慰。要是您见我因为爱情而伤心而同情我，那么只要把您的爱给我，您就可以不用再同情，我也无须再伤心了。

菲　苾　你已经得到我的爱了。咱们不是像邻居那么要好着吗？

西尔维斯　我要的是您。

---

① "过去的诗人"指马洛，莎士比亚同时代的戏剧家、诗人。"谁个情人不是一见就钟情？"出自马洛的叙事诗《希罗与里昂德》。

菲　芯　啊，那就是贪心了。西尔维斯，从前我讨厌你。可是现在我也不是对你有什么爱情。不过你既然讲爱情讲得那么好，我本来是讨厌跟你在一起的，现在我可以忍受你了。我还有事儿要差遣你呢。可是除了你自己因为供我差遣而感到的欣喜以外，可不用希望我还会用什么来答谢你。

西尔维斯　我的爱情是这样圣洁而完整，我又是这样不蒙眷顾，因此只要能够拾些人家收获过后留下来的残穗，我也以为是一次最丰富的收成了。随时略为给我一个不经意的微笑，我就可以靠着它活命。

菲　芯　你认识刚才对我讲话的那个少年吗？

西尔维斯　不大熟悉，但我常常遇见他。他已经把本来属于那个老头儿的草屋和地产都买下来了。

菲　芯　不要以为我爱他，虽然我问起他。他只是个淘气的孩子。可是倒很会讲话。但是空话我理它作甚？然而说话的人要是能够讨听话的人喜欢，那么空话也是很好的。他是个标致的青年。不算顶标致。当然他是太骄傲了。然而他的骄傲很配他。他长起来倒是一个漂亮的汉子，顶好的地方就是他的脸色。他的舌头刚刚得罪了人，用眼睛一瞟就补偿过来了。他的个儿不很高。然而照他的年纪说起来也就够高。他的腿不过如此。但也还好。他的嘴唇红得很美，比他那张白脸上掺和着的红色更烂熟更浓艳。一个是大红，一个是粉红。西尔维斯，有些女人假如也像我一样对他这么评头论足起来，一定会马上爱上他的。可是我呢，我不爱他，也不恨他。然而我有应该格外恨他的理由。凭什么他要骂我呢？他说我的眼珠黑，我的头发黑。现在我记起来了，他嘲笑着我呢。我不懂为何我不回骂他。但那没有关系，不声不响并不就是善罢甘休。我要写一封辱骂的信给他，你可以给我带去。你肯不肯，西尔维斯？

西尔维斯　菲芯，那是我再愿意不过的了。

菲　芯　我这就写去。这件事情盘绕在我的心头，我要直截了当地把他挖苦一下。跟我去，西尔维斯。（同下）

第四幕

第一场　亚登森林

【罗瑟琳、西莉娅及杰奎斯上。

杰奎斯　可爱的少年，请你允许我跟你结识结识。

罗瑟琳　他们说你是个多愁善感的人。

杰奎斯　是的，我喜欢发愁不喜欢笑。

罗瑟琳　这两件事各趋极端，都会叫人讨厌，比之醉汉更容易招一般人的指责。

杰奎斯　发发愁不说话，有什么不好？

罗瑟琳　那么何不做一根木头呢？

杰奎斯　我没有学者的忧愁，那是好胜。没有音乐家的忧愁，那是幻想。也没有侍臣的忧愁，那是骄傲。没有军人的忧愁，那是野心。也没有律师的忧愁，那是狡猾。也没有女人的忧愁，那是卖弄风情。也没有情人的忧愁，那是集上面一切之大成。我的忧愁全然是我独有的，它是由各种成分组成的，是从许多事物中提炼出来的，是我旅行中所得到的各种观感，因为不断沉思，终于把我笼罩在一种十分古怪的悲哀之中。

罗瑟琳　你是一个旅行家吗？噢，那你就有应该悲哀的理由了。我想你多半是卖去了自己的田地去看别人的田地。看到了这么多，自己却一无所有。眼睛是看饱了，两手却是空空的。

杰奎斯　是的，我已经得到了我的经验。

罗瑟琳　而你的经验使你悲哀。我宁愿叫一个傻瓜来逗我发笑，也不愿叫经验来使我悲哀。而且还要到各处旅行去找它！

【奥兰多上。

奥兰多　早安，亲爱的罗瑟琳！

杰奎斯　要是你要念起诗来，那么我可要少陪了。（下）

罗瑟琳　再会，旅行家先生。你该打起些南腔北调，穿了些奇装异服，瞧不起本国的一切好处，厌恶你的故乡，甚至该怨恨上帝干吗不给你生一副外国人的相貌。否则我可不能相信你曾经在威尼斯荡过艇子。——啊，怎么，奥兰多！你这些时都在哪儿？你算是一个情人！要是你再对我来这么一套，你可再不用来见我了。

奥兰多　我的好罗瑟琳，我不过迟到了不到一小时。

罗瑟琳　误了一小时的情人的约会！谁要是把一分钟分作了一千分，而在恋爱上误了一千分之一分钟的几分之一的约会，这种人人家也许会说丘比特曾经拍过他的肩膀，可是我敢说他的心是不曾中过爱神之箭的。

奥兰多　原谅我吧，亲爱的罗瑟琳！

罗瑟琳　哼，要是你再这样慢腾腾的，以后不用再来见我了。我宁愿让一只乌龟向我献殷勤的。

奥兰多　一只乌龟！

罗瑟琳　对了，一只乌龟。因为他虽然走得慢，可是又把他的屋子顶在背上，我想这是一份比你所能给予一个女人的更好的家产。而且他还随身带着他的命运哩。

奥兰多　那又是什么？

罗瑟琳　嘿，那就是当乌龟的命呗。那正是你所要谢谢你的妻子的，可是他自己随身带了它做武器，免得人家说他妻子的坏话。

奥兰多　贤德的女子不会叫她丈夫当王八。我的罗瑟琳是贤德的。

罗瑟琳　而我是你的罗瑟琳吗？

西莉娅　他喜欢这样叫你。可是他有一个长得比你漂亮的罗瑟琳哩。

罗瑟琳　来，向我求婚，向我求婚。我现在很高兴。多半会答应你。假如我真是你的罗瑟琳，你现在要向我说些什么话？

奥兰多　我要在没有说话之前先接个吻。

罗瑟琳　不，你最好先说话，等到所有的话都说完了，想不出什么来的时候，你就可以趁此接吻。善于演说的人，当他们一时无话可说之际，他们会吐一口痰。情人们呢，上帝保佑我们！倘使找不到话说的时候，接吻是最便当的补救办法。

奥兰多　假如她不肯让我吻她呢？

罗瑟琳　那么她就是要你再向她苦苦哀求，这样又有了新的话题了。

奥兰多　谁见了他的心爱的情人而会说不出话来呢？

罗瑟琳　哼，假如我是你的情人，你就会说不出话来。不然的话，我就会认为自己是德有余而才不足了。

奥兰多　怎么，我会闷头不语吗？

罗瑟琳　可以伸头，却说不出话。我不是你的罗瑟琳吗？

奥兰多　我很愿意把你当作罗瑟琳，因为这样我就可以讲着她了。

罗瑟琳　好，我代表她说我不愿接受你。

奥兰多　那么我代表我自己说我要死去。

罗瑟琳　不，真的，还是请个人代死吧。这个可怜的世界差不多有六千年的岁数了，可是从来不曾有过一个人亲自殉情而死。特洛伊罗斯是被一个希腊人的棍棒砸出了脑浆的。可是在这以前他就已经寻过死，而他是一个模范的情人。即使希罗当了修女，里昂德也会活下去活好多年的，倘不是因为一个酷热的仲夏之夜——因为，好孩子，他那晚本来只是要到赫勒斯滂海峡里去洗个澡的，可是在水中害起抽筋来，因而淹死了：那时代的愚蠢的史家却说他是为了塞斯托斯的希罗而死。这些全都是谎。人们一代一代地死去，他们的尸体都给蛆虫吃了，可是绝对不会为爱情而死的。

奥兰多　我不愿我的真正的罗瑟琳也这样想。因为我可以发誓说她只要皱一皱眉头就会把我杀死。

罗瑟琳　我凭着此手发誓，那是连一只苍蝇也杀不死的。但是来吧，现在我要做你的一个乖乖的罗瑟琳。你向我要求什么，我一定允许你。

奥兰多　那么爱我吧，罗瑟琳！

罗瑟琳　好，我就爱你，星期五、星期六以及一切的日子。

奥兰多　你肯接受我吗？

罗瑟琳　肯的，像你这样的男人二十个都行。

奥兰多　你怎么说？

罗瑟琳　你不是个好人吗？

奥兰多　我希望是的。

罗瑟琳　那么，好的东西会嫌太多吗？——来，妹妹，你来做牧师，给我们主婚。——把你的手给我，奥兰多。你怎么说，妹妹？

奥兰多　请你给我们主婚。

西莉娅　我不会念那些词。

罗瑟琳　你应当这样开始：“奥兰多，你愿不愿——”

西莉娅　好吧。——奥兰多，你愿不愿娶这个罗瑟琳为妻？

奥兰多　我愿意。

罗瑟琳　嗯，但是什么时候才娶呢？

奥兰多　当然就在现在啦。只要她能替我们完成婚礼。

罗瑟琳　那么你必须说，“罗瑟琳，我娶你为妻。”

奥兰多　罗瑟琳，我娶你为妻。

罗瑟琳　我本来可以问你凭着什么来娶我的。可是奥兰多，我愿意接受你做我的丈夫。——这丫头等不到牧师问起，就冲口说出来了。真的，女人的思想总是比行动跑得更快。

奥兰多　一切的思想都是这样。它们是生着翅膀的。

罗瑟琳　现在你告诉我你占有了她之后，打算保留多久？

奥兰多　永久再加上一天。

罗瑟琳　说一天，不用说永久。不，不，奥兰多，男人们在未婚的时候是四月天，结婚的时候是十二月天。姑娘们做姑娘的时候是五月天，一做了妻子，季候便改变了。我要比一只巴巴里雄鸽对待它的雌鸽还要多疑地对待你。我要比下雨前的鹦鹉还要吵闹，比猢狲还要弃旧怜新，比猴子还要反复无常。我要在你高兴的时候像喷泉上的狄安娜女神雕像一样无端哭泣。我要在你想睡的时候像土狼一样纵声大笑。

奥兰多　但是我的罗瑟琳会做出这种事来吗？

罗瑟琳　我可以发誓她会像我一样做出来的。

奥兰多　啊！可是她是个聪明人哩。

罗瑟琳　她倘不聪明，怎么有本领做这等事？越是聪明，越是淘气。假如用一扇门把一个女人的才情关起来，它会从窗子里钻出来的。关了窗，它会从钥匙孔里钻出来的。塞住了钥匙孔，它会跟着一道烟从烟囱里飞出来的。

奥兰多　男人娶到了这种有才情的老婆，就难免要感慨“才情才情，看你横行到什么地方”了。

罗瑟琳　不，你可以把那句骂人的话留起来，等你瞧见你妻子的才情爬上了你邻人的床上去的时候再说。

奥兰多　那时这位多才的妻子又将用怎样的才情来辩解呢？

罗瑟琳　呃，她会说她是到那儿找你去的。你捉住她，她总有话来为自己辩解，除非你把她的舌头割掉。唉！要是一个女人不会把她的错处推到她男人的身上去，那种女人千万不要让她抚养她自己的孩子，因为她会把孩子抚养成一个傻子的。

奥兰多　罗瑟琳，这两小时我要离开你。

罗瑟琳　唉！爱人，我两小时都缺不了你哪。

奥兰多　我一定要陪公爵吃饭去。到两点钟我就会回来。

罗瑟琳　好，你去吧，你去吧！我知道你会变成怎样的人。我的朋友们这样对我说过，我也这样相信着，你用你那花言巧语把我骗上手。我不过又是一个给人丢弃的人罢了。好，死就死吧！你说是两点钟吗？

奥兰多　是的，亲爱的罗瑟琳。

罗瑟琳　凭着良心，一本正经，上帝保佑我，我可以向你起一切无关紧要的誓，要是你失了一点点的约，或是比约定的时间来迟了一分钟，我就要把你当作在一大堆无义的人们中间一个最可怜的背信者、最空心的情人，最不配被你叫作罗瑟琳的那人所爱的。所以，留心我的责骂，守你的约吧。

奥兰多　我一定恪遵，就像你真是我的罗瑟琳一样。好，再见。

罗瑟琳　好，时间是审判一切这一类罪人的老法官，让他来审判吧。再见。（奥兰多下）

西莉娅　你那一堆情话，简直把我们女人侮辱透了。我们一定要把你的衫裤揭到你的头上，让全世界的人看看鸟儿怎样作践了自己的窠。

罗瑟琳　啊，小妹妹，小妹妹，我的可爱的小妹妹，你知道我爱得多么深！可是我的爱是无从计测深度的，因为它有一个渊深莫测的底，像葡萄牙海湾一样。

西莉娅　或者不如说是没有底的吧。你刚把你的爱倒进去，它就漏了出来。

罗瑟琳　不，维纳斯的那个坏蛋私生子[①]，那个因为忧郁而感孕，因为冲动而受胎，

---

① 指丘比特。

因为疯狂而诞生的。那个瞎眼的坏孩子，因为自己没有眼睛而把每个人的眼睛都欺蒙了的。让他来判断我爱得多么深吧。我告诉你，爱莲娜，我看不见奥兰多便活不下去。我要找一处树荫，去到那儿长吁短叹地等着他回来。

西莉娅　我要去睡一个觉儿。（同下）

第二场　林中的另一个地方

【杰奎斯、众臣及林居人等上。

杰奎斯　是谁把鹿杀死的？

臣　甲　先生，是我。

杰奎斯　让我们引他去见公爵，像一个罗马的凯旋将军一样。顶好把鹿角插在他头上，充当胜利的桂冠。林居人，你们没有个应景的歌儿吗？

林居人　有的，先生。

杰奎斯　那么唱起来吧。不要管它调子怎样，只要可以热闹热闹就是了。

林居人　（唱）

杀鹿的人好幸福，
穿起毛皮顶起角。
唱个歌儿送送他。（众和）
顶了鹿角莫讥笑，
古时便已当冠帽。
你的祖父戴过它，
你的阿爹顶过它：
鹿角鹿角壮而美，
你们取笑真不对。（众下）

第三场　林中的另一部分

【罗瑟琳及西莉娅上。

罗瑟琳　你现在怎么说？不是过了两点钟了吗？这儿哪有什么奥兰多！

西莉娅　我对你说，他怀着纯洁的爱情和忧虑的头脑，带了弓箭出去睡觉去了。瞧，谁来了。

【西尔维斯上。

西尔维斯　我奉命来见您，美貌的少年。我的温柔的菲苾要我把这信送给您。（将信交罗瑟琳）里面说的什么话我不知道。但是照她写这封信的时候那发怒的神气看来，多半是一些气恼的话。原谅我，我只是个不知情的送信人。

罗瑟琳　（阅信）最有耐性的人见了这封信也要暴跳如雷。是可忍，孰不可忍？她说我不漂亮。说我没有礼貌。说我骄傲。说即使男人像凤凰那样稀罕，她也不会爱我。天哪！我并不曾要追求她的爱，她为什么写这种话给我呢？好，牧人，好，这封信是你捣的鬼。

西尔维斯　不，我发誓我不知道里面写些什么。这封信是菲苾写的。

罗瑟琳　算了吧，算了吧，你是个傻瓜，为了爱情颠倒到这等地步。我看见过她的手，她的手就像一块牛皮那样粗糙，一块沙石那样颜色。我以为她戴着一副旧手套，哪知道原来就是她的手。她有一双做粗活的手。但这可不用管它。我说她从来不曾想到过写这封信。这是男人出的花样，是一个男人的笔迹。

西尔维斯　真的，那是她的笔迹。

罗瑟琳　这是粗暴凶狠的口气，全然是挑战的口气。嘿，她就像土耳其人向基督徒那样向我挑战呢。女人家的温柔的头脑里，绝对不会想出这种恣睢暴戾的念头来。这种狠恶的字句，含着比字面更狠恶的用意。你要不要听听这封信？

西尔维斯　假如您愿意，请您念给我听听吧。因为我还不曾听到过它呢。虽然关于菲苾的凶狠的话，倒已经听了不少了。

罗瑟琳　她要向我撒野呢。听那只雌老虎怎样写法：（读）

你是不是天神的化身，
来燃烧一个少女的心？

女人会这样骂人吗？

西尔维斯　您把这种话叫作骂人的话吗？

罗瑟琳 （读）

撇下了你神圣的殿堂，
虐弄一个痴心的姑娘？

你听见过这种骂人的话吗？

人们的眼睛向我求爱，
从不曾给我丝毫损害。

意思说我是个畜生。

你一双美目中的轻蔑，
尚能勾起我这般情热。
唉！假如你能青眼相加，
我更将怎样意乱如麻！
你一边骂，我一边爱你。
你倘求我，我何事不依？
代我传达情意的来使，
并不知道我这段心事。
让他带给我你的回报，
告诉我你的青春年少，
肯不肯接受我的奉献，
把我的一切听你调遣。
否则就请把拒绝明言，
我准备一死了却情缘。

西尔维斯 您把这叫作骂吗？

西莉娅 唉，可怜的牧人！

罗瑟琳 你可怜他吗？不，他是不值得怜悯的。你会爱这种女人吗？嘿，把你当作工具，那样玩弄你！怎么受得住！好，你到她那儿去吧，因为我知道爱情已经把你变成一条驯服的蛇了。你去对她说：要是她爱我，我吩咐她爱你。要是她不肯爱你，那么我绝对不要她，除非你代她恳求。假如你是个真心的恋人，去吧，不要再说了。瞧又有人来了。（西尔维斯下）

【奥列佛上。

奥列佛 早安，两位。请问你们知不知道在这座树林的边界有一所用橄榄树围起来的小屋？

西莉娅　在这儿的西面，附近的山谷里，从那微语喃喃的泉水旁边那一列柳树的地方向右出发，便可以到那边去。但现在那边只有一所空屋，没有人在里面。

奥列佛　假如听了人家嘴里的叙述便可以用眼睛认识出来，那么你们的模样正是我所听说过的，穿着这样的衣服，这样的年纪："那个少年生得很俊，脸孔像个女人，行为举动像是老大姐似的。那少女矮矮的，比她的哥哥黝黑些。"你们岂不是我所要寻访的那屋子的主人吗？

西莉娅　既蒙下问，那么我们说我们正是那屋子的主人，也不算是自己的夸口了。

奥列佛　奥兰多要我向你们两位致意。这一方染着血迹的手帕，他叫我送给他称为他的罗瑟琳的那位少年。您就是他吗？

罗瑟琳　正是。这是什么意思呢？

奥列佛　说起来徒增我的惭愧，假如你们要知道我是谁，这一方手帕怎样、为什么、在哪里沾上这些血迹。

西莉娅　请您说吧。

奥列佛　年轻的奥兰多上次跟你们分别的时候，曾经答应过在一小时之内回来。他正在林中行走，品味着爱情的甜蜜和苦涩，瞧，什么事发生了！他把眼睛向旁边一望，你瞧，他看见了些什么东西：在一株满覆着苍苔的秃顶的老橡树之下，有一个不幸的衣衫褴褛、须发蓬松的人仰面睡着。一条金绿的蛇缠在他的头上，正预备把它的头敏捷地伸进他的张开的嘴里去，可是突然看见了奥兰多，它便松了开来，蜿蜒地溜进林莽中去了。在那林荫下有一头乳房干瘪的母狮，头贴着地蹲伏着，像猫一样注视这睡着的人的动静，因为那畜生有一种高贵的素性，不会去侵犯瞧上去似乎已经死了的东西。奥兰多一见了这情形，便走到那人的面前，一看却是他的兄长，他的大哥。

西莉娅　啊！我听他说起过那个哥哥。他说他是一个再伤天害理不过的人。

奥列佛　他完全可以那样说，因为我知道他确是伤天害理的。

罗瑟琳　但是我们说奥兰多吧。他把他丢下在那儿，让他给那饿狮吃了吗？

奥列佛　他两次转身想走。可是善心比复仇更高贵，天性克服了他的私怨，使他去和那母狮格斗，很快地那狮子便在他手下丧命了。我听见了搏击的声音，就从苦恼的瞌睡中醒过来了。

西莉娅　你就是他的哥哥吗？

罗瑟琳　他救的便是你吗？

西莉娅　老是设计谋害他的便是你吗？

奥列佛　那是从前的我，不是现在的我。我现在感到很幸福，已经变了个新的人了，因此我可以不惭愧地告诉你们我从前的为人。

罗瑟琳　可是那块血渍的手帕是怎样来的？

奥列佛　别性急。那时我们两人述叙着彼此的经历，以及我到这荒野里来的原委。一面说一面自然流露的眼泪流个不住。简单地说，他把我领去见那善良的公爵，公爵赏给我新衣服穿，款待着我，吩咐我的弟弟照应我。于是他立刻带我到他的洞里去，脱下衣服来，一看臂上给母狮抓去了一块肉，血不停地流着，那时他便晕了过去，嘴里还念着罗瑟琳的名字。简单地说，我把他救醒过来，裹好了他的伤口。略过些时辰，他精神恢复了，便叫我这个陌生人到这儿来把这件事通知你们，请你们原谅他的失约。这一方手帕在他的血里浸过，他要我交给他戏称为罗瑟琳的那位青年牧人。（罗瑟琳晕去）

西莉娅　呀，怎么啦，盖尼米德！亲爱的盖尼米德！

奥列佛　有好多人一见了血便要发晕。

西莉娅　还有其他的缘故哩。哥哥！盖尼米德！

奥列佛　瞧，他醒过来了。

罗瑟琳　我要回家去。

西莉娅　我们可以陪着你去。——请您扶着他的臂膀好不好？

奥列佛　提起精神来，孩子。你算是个男人吗？你太没有男人气了。

罗瑟琳　一点不错，我承认。啊，好小子！人家会觉得我假装得很像哩。请您告诉令弟我假装得多么像。哎哟！

奥列佛　这不是假装。你的脸色已经有了太清楚的证明，这是出于真情的。

罗瑟琳　告诉您吧，真的是假装的。

奥列佛　好吧，那么振作起来，假装个男人样子吧。

罗瑟琳　我正在假装着呢。可是凭良心说，我理该是个女人。

西莉娅　来，你瞧上去脸色越变越白了。回家去吧。好先生，陪我们去吧。

奥列佛　好的，因为我必须把你怎样原谅舍弟的回音带回去呢，罗瑟琳。

罗瑟琳　我会想出些什么来的。但是我请您就把我的假装的样子告诉他吧。我们走吧。（同下）

第五幕

第一场　亚登森林

【试金石及奥德蕾上。

试金石　咱们总会找到一个时间的，奥德蕾。耐心点儿吧，温柔的奥德蕾。

奥德蕾　那位老先生虽然这么说，但其实这个牧师也很好呀。

试金石　顶坏不过的奥列佛师傅，奥德蕾。顶不好的马坦克斯特。但是，奥德蕾，林子里有一个年轻人要向你求婚呢。

奥德蕾　嗯，我知道他是谁。他跟我全没有关涉。你说起的那个人来了。

【威廉上。

试金石　看见一个村汉在我是家常便饭。凭良心说话，我们这辈聪明人真是作孽不浅。我们总是忍不住要寻寻人家的开心。

威　廉　晚安，奥德蕾。

奥德蕾　你晚安哪，威廉。

威　廉　晚安，先生。

试金石　晚安，好朋友。把帽子戴上了，把帽子戴上了。请不用客气，把帽子戴上了。你多大年纪了，朋友？

威　廉　二十五了，先生。

试金石　正是妙龄。你名叫威廉吗？

威　廉　是叫威廉，先生。

试金石　一个好名字。是生在这林子里的吗？

戚　廉　是的，先生，我感谢上帝。

试金石　“感谢上帝”。很好的回答。家境不错吧？

威　廉　呃，先生，不过如此。

试金石　“不过如此”，很好很好，好得很。可是也不算怎么好，不过如此而已。你聪明吗？

威　廉　呃，先生，我还算聪明。

试金石　啊，你说得很好。我现在记起一句话来了，“傻子自以为聪明，但聪明人知道他自己是个傻子。”异教的哲学家想要吃一颗葡萄的时候，便张开嘴唇来，把它放进嘴里去。那意思是表示葡萄是生来给人吃，嘴唇是生来要张开的。你爱这姑娘吗？

威　廉　是的，先生。

试金石　把你的手给我。你有学问吗？

威　廉　没有，先生。

试金石　那跟我学学：有者有也。修辞学上有这么一个譬喻，把酒从杯子里倒在碗里，一只满了，另一只便要落空。写文章的人大家都承认“彼”即是他。好，你不是彼，因为我是他。

威　廉　哪一个他，先生？

试金石　先生，就是要跟这个女人结婚的他。所以，你这村夫，莫——那在俗话里就是不要——与此妇——那在土话里就是和这个女人——交游——那在普通话里就是来往。合拢来说，莫与此妇交游，否则，村夫，你就要毁灭。或者让你容易明白些，你就要死。那就是说，我要杀死你，把你干掉，叫你活不成，让你当奴才。我要用毒药毒死你，一顿棒儿打死你，或者用钢刀捌死你。我要跟你打架。我要想出计策来打倒你。我要用一百五十种法子杀死你。所以赶快发着抖滚吧。

奥德蕾　你快去吧，好威廉。

威　廉　上帝保佑您快活，先生。（下）

【柯林上。

柯　林　我们的大官人和女主人正在找你哪。来，走啊！走啊！

试金石　走，奥德蕾！走，奥德蕾！我就来，我就来。（同下）

第二场　林中的另一部分

【奥兰多及奥列佛上。

奥兰多　你跟她相识得这么浅便会喜欢起她来了吗？一看见了她，便会爱起她来了吗？一爱了她，便会求起婚来了吗？一求了婚，她便会答应了你吗？你一定要得到她吗？

奥列佛　这件事进行得匆促，她的贫穷、相识的不久、我突然的求婚和她突然的允许——这些你都不用怀疑。只要你承认我是爱着爱莲娜的，承认她是爱着我的，允许我们两人的结合，这样你也会有好处。因为我愿意把我父亲老罗兰爵士的房屋和一切收入都让给你，我自己在这里终身做一个牧人。

奥兰多　你可以得到我的允许。你们的婚礼就在明天举行吧。我可以去把公爵和他的一切乐天的从者都请了来。你去吩咐爱莲娜预备一切。瞧，我的罗瑟琳来了。

【罗瑟琳上。

罗瑟琳　上帝保佑你，哥哥。

奥列佛　也保佑你，好妹妹。（下）

罗瑟琳　啊！我的亲爱的奥兰多，我瞧见你把你的心裹在绷带里，我是多么难过呀。

奥兰多　那是我的臂膀。

罗瑟琳　我以为是你的心给狮子抓伤了。

奥兰多　它的确是受了伤了，却是给一位姑娘的眼睛伤害了的。

罗瑟琳　你的哥哥有没有告诉你当他把你的手帕给我看的时候，我假装晕去了的情形？

奥兰多　告诉了，而且还有更稀奇的事情呢。

罗瑟琳　噢！我知道你说的是什么。哦，那倒是真的。从来不曾有过这么突如其来的事情，除了两只公羊的打架和恺撒那句“我来了，我看见了，我征服了”的傲语。令兄和舍妹刚见了面，便彼此看上眼了。一看上眼便相爱了。一相爱便叹气了。一叹气便彼此问为的是什么。一知道了为的是什么，便要想补救的办法：这样一步一步地踏到了结婚的阶段，不久他们便要成其好事了，否则他们等不到结婚便要放肆起来的。他们简直爱得慌了，一定要在一块儿。用棒儿也打不散他们。

奥兰多　他们明天便要成婚，我就要去请公爵参加婚礼。但是，唉！从别人的眼中看见幸福，多么令人烦闷。明天我越是想到我的哥哥满足了心愿多么快活，我便将越是伤心。

罗瑟琳　难道我明天不能仍旧充作你的罗瑟琳了吗？

奥兰多　我不能老是靠着幻想而生存了。

罗瑟琳　那么我不再用空话来叫你心烦了。告诉了你吧，现在我不是说着玩儿，我知道你是一个有见识的上等人。我并不是因为希望你赞美我的本领而恭维你，也不是图自己的名气，只是想得到你一定程度的信任，那是为了你的好处，不是为了给我自己增光。假如你肯相信，那么我告诉你，我能创造奇迹。从三岁时候起我就和一个术士结识，他的法术非常高深，可是并不作恶害人。要是你爱罗瑟琳真是爱得那么深，就像你瞧上去的那样，那么你哥哥和爱莲娜结婚的时候，你就可以和她结婚。我知道她现在的处境是多么不幸。只要你没有什么不方便，我一定能够明天叫她亲自出现在你的面前，一点没有危险。

奥兰多　你说的是真话吗？

罗瑟琳　我以生命起誓，我说的是真话。虽然我说我是个术士，可是我很重视我的生命呢。所以你得穿上你最好的衣服，邀请你的朋友们来。只要你愿意在明天结婚，你一定可以结婚。和罗瑟琳结婚，要是你愿意。瞧，我的一个爱人和她的一个爱人来了。

【西尔维斯及菲苾上。

菲　苾　少年人，你很对我不起，把我写给你的信宣布了出来。

罗瑟琳　要是我把它宣布了，我也不管。我存心要对你傲慢不客气。你背后跟着一个忠心的牧人。瞧着他吧，爱他吧，他崇拜着你哩。

菲　苾　好牧人，告诉这个少年人恋爱是怎样的。

西尔维斯　它是充满了叹息和眼泪的。我正是这样爱着菲苾。

菲　苾　我也是这样爱着盖尼米德。

奥兰多　我也是这样爱着罗瑟琳。

罗瑟琳　我可是一个女人也不爱。

西尔维斯　它是全然的忠心和服务。我正是这样爱着菲苾。

菲　苾　我也是这样爱着盖尼米德。

奥兰多　我也是这样爱着罗瑟琳。

罗瑟琳　我可是一个女人也不爱。

西尔维斯　它是全然的空想，全然的热情，全然的愿望，全然的崇拜、恭顺和尊敬。全然的谦卑，全然的忍耐和焦心。全然的纯洁，全然的磨炼，全然的服从。我正是这样爱着菲苾。

菲　苾　我也是这样爱着盖尼米德。

奥兰多　我也是这样爱着罗瑟琳。

罗瑟琳　我可是一个女人也不爱。

菲　苾　（向罗瑟琳）假如真是这样，那么你为什么责备我爱你呢？

西尔维斯　（向菲苾）假如真是这样，那么你为什么责备我爱你呢？

奥兰多　假如真是这样，那么你为什么责备我爱你呢？

罗瑟琳　你在向谁说话，“你为什么责备我爱你呢？”

奥兰多　向那不在这里、也听不见我说话的她。

罗瑟琳　请你们别再说下去了吧。这简直像是一群爱尔兰的狼向着月亮嗥叫。（向西尔维斯）要是我能够，我一定帮助你。（向菲苾）要是我有可能，我一定会爱你。明天大家来和我相会。假如我会跟女人结婚，我一定跟你结婚。我要在明天结婚了。（向奥兰多）假如我会使男人满足，我一定使你满足。你要在明天结婚了。（向西尔维斯）假如使你喜欢的东西能使你满意，我一定使你满意。你要在明天结婚了。（向奥兰多）你既然爱罗瑟琳，请你赴约。（向西尔维斯）你既然爱菲苾，请你赴约。我既然不爱什么女人，我也赴约。现在再见吧。我已经吩咐过你们了。

西尔维斯　只要我活着，我一定不失约。

菲　苾　我也不失约。

奥兰多　我也不失约。（各下）

第三场　林中的另一部分

【试金石及奥德蕾上。

试金石　明天是快乐的好日子，奥德蕾。明天我们要结婚了。

奥德蕾　我满心盼望着呢。我希望盼望出嫁并不是一个不正当的愿望。老公爵的两个童儿来了。

【二童上。

童　甲　遇见得巧啊，好先生。

试金石　巧得很，巧得很。来，请坐，请坐，唱个歌儿。

童　乙　遵命遵命。居中坐下吧。

童　甲　一副坏喉咙未唱之前，总少不了来些老套子，例如咳嗽吐痰或是说嗓子有点儿哑了之类。我们还是免了这些，马上唱起来怎样？

童　乙　好的，好的。两人齐声同唱，就像两个吉卜赛人骑在一匹马上。

歌

一对情人并着肩，
哎哟哎哟哎哎哟，
走过了青青稻麦田，
春天是最好的结婚天，
听嘤嘤歌唱枝头鸟，
姐郎们最爱春光好。

小麦青青大麦鲜，
哎哟哎哟哎哎哟，
乡女村男交颈儿眠，
春天是最好的结婚天，
听嘤嘤歌唱枝头鸟，
姐郎们最爱春光好。

新歌一曲意缠绵，
哎哟哎哟哎哎哟，
人生美满像好花妍，
春天是最好的结婚天，
听嘤嘤歌唱枝头鸟，
姐郎们最爱春光好。

劝君莫负艳阳天，

哎哟哎哟哎哎哟，

恩爱欢娱要趁少年，

春天是最好的结婚天，

听嘤嘤歌唱枝头鸟，

姐郎们最爱春光好。

试金石　老实说，年轻的先生们，这首歌词固然没有多大意思，那调子却也很不入调。

童　甲　您弄错了，先生。我们是照着板眼唱的，一拍也没有漏过。

试金石　凭良心说，我来听这么一首傻气的歌儿，真算是白糟蹋了时间。上帝和你们同在。上帝把你们的喉咙补补好吧！来，奥德蕾。（各下）

第四场　林中的另一部分

【公爵、阿米恩斯、杰奎斯、奥兰多、奥列佛及西莉娅同上。

公　爵　奥兰多，你相信那孩子果真有他所说的那种本领吗？

奥兰多　我有时相信，有时不相信。就像那些因恐结果无望而心中惴惴的人，一面希望一面担着心事。

【罗瑟琳、西尔维斯及菲苾上。

罗瑟琳　再请耐心听我说一遍我们所约定的条件。（向公爵）您不是说，假如我把您的罗瑟琳带了来，您愿意把她赏给这位奥兰多做妻子吗？

公　爵　即使再要我把几个王国作为陪嫁，我也愿意。

罗瑟琳　（向奥兰多）您不是说，假如我带了她来，您愿意娶她吗？

奥兰多　即使我是统治万国的君王，我也愿意。

罗瑟琳　（向菲苾）您不是说，假如我愿意，您便愿意嫁我吗？

菲　苾　即使我在一小时后就要一命丧亡，我也愿意。

罗瑟琳　但是假如您不愿意嫁我，您不是要嫁给这位忠心无比的牧人吗？

菲　苾　是这样约定着。

罗瑟琳　（向西尔维斯）您不是说，假如菲苾愿意，您便愿意娶她吗？

西尔维斯　即使娶了她等于送死，我也愿意。

罗瑟琳　我答应要把这一切事情安排得好好的。公爵，请您守约许嫁您的女儿。奥兰多，请您守约娶他的女儿。菲苾，请您守约嫁我，假如不肯嫁我，便得嫁给这位牧人。西尔维斯，请您守约娶她，假如她不肯嫁我：现在我就去给你们解释这些疑惑。（罗瑟琳、西莉娅下）

公　爵　这个牧童使我记起了我的女儿的相貌，有几分活像是她。

奥兰多　殿下，我初次见他的时候，也以为他是郡主的兄弟呢。但是，殿下，这孩子是在林中生长的，他的伯父曾经教过他一些魔术的原理，据说他那伯父是一个隐居在这儿林中的大术士。

【试金石及奥德蕾上。

杰奎斯　一定又有一次洪水来啦，这一对一对都要准备躲到方舟里去。又来了一对奇怪的畜生，傻瓜是他们公认的名字。

试金石　列位，这厢有礼了！

杰奎斯　殿下，请您欢迎他。这就是我在林中常常遇见的那位傻头傻脑的先生。据他说他还出入过宫廷呢。

试金石　要是有人不相信，尽管来质问我好了。我曾经跳过高雅的舞。我曾经恭维过一位贵妇。我曾经向我的朋友耍过手腕，跟我的仇家们装亲热。我曾经毁了三个裁缝，闹过四回口角，有一次几乎大打出手。

杰奎斯　那是怎样闹起来的呢？

试金石　呃，我们碰见了，一查这场争吵是根据着第七个原因。

杰奎斯　怎么叫第七个原因？——殿下，请您喜欢这个家伙。

公　爵　我很喜欢他。

试金石　上帝保佑您，殿下。我希望您喜欢我。殿下，我挤在这一对对乡村的姐儿郎儿中间到这里来，也是想来宣了誓然后毁誓，让婚姻把我们结合，再让血气把我们拆开。她是个寒伧的姑娘，殿下，样子又难看。可是，殿下，她是我自个儿的：我有一个坏脾气，殿下，人家不要的我偏要。宝贵的贞洁，殿下，就像是住在破屋子里的守财奴，又像是丑蚌壳里的明珠。

公　爵　我说，他倒很伶俐机警呢。

试金石　傻瓜们信口开河，逗人一乐，总是这样。

杰奎斯　但是且说那第七个原因。你怎么知道这场争吵都吵到第七个程序上去了？

试金石　根据一个谎话的七次演变呗——把你的身体站端正些，奥德蕾。——就像这么回事儿，先生：我不喜欢某位廷臣的胡须的式样。他回我说假如我说他的胡须的式样不好，他却自以为很好：这叫作“有礼的驳斥”。假如我再去对他说那式样不好，他就回我说他自己喜欢要这样：这叫作“谦恭的讥刺”。要是再说那式样不好，他便蔑视我的意见：这叫作“粗暴的答复”。要是再说那式样不好，他就回答说我讲得不对：这叫作“大胆的谴责”。要是再说那式样不好，他就要说我说谎：这叫作“挑衅的反攻”。于是就到了“委婉的说谎”和“公然的说谎”。

杰奎斯　你说了几次他的胡须式样不好呢？

试金石　我只敢说到“委婉的说谎”为止，他也不敢说我“公然的说谎”。因此我们都把剑拿到眼前，晃了晃然后就走开了。

杰奎斯　你能不能把一句谎话的各种程度按着次序说出来？

试金石　先生啊，我们争吵都是根据着书本的，就像你们有讲礼貌的书一样。我可以把各种程度列举出来。第一，有礼的驳斥。第二，谦恭的讥刺。第三，粗暴的答复。第四，大胆的谴责。第五，挑衅的反攻。第六，委婉的说谎。第七，公然的说谎。除了“公然的说谎”之外，其余的都可以避免。但是“公然的说谎”只要用了“假如”两个字，也就可以一天云散。我知道有一场七个法官都处断不了的争吵。当争吵双方相遇时，其中的一个单单想起了“假如”两字，例如“假如你是这样说的，那么我便是这样说的”，于是两人便彼此握手，结为兄弟了。“假如”是唯一的和事佬。“假如”之为用大矣哉！

杰奎斯　殿下，这不是一个很难得的人吗？他什么都懂，但仍然是一个傻瓜。

公　爵　他把他的傻气当作了藏身的烟幕，在它的荫蔽之下放出他的机智来。

【许门领罗瑟琳穿女装及西莉娅上；柔和的音乐。

许　门　天上有喜气融融，
人间万事尽亨通，
和合无嫌猜。
公爵，接受你女儿，
许门一路带着伊，
远从天上来。
请你为她做主张，

嫁给她心上情郎。

罗瑟琳 （向公爵）我把我自己交给您，因为我是您的。（向奥兰多）我把我自己交给您，因为我是您的。

公　爵 要是眼前所见的并不虚假，那么你就是我的女儿了。

奥兰多 要是眼前所见的并不虚假，那么你就是我的罗瑟琳了。

菲　苾 要是眼前的情形是真的，那么永别了，我的爱人！

罗瑟琳 （向公爵）要是您不是我的父亲，那么我不要有什么父亲。（向奥兰多）要是您不是我的丈夫，那么我不要有什么丈夫。（向菲苾）要是我不跟你结婚，那么我再不跟别的女人结婚。

许　门 请不要喧闹纷纷！

这种种古怪事情，

都得让许门断清。

这里有四对恋人，

说的话儿倘应心，

该携手共缔鸳盟。

（向奥兰多、罗瑟琳）

你俩患难不相弃。

（向奥列佛、西莉娅）

你们俩同心永系。

（向菲苾）

你和他宜室宜家，

再莫恋镜里空花。

（向试金石、奥德蕾）

你两人形影相从，

像风雪跟着严冬。

等一曲婚歌奏起，

尽你们寻根觅底，

莫惊讶咄咄怪事，

细想想原来如此。

歌

人间添美眷，
天后爱团圆。
席上同心侣，
枕边并蒂莲。
不有许门力，
何缘众庶生？
同声齐赞颂，
许门最堪称！

公　爵　啊，我的亲爱的侄女！我欢迎你，就像你是我自己的女儿。

菲　苾　（向西尔维斯）我不愿食言，现在你是我的人了。你的忠心使我爱上了你。

【贾奎斯上。

贾奎斯　请听我说一两句话。我是老罗兰爵士的第二个儿子，特意带了消息到这群贤毕集的地方来。弗莱德里克公爵因为听见每天有才智之士投奔到这林中，故此兴起大军，亲自统率，预备前来捉拿他的兄长，把他杀害。他到了这座树林的边界，遇见了一位高年的修道士，交谈之下，悔悟前非，便即停止进兵。同时看破红尘，把他的权位归还给他的被放逐的兄长，一同流亡在外的诸人的土地，也都各还原主。这不是假话，我可以用生命做担保。

公　爵　欢迎，年轻人！你给你的兄弟们送了很好的新婚贺礼来了：一个是他的被扣押的土地。一个是一座绝大的公国，享有着绝对的主权。先让我们在这林中把我们正在进行中的好事办了。然后，在这幸运的一群人中，每一个曾经跟着我忍受过艰辛日子的人，都要按着各人的地位，分享我的恢复了的荣华。现在我们且把这种新近得来的尊荣暂时搁在脑后，举行起我们乡村的狂欢来吧。奏起来，音乐！你们各位新娘新郎，大家欢天喜地的，跳起舞来呀！

杰奎斯　先生，恕我冒昧。要是我没有听错，好像您说的是那公爵已经潜心修道，抛弃富贵的宫廷了？

贾奎斯　是的。

杰奎斯　我这就找他去。在这种悟道者身上一定有很多值得学习的绝妙的教训。（向公爵）我让你去享受你那从前的光荣吧。那是你的忍耐和德行的酬报。（向奥兰多）你去享受你那用忠心赢得的爱情吧。（向奥列佛）你去享有你的土地、爱人和权势吧。（向西尔维斯）你去享用你那用千辛万苦换来的老婆吧。（向试金石）至于你呢，我让你去口角吧。因为在你的爱情的旅程上，你只带了两个月的粮草。好，大家各人去找各人的快乐。跳舞可不是我的份。

公　爵　别走，杰奎斯，别走！

杰奎斯　我不想看你们的作乐。你们要有什么见教，我就在被你们遗弃了的山窟中恭候。（下）

公　爵　进行下去吧，开始我们的嘉礼 。我们相信始终都会很顺利。（跳舞。除罗瑟琳外，众下）

收场白

罗瑟琳　叫娘儿们来念收场白，似乎不大合适。可是那也不见得比叫老爷子来念开场白更不成样子些。要是好酒无须招牌，那么好戏也不必有收场白。可是好酒要用好招牌，好戏倘再加上一段好收场白，岂不更好？那么我现在的情形是怎样的呢？我既不会念一段好收场白，又不能用一出好戏来讨好你们！我并不穿得像个叫花子一样，因此我不能向你们求乞。我的唯一的法子是恳请。我要先向女人们恳请。女人们啊！为着你们对于男子的爱情，请你们尽量地喜欢这出戏。男人们啊！为着你们对于女子的爱情——瞧你们那副痴笑的神气，我就知道你们没有一个讨厌她们的——请你们学着女人们的样子，也来喜欢这出戏。假如我是一个女人①，你们中间只要谁的胡子生得叫我满意，脸蛋长得讨我喜欢，而且气息也不叫我恶心，我都愿意给他一吻。为了我这种慷慨的奉献，我相信凡是生得一副好胡子、长得一张好脸蛋或是有一口好气息的诸君，当我屈膝致敬的时候，都会用掌声向我道别的。（下）

① 伊丽莎白时代舞台上女角皆用男童扮演。

MEASURE FOR MEASURE 一报还一报

人间的权力尊荣，总是逃不过他人的讥弹。最纯洁的德行，也免不了背后的诽谤。

导 读

莎士比亚是超越时空的戏剧大师，莎氏及其剧作是“看不厌”“说不尽”的。《一报还一报》是莎士比亚戏剧创作第二时期的作品，这是一部带有社会公案性质的戏剧，该剧通过描写爱情与婚姻，突出了当时社会的愚昧和阴暗的一面，因此，这部戏剧既与该时期的悲剧作品有所呼应，同时又以其喜剧性和辛辣的笔调将剧中浪漫的情调一一勾勒出来。剧中所有人物的性格都非常鲜明，形象生动。剧中的安哲鲁在审理克劳狄奥一案中，意外地使自己卷入了纠纷之中。最初他能够秉公执法，当犯人克劳狄奥的姐姐依莎贝拉为了弟弟向他求情的时候，他竟提出让依莎贝拉以贞节作为交换条件。安哲鲁的行为暴露了他双重的违法倾向：知法犯法及渎职。为了掩饰自己的不法行为，安哲鲁下令处死克劳狄奥。剧中提倡慈悲情怀、重视贞洁操守的依莎贝拉并没有获得读者的赞赏，因为当危在旦夕的弟弟乞求她的营救时，为了自己的贞洁，她断然拒绝了弟弟的恳求，并给予他无情的教训。

本剧涉及了诸多观念，例如道德、性欲、死亡、公权力的滥用，以及危机时刻的人性呈现等，颇具人性和公益的意味。

剧中人物

文森修　公爵

安哲鲁　公爵在假期中的摄政

爱斯卡勒斯　辅佐安哲鲁的老臣

克劳狄奥　少年绅士

路西奥　纨绔子

两个纨绔绅士

凡愚厄斯　公爵近侍

狱　吏

托马斯
彼　得　} 两个教士

陪审官

爱尔博　糊涂的差役

弗洛斯　愚蠢的绅士

庞　贝　妓院中的当差

阿伯霍逊　刽子手

巴那丁　酗酒放荡的囚犯

依莎贝拉　克劳狄奥的姐姐

玛利安娜　安哲鲁的未婚妻

朱丽叶　克劳狄奥的恋人

弗兰西丝卡　修女

咬弗动太太　鸨妇

大臣、差役、市民、童儿、侍从等

地 点

维也纳

第一幕

第一场　公爵宫廷中一室

【公爵、爱斯卡勒斯、群臣及侍从等上。

公　爵　爱斯卡勒斯！

爱斯卡勒斯　有，殿下。

公　爵　关于政治方面的种种机宜，我不必多向你絮说，因为我知道你在这方面的经验阅历，胜过我所能给你的任何指示。对于地方上人民的习性，以及布政施教的宪章、信赏必罚的律法，你也都了如指掌，比得上任何博学练达之士，所以我尽可信任你的才能，让你自己去适宜应付。我给你这一道诏书，愿你依此而行。（以诏书授爱斯卡勒斯）来人，去唤安哲鲁过来。（一侍从下）你看：他这人能不能代理我的责任？因为我在再三考虑之下，已经决定当我出巡的时候，叫他摄理政务。他可以充分享受众人的畏惧爱敬，全权处置一切的事情。你以为怎样？

爱斯卡勒斯　在维也纳这个地方，要是有人值得受这样隆重的眷宠恩荣，那就是安哲鲁大人了。

公　爵　他来了。

【安哲鲁上。

安哲鲁　听见殿下的召唤，小臣特来恭听谕令。

公　爵　安哲鲁，在你的生命中有一种与众不同的地方，使人家一眼便知道你的全部的为人。你自己和你所有的一切，倘不拿出来贡献于人世，仅仅一个人独善其身，那实在是一种浪费。上天生下我们，是要把我们当作火炬，不是照亮自己，而是普照世界。因为我们的德行倘不能推及他人，那就等于没有一样。一个人有了才华智慧，必须使它产生有益的结果。造物神是一个工于算计的女神，她所给予世人的每一分才智，都要受赐的人知恩感激，加倍报答。可是我虽然这样对你说，也许我倒是更应该受你教益的。所以请你收下这道诏书吧，安哲鲁。（以诏书授安哲鲁）当我不在的时候，你就是我的全权代表，你的片言一念，可以决定维也纳人民的生死，年高的爱斯卡勒斯虽然先受到我的嘱托，他却是你的辅佐。

安哲鲁　殿下，当您还没有在我这块顽铁上面打下这样光荣伟大的印记之前，最好请您先让它多受一番试验。

公　爵　不必推托了，我在详细考虑之后，才决定选中你，所以你可以受之无愧。我因为此行很是匆促，对于一切重要事务不愿多加过问。我去了以后，随时会把我在外面的一切情形写信给你。我也盼望你随时把这儿的情形告诉我。现在我们再会吧，希望你们好好执行我的命令。

安哲鲁　可是殿下，请您容许我们为您壮壮行色吧。

公　爵　我急于动身，这可不必了。你在代我摄政的时候，尽管放手干去，不必有什么顾虑。你的权力就像我自己一样，无论是需要执法从严的，或者不妨衡情宽恕的，都凭着你的判断执行。让我握你的手。我这回出行不预备给大家知道，我虽然爱我的人民，可是不愿在他们面前铺张扬厉，他们热烈的夹道欢呼，虽然可以表明他们对我的好感，可是我想，喜爱这一套的人是难以称为审慎的。再会吧！

安哲鲁　上天保佑您一路平安！

爱斯卡勒斯　愿殿下早日平安归来！

公　爵　谢谢你们。再见！（下）

爱斯卡勒斯　大人，我想请您准许我跟您开诚布公地谈一下，我必须知道我自己的地位。主上虽然付我以重托，可是我还不曾明白我的权限是怎样。

安哲鲁　我也是一样。让我们一块儿回去对这个问题做出圆满的安排吧。

爱斯卡勒斯　敬遵台命。（同下）

第二场　街　道

【路西奥及二绅士上。

路西奥　我们的公爵和其他的公爵们要是跟匈牙利国王谈判不成功，那么这些公爵们要一致向匈牙利国王进攻了。

绅士甲　上天赐我们和平，可是不要让我们和匈牙利国王讲和平！

绅士乙　阿门！

路西奥　你倒像那个虔敬的海盗，带着十戒出去航海，可是把其中的一戒涂掉了。

绅士乙　是“不可偷盗”那一戒吗？

路西奥　对了，他把那一戒涂掉了。

绅士甲　是啊，有了这一戒，那简直是打碎了那海盗头子和他们这一伙的饭碗，他们出去就是为了劫取人家的财物。哪一个当兵的人在饭前感恩祈祷的时候，愿意上帝给他和平？

绅士乙　我就没有听见过哪个兵士不喜欢和平。

路西奥　我相信你没有听见过，因为你是从来不到祈祷的地方去的。

绅士乙　什么话？至少也去过十次。

绅士甲　啊，你也听见过有韵的祈祷文吗？

路西奥　长长短短各国语言的祈祷他都听见过。

绅士甲　我想他不论什么宗教的祈祷都听见过。

路西奥　对啊，宗教尽管不同，祈祷总是祈祷。这就好比你尽管祈祷，总是一个坏人一样。

绅士甲　嘿，我看老兄也差不多吧。

路西奥　这我倒承认。就像花边和丝绒差不多似的。你就是花边。

绅士甲　你就是丝绒，上好丝绒。真称得起是光溜溜的。我宁可做英国粗纱的花边，也不愿意像你这样，头发掉得精光，冒充法国丝绒。这话说得够味儿吧？

路西奥　够味儿。说实话，这味儿很让人恶心。你既然不打自招，以后我可就学乖了，这辈子总是先向你敬酒，不喝你用过的杯子，免得染上脏病。

绅士甲　我这话反倒说出破绽来了，是不是？

绅士乙　可不是吗？有病没病也不该这么说。

路西奥　瞧，瞧，我们那位消灾解难的太太来了！我这一身毛病都是在她家里买来的，简直破费了——

绅士乙　请问，破费了多少？

路西奥　猜猜看。

绅士乙　一年三千块冤大头的洋钱。

绅士甲　哼，还不止呢。

路西奥　还得添一个法国光头克朗。

绅士甲　你老以为我有病。其实你错了，我很健康。

路西奥　对啦，不是普通人所说的健康。而是好得像中空的东西那样会发出好听的声音。你的骨头早就空了，骨髓早让风流事儿吸干了。

【咬弗动太太上。

绅士甲　啊，久违了！您的屁股上哪一面疼得厉害？

咬弗动太太　哼，哼，那边有一个人给他们捉去关在监牢里了，像你们这样的人，要五千个才抵得上他一个呢。

绅士乙　请问是谁啊？

咬弗动太太　嘿，是克劳狄奥大爷哪。

绅士甲　克劳狄奥被关起来了！哪有此事！

咬弗动太太　嘿，可是我亲眼看见他给人捉住抓了去，而且就在三天之内，他的头要给砍下了呢。

路西奥　别说笑话，我想这是不会的。你真的知道有这样的事吗？

咬弗动太太　千真万真，原因是他叫朱丽叶小姐有了身孕。

路西奥　这倒有几分可能。他约我在两点钟以前和他会面，到现在还没有来，他这人是从不失信的。

绅士乙　再说，这和我们方才谈起的新摄政的脾气也有几分符合。

绅士甲　尤其重要的是：告示的确是这么说的。

路西奥　快走！我们去打听打听吧。（路西奥及二绅士下）

咬弗动太太　打仗的打仗去了，病死的病死了，上绞刑架的上绞刑架去了，本来有钱的穷下来了，我现在弄得没有主顾上门啦。

【庞贝上。

咬弗动太太　喂，你有什么消息？

庞　贝　那边有人给抓了去坐牢了。

咬弗动太太　他干了什么事？

庞　贝　关于女人的事。

咬弗动太太　可是他犯的什么罪？

庞　贝　他在禁河里摸鱼。

咬弗动太太　怎么，谁家的姑娘跟他有了身孕了吗？

庞　贝　反正是有一个女人怀了胎了。您还没有看见官府的告示吗？

咬弗动太太　什么告示？

庞　贝　维也纳近郊的妓院一律拆除。

咬弗动太太　城里的怎么样呢？

庞　贝　那是要留着传种的。它们本来也要拆除，幸亏有人说情。

咬弗动太太　那么咱们在近郊的院子都要拆除了吗？

庞　贝　是啊，连片瓦也不留。

咬弗动太太　哎哟，这世界真是变了！我可怎么办呢？

庞　贝　您放心吧，好讼师总是有人请教的，您可以迁地为良，重操旧业，我还是做您的当差。别怕，您侍候人家辛苦了这一辈子，人家总会可怜您照应您的。

咬弗动太太　那边又有什么事啦，酒保大爷？咱们避避吧。

庞　贝　狱吏带着克劳狄奥大爷到监牢里去啦，后面还跟着朱丽叶小姐。（咬弗动太太、庞贝同下）

【狱吏、克劳狄奥、朱丽叶及差役等上。

克劳狄奥　官长，你为什么要带着我这样游行全城，在众人面前羞辱我？快把我带到监狱里去吧。

狱　吏　我也不是故意要你难堪，这是安哲鲁大人的命令。

克劳狄奥　威权就像是一尊天神，使我们在犯了过失之后必须受到重罚。它的命令是天上的纶音，不临到谁自然最好，临到谁的身上就没法反抗。可是我这次的确是咎有应得。

【路西奥及二绅士重上。

路西奥　哎哟，克劳狄奥！你怎么戴起镣铐来啦？

克劳狄奥　因为我从前太自由了，我的路西奥。过度的饱食有伤胃口，毫无节制的放纵，结果会使人失去了自由。正像饥不择食的饿鼠吞咽毒饵一样，人为了满足他的天性中的欲念，也会饮鸩止渴，送了自己的性命。

路西奥　我要是也像你一样，到了吃官司的时候还会讲这么一番大道理，我一定去把我的债主请几位来，叫他们告我。可是，说实话，与其道貌岸然地坐监，还是当个自由自在的蠢货好。你犯的是什么罪，克劳狄奥？

克劳狄奥　何必说起，说出来也是罪过。

路西奥　什么，是杀了人吗？

克劳狄奥　不是。

路西奥　是奸淫吗？

克劳狄奥　就算是吧。

狱　吏　别多说了，去吧。

克劳狄奥　官长，让我再讲一句话吧。路西奥，我要跟你说话。（把路西奥扯至一旁）

路西奥　只要是对你有好处的，你尽管说吧。官府把奸淫罪看得如此认真吗？

克劳狄奥　事情是这样的：我因为已经和朱丽叶互许终身，和她发生了关系。你是认识她的。她就要成为我的妻子了，不过没有举行表面上的仪式而已，因为她还有一注嫁妆在她亲友的保管之中，我们深恐他们会反对我们相爱，所以暂守秘密，等到那注嫁妆正式到她自己手里的时候，方才举行婚礼，可不幸的是，我们秘密的交欢，却在朱丽叶身上留下了无法遮掩的痕迹。

路西奥　她有了身孕了吗？

克劳狄奥　正是。现在这个新任的摄政，也不知道是因为不熟悉向来的惯例。或是因为初掌大权，为了威慑人民起见，有意来一次下马威。不知道这样的虐政是在他权限之内，还是由于他现在高升，擅自作为——这些我都不能肯定。可是他已经把这十九年来束诸高阁的种种惩罚，重新加在我的身上了。他一定是为了要博取名誉才这样做的。

路西奥　我相信一定是这个缘故。现在你的一颗头颅搁在你的肩膀上，已经快要摇摇欲坠了，一个挤牛奶的姑娘在思念情郎的时候，叹一口气也会把它吹下来的。你还是想法叫人追上公爵，向他求情开脱吧。

克劳狄奥　这我也试过，可是不知道他究竟在什么地方。路西奥，我想请你帮我一下忙。我的姐姐今天要进修道院修道受戒，你快去把我现在的情形告诉她，代我请求她向那严厉的摄政说情。我相信她会成功，因为在她的青春的魅力里，有一种无言的辩才，可以使男子为之心动。当她在据理力争的时候，她的美妙的辞令更有折服他人的本领。

路西奥　我希望她能够成功，因为否则和你犯同样毛病的人，都需要惴惴自危，未免太教爱好风流的人丧气。而且我也不愿意看见你为了一时玩耍，没来由送了性命。我就去。

克劳狄奥　谢谢你，我的好朋友。

路西奥　两点钟之内给你回音。

克劳狄奥　来，官长，我们去吧。（各下）

第三场　教　堂

【公爵及托马斯神父上。

公　爵　不，神父，别那么想，不要以为爱情的微弱的箭镞会洞穿一个铠胄严密的胸膛。我所以要请你秘密地收容我，并不是因为我有一般年轻人那种燃烧着的情热，而是为了另外更严肃的事情。

托马斯　那么请殿下告诉我吧。

公　爵　神父，你是最知道我的，你知道我多么喜爱恬静隐退的生活，而不愿把光阴消磨在少年人奢华靡费、争奇炫饰的所在。我已经把我的全部权力交给安哲鲁——他是一个持身严谨、摒绝嗜欲的君子——叫他代理我治理维也纳。他以为我是到波兰去了，因为我向外边透露着这样的消息，大家也都这样相信着。神父，你要知道我为什么要这样做吗？

托马斯　我很愿意知道，殿下。

公　爵　我们这儿有的是严峻的法律，对于放肆不驯的野马，这是少不了的羁勒，可是在这十四年来，我们却把它当作具文，就像一头蛰居山洞、久不觅食的狮子，它的爪牙全然失去了锋利。溺爱儿女的父亲倘使把藤鞭束置不用，仅仅让它作为吓人的东西，到后来它就会被孩子们所藐视，不会再对它生畏。我们的法律也一样，因为从不施行，变成了毫无效力的东西，胆大妄为的人，可以把它恣意玩弄。正像婴孩殴打他的保姆一样，法纪完全荡然扫地了。

托马斯　殿下可以随时把这束置不用的法律实施起来，那一定比交给安哲鲁大人执行更能令人畏服。

公　爵　我恐怕那样也许会叫人过分畏惧了。因为我对于人民的放纵，原是我自己的过失。罪恶的行为，要是姑息纵容，不加惩罚，那就是无形的默许，既然准许他们这样做了，现在再重新责罚他们，那就是暴政了。所以我才叫安哲鲁代理我的职权，他可以凭借我的名义重整颓风，可是因为我自己不在其位，人民也不致对我怨谤。一方面我要默察他的治绩，预备装扮成一个贵宗的教士，在各处巡回察访，不论皇亲国戚或是庶民，我都要一一访问。所以我要请你借给我一套衣服，还要有劳你指教我一个教士所应有的一切行为举止。我这样的行动还有其他的原因，我可以慢慢告诉你，可是其中的一个原因，是因为安哲鲁这人平日拘谨严肃，从不承认他的感情会冲动，或是面包的味道胜过石子，所以我们倒要等着看看：要是权力能够转移人的本性，那么世上正人君子的本来面目究竟是怎样的。（同下）

第四场　修道院

【依莎贝拉及弗兰西丝卡上。

依莎贝拉　那么你们做修女的没有其他的权利了吗？

弗兰西丝卡　你以为这样的权利还不够吗？

依莎贝拉　够了够了。我这样说并不是希望更多的权利，我倒希望我们皈依圣克莱尔的姐妹们，应该守持更严格的戒律。

路西奥　（在内）喂！上帝赐平安给你们。

依莎贝拉　谁在外面喊叫？

弗兰西丝卡　是个男人的声音。好依莎贝拉，你把钥匙拿去开门，问他有什么事。你可以去见他，我却不能，因为你还没有受戒。等到你立愿修持以后，你就不能和男人讲话，除非当着院长的面。而且讲话的时候，不准露脸，露脸的时候不准讲话。他又在叫了，请你就去回答他吧。（下）

依莎贝拉　平安如意！谁在那里叫门？

【路西奥上。

路西奥　愿你有福，姑娘！我看你脸上的红晕，就知道你是个童贞女。你可以带我去见见依莎贝拉吗？她也在这儿修行，她有一个不幸的兄弟叫克劳狄奥。

依莎贝拉　请问您为什么要说“不幸的兄弟”？因为我就是他的姐姐依莎贝拉。

路西奥　温柔美丽的姑娘，令弟叫我向您多多致意。我不多说废话了，令弟现在已经下狱了。

依莎贝拉　哎哟！为了什么？

路西奥　假如我是法官，那么为了他所干的事，我不但不判他罪，还要大大地褒奖他哩。他跟他的女朋友要好，她已经有了身孕啦。

依莎贝拉　先生，请您少开玩笑吧。

路西奥　我说的是真话。虽然我惯爱跟姑娘们搭讪取笑，乱嚼舌头，可是您在我的心目中是崇高圣洁、超世绝俗的，我在您面前就像对着神明一样，不敢说半句谎话。

依莎贝拉　您这样取笑我，未免太亵渎神圣了。

路西奥　请您别那么想。简简单单、确确实实是这么一回事情：令弟和他的爱人已经同过床了。万物受过滋润灌溉，就会丰盛饱满，种子播了下去，一到开花的季节，荒芜的土地上就会变成万卉争荣。令弟的辛苦耕耘，也已经在她的身上结起果实来了。

依莎贝拉　有人跟他有了身孕了吗？是我的妹妹朱丽叶吗？

路西奥　她是您的妹妹吗？

依莎贝拉　是我的义妹，我们是同学，因为彼此相亲相爱，所以姐妹相称。

路西奥　正是她。

依莎贝拉　啊，那么让他跟她结婚好了。

路西奥　问题就在这里。公爵突然离开本地，许多人信以为真，准备痛痛快快地玩一下，我自己也是其中的一个。可是我们从熟悉政界情形的人们那里知道，公爵这次的真正目的，完全不是他向外边所宣布的那么一回事。代替他全权综持政务的是安哲鲁，这个人的血就像冰雪一样冷，从来感受不到感情的冲动，欲念的刺激，只知道用读书克制的工夫锻炼他的德行。他看到这里的民风习于淫佚，虽然有严刑峻法，并不能使人畏惧，正像一群小鼠在睡狮的身旁跳梁无忌一样，所以决心重整法纪。令弟触犯刑章，按律例应处死刑，现在给他捉去，正是要杀一儆百，给众人看一个榜样。他的生命危在旦夕，除非您肯去向安哲鲁婉转求情，也许有万一之望。我受令弟之托前来看您的目的，也就在于此。

依莎贝拉　他一定要把他处死吗？

路西奥　他已经把他判罪了，听说处决的命令已经下来。

依莎贝拉　唉！我有什么能力能够搭救他呢？

路西奥　尽量运用您的全力吧。

依莎贝拉　我的全力？唉！我恐怕——

路西奥　疑惑足以败事，一个人往往因为遇事畏缩的缘故，失去了成功的机会。到安哲鲁那边去，让他知道当一个少女有什么恳求的时候，男人应当像天神一样慷慨。当她长跪哀吁的时候，无论什么要求都应该毫不迟疑地允许她的。

依莎贝拉　那么我就去试试看吧。

路西奥　可是事不宜迟。

依莎贝拉　我马上就去。不过现在我还要去关照一声院长。谢谢您的好意，请向舍弟致意，事情成功与否，今天晚上我就给他消息。

路西奥　那么我就告别了。

依莎贝拉　再会吧，好先生。（各下）

第二幕

第一场　安哲鲁府中厅堂

【安哲鲁、爱斯卡勒斯、陪审官、狱吏、差役及其他侍从上。

安哲鲁　我们不能把法律当作吓鸟用的稻草人，让它安然不动地矗立在那边，鸟儿们见惯以后，会在它顶上栖息而不再对它害怕。

爱斯卡勒斯　是的，可是我们的刀锋虽然要锐利，操刀的时候却不可大意，略伤皮肉就够了，何必一定要置人于死命？唉！我所要营救的这位绅士，他有一个德高望重的父亲。我知道你在道德方面是一丝不苟的，可是你要想想当你在感情用事的时候，万一时间凑合着地点，地点凑合着你的心愿，或是你自己任性的行动，可以达到你的目的，你自己也很可能——在你一生中的某一时刻——犯下你现在给他判罪的错误，从而堕入法网。

安哲鲁　受到引诱是一件事，爱斯卡勒斯，堕落又是一件事。我并不否认，在宣过誓的十二个陪审员中间，也许有一两个盗贼在内，他们所犯的罪，也许比他们所判决的犯人所犯的更重。可是法律所追究的只是公开的事实，审判盗贼的人自己是不是盗贼，却是法律所不问的。我们俯身下去拾起掉在地上的珠宝，因为我们的眼睛看见它。可是我们没看见的，就毫不介意而践踏过去。你不能因为我也犯过同样的过失而企图减轻他的罪名。倒是应该这样告诫我：现在我既然判他的罪，有朝一日我若蹈他的覆辙，就要毫无偏袒地宣布自己的死刑。至于他，是难逃一死的。

爱斯卡勒斯　既然如此，就照你的意思办吧。

安哲鲁　狱吏在哪里？

狱　吏　有，大人。

安哲鲁　明天早上九点钟把克劳狄奥处决。让他先在神父面前忏悔一番，因为他的生命的旅途已经完毕了。（狱吏下）

爱斯卡勒斯　上天饶恕他，也饶恕我们众人！也有犯罪的人飞黄腾达，也有正直的人负冤含屈。十恶不赦的也许逍遥法外，一时失足的反而铁案难逃。

【爱尔博及若干差役牵弗洛斯及庞贝上。

爱尔博　来，把他们抓去。这种人什么事也不做，只晓得在窑子里鬼混，假如他们可以算是社会上的好公民，那么我也不知道什么是法律了。把他们抓去！

安哲鲁　喂，你叫什么名字？吵些什么？

爱尔博　禀老爷，小的是公爵老爷手下的一名差役，名字叫作爱尔博。这两个穷凶极恶的好人，要请老爷秉公发落。

安哲鲁　好人！呒，他们是什么好人？他们不是坏人吗？

爱尔博　禀老爷，他们是好人是坏人小的也不大明白，总之他们不是好东西，完全不像一个亵渎神圣的好基督徒。

爱斯卡勒斯　好一个聪明的差役，越说越玄妙了。

安哲鲁　说明白些，他们究竟是什么人？你叫爱尔博吗？你干吗不说话了，爱尔博？

庞　贝　老爷，他不会说话。他是个哑巴。

安哲鲁　你是什么人？

爱尔博　他吗，老爷？他是个妓院里的酒保，兼充乌龟。他在一个坏女人那里做事，她的屋子在近郊的都给封起来了。现在她又开了一个窑子，我想那也不是好地方。

爱斯卡勒斯　那你怎么知道呢？

爱尔博　禀老爷，那是因为我的老婆，我当着天在老爷您面前发誓，我恨透了我的老婆——

爱斯卡勒斯　啊，这跟你老婆有什么相干？

爱尔博　我是说，老爷，谢天谢地，我的老婆是个规矩的女人。

爱斯卡勒斯　所以你才恨透了她吗？

爱尔博　我是说，老爷，这一家人家倘不是窑子，我就不但恨透我的老婆，而且我自己也是狗娘养的，因为那里从来不干好事。

爱斯卡勒斯　你怎么知道这些事的？

爱尔博　那都是因为我的老婆，老爷。她倘不是个天生规矩的女人，那么说不定在那边什么和奸略诱、不干不净的事都做出来了。

爱斯卡勒斯　一个女人会干这种事吗？

爱尔博　老爷，干这种事的正是一个女人，咬弗动太太。亏得她“呸”地啐他一脸唾沫，根本没听他那一套。

庞　贝　禀老爷，他说得不对。

爱尔博　你是个好人，你就向这些混账东西说说看我怎么说得不对。

爱斯卡勒斯　（向安哲鲁）你听他说的话多么颠颠倒倒。

庞　贝　老爷，她进来的时候凸起一个大肚子，嚷着要吃煮熟的梅子——我这么说请老爷别见怪。说来这也是很久以前的事了。那时我们屋子里就只剩两颗梅子，放在一只果碟里，那碟子是三便士买来的，您老爷大概也看见过这种碟子，不是瓷碟子，可也是很好的碟子。

爱斯卡勒斯　算了算了，别尽碟子、碟子地闹个不清了。

庞　贝　是，老爷，您说得一点不错。言归正传，我刚才说的，这位爱尔博奶奶因为肚子里有了孩子，所以肚子凸得高高的。我刚才也说过，她嚷着要吃梅子，可是碟子里只剩下两颗梅子，其余的都给这位弗洛斯大爷吃去了，他是规规矩矩会过钞的。您知道，弗洛斯大爷，我还欠您三便士呢。

弗洛斯　可不是吗？

庞　贝　那么很好，您还记得吗？那时候您正在那儿磕着梅子的核儿。

弗洛斯　不错，我正在那里磕梅子核儿。

庞　贝　很好，您还记得吗？那时候我对您说，某某人某某人害的那种病，一定要当心饮食，否则无药可治。

弗洛斯　你说得一点儿不错。

庞　贝　很好——

爱斯卡勒斯　废话少说，你这讨厌的傻瓜！究竟你们对爱尔博的妻子做了些什么不端之事，他才来控诉你们？快快给我来个明白。

庞　贝　哎哟，老爷，您可来不得。

爱斯卡勒斯　不，我不是那个意思。

庞　贝　可是，老爷，您先别性急，听我慢慢儿讲来。我先要请老爷瞧瞧这位弗洛斯大爷，他一年有八十镑钱进益，他的老太爷是在万圣节去世的。弗洛斯大爷，是在万圣节吗？

弗洛斯　在万圣节的前晚。

庞　贝　很好，这才是千真万确的老实话。老爷，那时候他坐在葡萄房间里的一张矮椅上面。那是您顶喜欢坐的地方，不是吗？

弗洛斯　是的，因为那里很开敞，冬天有太阳晒。

庞　贝　很好，这才没有半点儿假。

安哲鲁　这样说下去，就是在夜长的俄罗斯也可以说上整整一夜。我可要先走一步，请你代劳审问，希望你能够把他们每人抽一顿鞭子。

爱斯卡勒斯　我也希望这样。再见，大人。（安哲鲁下）现在你说吧，你们对爱尔博的妻子做了些什么事？

庞　贝　什么也没有做呀，老爷。

爱尔博　老爷，我请您问他这个人对我的老婆干了些什么。

庞　贝　请老爷问我吧。

爱斯卡勒斯　好，那么你说，这个人对她干了些什么？

庞　贝　请老爷瞧瞧他的脸。好弗洛斯大爷，请您把脸对着上座的老爷，我自有道理。老爷，您有没有瞧清楚他的脸？

爱斯卡勒斯　是的，我看得很清楚。

庞　贝　不，请您再仔细看一看。

爱斯卡勒斯　好，现在我仔细看过了。

庞　贝　老爷，您看他的脸是不是会欺侮人的？

爱斯卡勒斯　不，我看不会。

庞　贝　我可以按着《圣经》发誓，他的脸是他身上最坏的一部分。好吧，既然他的脸是他身上最坏的一部分，可是老爷您说的它不会欺侮人，那么弗洛斯大爷怎么会欺侮这位差役的奶奶？我倒要请老爷您评评看。

爱斯卡勒斯　他说得有理。爱尔博，你怎么说？

爱尔博　启上老爷，他这屋子是一间清清白白的屋子，他是个清清白白的小子，他的老板娘是个清清白白的女人。

庞　贝　老爷，我举手发誓，他的老婆才比我们还要清清白白得多呢。

爱尔博　放你的屁，混账东西！她从来不曾跟什么男人、女人、小孩子清清白白过。

庞　贝　老爷，他还没有娶她的时候，她就跟他清清白白过了。

爱斯卡勒斯　这场官司可越审越糊涂了。到底是谁执法，谁犯法呀？他说的是真话吗？

爱尔博　狗娘养的王八蛋！你说我还没有娶她就跟她清清白白过吗？要是我曾经跟她清清白白过，或是她曾经跟我清清白白过，那么请老爷把我革了职吧。好家伙，你给我拿出证据来，否则我就要告你一个殴打罪。

爱斯卡勒斯　要是他打了你一记耳光，你还可以告他诽谤罪。

爱尔博　谢谢老爷的指教。您看这个王八蛋应该怎样发落呢？

爱斯卡勒斯　既然他做了错事，你想揭发他，为了知道到底是什么错事，还是让他继续讲吧。

爱尔博　谢谢老爷。你看吧，你这混账东西，现在可叫你知道些厉害了，你继续讲吧，你这狗娘养的，快说！

爱斯卡勒斯　朋友，你是什么地方人？

弗洛斯　回大人，我是本地生长的。

爱斯卡勒斯　你一年八十镑收入吗？

弗洛斯　是的，大人。

爱斯卡勒斯　好！（向庞贝）你是干什么营生的？

庞　贝　小的是个酒保，在一个苦寡妇的酒店里做事。

爱斯卡勒斯　你的女主人叫什么名字？

庞　贝　她叫咬弗动太太。

爱斯卡勒斯　她嫁过多少男人？

庞　贝　回老爷，一共九个，最后一个才是咬弗动先生。

爱斯卡勒斯　九个！——过来，弗洛斯先生。弗洛斯先生，我希望你以后不要再跟酒保、当差这一批人来往，他们会把你诱坏了的，你也会把他们送上绞刑架。现在你给我去吧，别让我再听见你和别人闹事。

弗洛斯　谢谢大人。我从来不曾自己高兴上什么酒楼妓院，每次都是给他们吸引进去的。

爱斯卡勒斯　好，以后你可别让他们吸引你进去了，再见吧。（弗洛斯下）过来，酒保哥儿，你叫什么名字？

庞　贝　小的名叫庞贝。

爱斯卡勒斯　有别名吗？

庞　贝　别名叫屁股，大爷。

爱斯卡勒斯　你的裤子倒是又肥又大，够得上称庞贝大王。庞贝，你虽然打着酒保的幌子，也是个乌龟，是不是？给我老实说，我不来难为你。

庞　贝　老老实实禀告老爷，小的是个穷小子，不过混碗饭吃。

爱斯卡勒斯　你要吃饭，就去当乌龟吗？庞贝，你说你这门生意是不是合法的？

庞　贝　只要官府允许，它就是合法的。

爱斯卡勒斯　可是官府不能允许，庞贝，维也纳地方不能让你们干这种营生。

庞　贝　老爷您的意思，是打算把维也纳城里的年轻人都阉了吗？

爱斯卡勒斯　不，庞贝。

庞　贝　那么，照小的看，他们是还会干下去的。老爷只要下一道命令把那些婊子、光棍们抓住重办，像我们这种王八羔子也就惹不了什么祸了。

爱斯卡勒斯　告诉你吧，上面正在预备许多命令，杀头的、绞死的人多着呢。

庞　贝　您要是把犯风流罪的一起杀头、绞死，不消十年工夫，您就要无头可杀了。这种法律在维也纳行上十年，我就可以出三便士租一间最好的屋子。老爷您到那时候要是还健在的话，请记住庞贝曾经这样告诉您。

爱斯卡勒斯　谢谢你，好庞贝。为了报答你的预言，请你听好：我劝你以后小心一点，不要再给人抓到我这儿来。要是你再闹什么事情，或者仍旧回去干你那老营生，那时候我可要像当年的恺撒对待庞贝一样，狠狠地给你些颜色看。说得明白些，我可得叫人赏你一顿鞭子。现在姑且放过你，快给我去吧。

庞　贝　多谢老爷的嘱咐。（旁白）可是我听不听你的话，还要看我自己高兴呢，用鞭子抽我！哼！好汉不是拖车马，不怕鞭子不怕打，我还是做我的王八羔子去。（下）

爱斯卡勒斯　过来，爱尔博。你当官差当了多久了？

爱尔博　禀老爷，七年半了。

爱斯卡勒斯　我看你办事这样能干，就知道你是一个多年的老手。你说一共七年了吗？

爱尔博　七年半了，老爷。

爱斯卡勒斯　唉！那你太辛苦了！他们不应该叫你当一辈子的官差。在你同里之中，就没有别人可以当这个差事吗？

爱尔博　禀老爷，要找一个有脑筋干得了这个差事的人，可也不大容易，他们选来选去，还是选中了我。我为了拿几个钱，苦也吃够了。

爱斯卡勒斯　你回去把你同里之中最能干的拣六七个人，开一张名单给我。

爱尔博　名单开好以后，送到老爷府上吗？

爱斯卡勒斯　是的，拿到我家里来。你去吧。（爱尔博下）现在大概几点钟了？

陪审官　十一点钟了，大人。

爱斯卡勒斯　请你到舍间吃顿便饭去吧。

陪审官　多谢大人。

爱斯卡勒斯　克劳狄奥不免一死，我心里很是难过，可是这也没有办法。

陪审官　安哲鲁大人是太厉害了些。

爱斯卡勒斯　那也是不得不然。慈悲不是姑息，过恶不可纵容。可怜的克劳狄奥！咱们走吧。（同下）

第二场　同前。另一室

【狱吏及仆人上。

仆　人　他正在审案子，马上就会出来。我去给你通报。

狱　吏　谢谢你。（仆人下）不知道他会不会回心转意。唉！他不过好像在睡梦之中犯下了过失，三教九流，年老的年少的，哪一个人没有这个毛病，偏偏他因此送掉了性命！

【安哲鲁上。

安哲鲁　狱吏，你有什么事见我？

狱　吏　是大人的意思，克劳狄奥明天必须处死吗？

安哲鲁　我不是早就吩咐过你了吗？你难道没有接到命令？干吗又来问我？

狱　吏　卑职因为事关人命，不敢儿戏，心想大人也许会收回成命。卑职曾经看见过法官在处决人犯以后，重新追悔他宣判的失当。

安哲鲁　追悔不追悔，与你无关。我叫你怎么做，你就怎么做。假如你不愿意，尽可呈请辞职，我这里不缺少你。

狱　吏　请大人恕卑职失言，卑职还要请问大人，朱丽叶快要分娩了，她现在正在呻吟枕蓐，我们应当把她怎样处置才好？

安哲鲁　把她赶快送到适宜一点的地方去。

【仆人重上。

仆　人　外面有一个犯人的姐姐求见大人。

安哲鲁　他有一个姐姐吗?

狱　吏　是,大人。她是一位贞洁贤淑的姑娘,听说她预备做修女,不知道现在有没有受戒。

安哲鲁　好,让她进来。(仆人下)你就去叫人把那个淫妇送出去,给她预备好一切需要用的东西,可是不必过于浪费,我就会签下命令来。

【依莎贝拉及路西奥上。

狱　吏　大人,卑职告辞了!(欲去)

安哲鲁　再等一会儿。(向依莎贝拉)欢迎,请问有何贵干?

依莎贝拉　我是一个不幸之人,要向大人请求一桩恩惠,请大人俯听我的哀诉。

安哲鲁　好,你且说来。

依莎贝拉　有一件罪恶是我所深恶痛绝,切望法律把它惩治的,可是我不能不违背我的初衷,要来请求您网开一面。我知道我不应当为它渎请,可是我的心里徘徊莫决。

安哲鲁　是怎么一回事?

依莎贝拉　我有一个兄弟已经判处死刑,我要请大人严究他所犯的过失,宽恕了犯过失的人。

狱　吏　(旁白)上帝赐给你动人的辞令吧!

安哲鲁　严究他所犯的过失,而宽恕了犯过失的人吗?所有的过失在未犯以前,都已定下应处的惩罚,假使我只管细究那些记录在案的过失,而让犯过失的人逍遥法外,我的职守岂不等于是一句空话吗?

依莎贝拉　唉,法律是公正的,可是太残酷了!那么我已经失去了一个兄弟。上天保佑您吧!(转身欲去)

路西奥　(向依莎贝拉旁白)别这么就算罢了。再上前去求他,跪下来,拉住他的衣角。你太冷淡了,像你刚才那样子,简直就像向人家讨一枚针一样不算一回事。你再去说吧。

依莎贝拉　他非死不可吗?

安哲鲁　姑娘,毫无挽回余地了。

依莎贝拉　不，我想您会宽恕他的，您要是肯开恩的话，一定会得到上天和众人的赞许。

安哲鲁　我不会宽恕他。

依莎贝拉　可是要是您愿意，您可以宽恕他吗？

安哲鲁　听着，我所不愿意做的事，我就不能做。

依莎贝拉　可是您要是能够对他产生怜悯，就像我这样为他悲伤一样，那么也许您会心怀不忍而宽恕了他吧？您要是宽恕了他，对于这世界是毫无损害的。

安哲鲁　他已经定了罪，太迟了。

路西奥　（向依莎贝拉旁白）你太冷淡了。

依莎贝拉　太迟了吗？不，我现在要是说错了一句话，就可以把它收回。相信我的话吧，任何大人物的章饰，无论是国王的冠冕、摄政的宝剑、大将的权标，或是法官的礼服，都比不上仁慈那样更能衬托出他们的庄严高贵。倘使您和他易地相处，也许您会像他一样失足，可是他绝对不会像您这样铁面无情。

安哲鲁　请你快去吧。

依莎贝拉　我愿我有您那样的权力，而您是处在我的地位！那时候我也会这样拒绝您吗？不，我要让您知道做一个法官是怎样的，做一个囚犯又是怎样的。

路西奥　（向依莎贝拉旁白）不错，打动他的心，这才对了。

安哲鲁　你的兄弟已经受到法律的裁判，你多说话也没有用处。

依莎贝拉　唉！唉！一切众生都是犯过罪的，可是上帝不忍惩罚他们，却替他们设法赎罪。要是高于一切的上帝毫无假借地审判到您，您能够自问无罪吗？请您这样一想，您就会恍然自失，嘴唇里吐出怜悯的话来的。

安哲鲁　好姑娘，你别伤心吧。是法律判了你兄弟的罪，并不是我。他即使是我的亲戚、我的兄弟，或是我的儿子，我也是一样对待他。他明天一定要死。

依莎贝拉　明天！啊，那太快了！饶了他吧！饶了他吧！他还没有准备去死呢。我们就是在厨房里宰一只鸡鸭，也要按着季节。为了满足我们的口腹之欲，尚且不能随便杀生害命，那么难道我们对于上帝所造的人类，就可以这样毫无顾虑地杀死吗？大人，请您想一想，有多少人犯过和他同样的罪，谁曾经因此而死去？

路西奥　（向依莎贝拉旁白）是，说得好。

安哲鲁　法律虽然暂时昏睡，它并没有死去。要是第一个犯法的人受到了处分，那么许多人也就不敢为非作歹了。现在法律已经醒了过来，看到了人家所做的事，像一个先知一样，它在镜子里望见了许多未来的罪恶，在因循怠息之中滋长起来，所以它必须趁它们尚未萌芽的时候，及时设法制止。

依莎贝拉　可是您也应该发发慈悲。

安哲鲁　我在秉公执法的时候，就在大发慈悲。因为我怜悯那些我所不知道的人，惩罚了一个人的过失，可以叫他们不敢以身试法。而且我也没有亏待了他，他在一次抵罪以后，也可以不致再在世上重蹈覆辙。你且宽心吧，你的兄弟明天是一定要死的。

依莎贝拉　那么您一定要做第一个判罪的人，而他是第一个受到这样刑罚的人吗？唉！有着巨人一样的膂力是一件好事，可是把它像一个巨人一样使用出来，却是残暴的行为。

路西奥　（向依莎贝拉旁白）说得好。

依莎贝拉　世上的大人先生们倘使都能够兴雷作电，那么天上的神明将永远得不到安静，因为每一个微僚末吏都要卖弄他的威风，让天空中充满了雷声。上天是慈悲的，它宁愿把雷霆的火力，去劈碎一株槎枒状硕的橡树，却不去损坏柔弱的郁金香。可是骄傲的世人掌握到暂时的权力，却会忘记了自己琉璃易碎的本来面目，像一只盛怒的猴子一样，装扮出种种丑恶的怪相，使天上的神明们因为怜悯他们的痴愚而流泪。如果诸神与我们一般脾性，他们笑也会笑死的。

路西奥　（向依莎贝拉旁白）说下去，说下去，他会懊悔的。他已经有点动心了，我看得出来。

狱　吏　（旁白）上天保佑她把他说服！

依莎贝拉　我们不能按着自己去评判我们的兄弟。大人物可以戏侮圣贤，显露他们的才华，可是在平常人就是亵渎不敬。

路西奥　（向依莎贝拉旁白）你说得对，再说下去。

依莎贝拉　将官嘴里一句一时气愤的话，在兵士嘴里却是大逆不道。

路西奥　（向依莎贝旁白）你明白了吧？再说下去。

安哲鲁　你为什么要向我说这些话？

依莎贝拉　因为当权的人虽然也像平常人一样有错误，但他可以凭借他的权力，把自己的过失轻轻忽略过去。请您反躬自省，问一问您自己的心，有没有犯过和我的弟弟同样的错误。要是它自觉也曾沾染过这种并不超越人情的罪恶，那么请您舌上超生，收回要我弟弟命的话吧。

安哲鲁　她说得那样有理，倒叫我心思摇惑不定。——恕我失陪了。

依莎贝拉　大人，请您回过身来。

安哲鲁　我还要考虑一番。你明天再来吧。

依莎贝拉　请您听我说我要怎样报答您的恩惠。

安哲鲁　怎么！你要贿赂我吗？

依莎贝拉　是的，我要用上天也愿意接纳的礼物贿赂您。

路西奥　（向依莎贝拉旁白）亏得你这么说，不然事情又糟了。

依莎贝拉　我不向您呈献黄金铸成的钱财，也不向您呈献贵贱随人喜恶的宝石。我要献给您的，是黎明以前上达天听的虔诚的祈祷，它从天真纯朴的处女心灵中发出，是不沾染半点俗尘的。

安哲鲁　好，明天再来见我吧。

路西奥　（向依莎贝拉旁白）很好，我们去吧。

依莎贝拉　上天赐大人平安！

安哲鲁　（旁白）阿门。因为我已经受到诱惑了，我们两人的祈祷是貌同心异的。

依莎贝拉　明天我在什么时候访候大人呢？

安哲鲁　中午前无论什么时候都行。

依莎贝拉　愿您消灾免难！（依莎贝拉、路西奥及狱吏下）

安哲鲁　免受你和你的德行的引诱！什么？这是从哪里说起？是她的错处？还是我的错处？诱惑的人和受诱惑的人，哪一个更有罪？嘿！她没有错，她也没有引诱我。像芝兰旁边的一块臭肉，在阳光下蒸发腐烂的是我，芝兰却不曾因为枯萎而失去了芬芳，难道一个贞淑的女子，比那些狂花浪柳更能引动我们的情欲吗？难道我们明明有许多荒芜的旷地，却必须把圣殿拆毁，种植我们的罪恶吗？呸！呸！呸！安哲鲁，你在干些什么？你是个什么人？你因为她的纯洁而对她爱慕，因为爱慕她而必须玷污她的纯洁吗？啊，让她的弟弟活命吧！要是法官自己也偷窃人家的东西，那么盗贼是可以振振有词的。啊！我竟是这样爱她，所以才想再听见她说话、饱餐她的美色吗？我在做些什么梦？狡恶的魔鬼为了引诱圣徒，会把圣徒做他钩上的美饵。因为爱慕纯洁的事物而驱令我们犯罪的诱惑，才是最危险的。娼妓用尽她天生的魅力，人工的狐媚，都不能使我的心中略起微波，可是这位贞淑的女郎把我完全征服了。我从前看见人家为了女人发痴，总是讥笑他们，想不到我自己也会有这么一天！（下）

第三场　狱中一室

【公爵着教士装及狱吏上。

公　爵　尊驾是狱吏吗？愿你有福！

狱　吏　正是，师傅有何见教？

公　爵　为了存心济世，兼奉教中之命，我特地来此访问苦难颠倒的众生。请你许我看看他们，告诉我他们各人所犯的罪名，好让我向他们劝导指点一番。

狱　吏　师傅但有所命，敢不乐从。瞧，这儿来的一位姑娘，因为年轻识浅，留下了终身的玷辱，现在她怀孕在身，她的情人又被判死刑。他是一个风流英俊的青年，却为风流葬送了一生！

【朱丽叶上。

公　爵　他的刑期定在什么时候？

狱　吏　我想是明天。（向朱丽叶）我已经给你一切预备好了，稍待片刻，就可以送你过去。

公　爵　美貌的人儿，你自己知道悔罪吗？

朱丽叶　我忏悔，我现在忍辱含羞，都是我自己不好。

公　爵　我可以教你怎样悔罪的方法。

朱丽叶　我愿意诚心学习。

公　爵　你爱那害苦你的人吗？

朱丽叶　我爱他，是我害苦了他。

公　爵　这么说来，那么你们所犯的罪恶，是彼此出于自愿的吗？

朱丽叶　是的。

公　爵　那么你的罪比他更重。

朱丽叶　是的，师傅，我现在忏悔了。

公　爵　那很好，孩子。可是也许你的忏悔只是因为你的罪恶给你带来了耻辱，这种哀痛的心情还是为了自己，说明我们不再为非作歹不是因为爱上帝，而是因为畏惧惩罚——

朱丽叶　我深知自己的罪恶，所以诚心忏悔，虽然身受耻辱，我也欣然接受。

公　爵　这就是了。听说你的爱人明天就要受死，我现在要去向他开导开导。上帝保佑你！（下）

朱丽叶　明天就要死！痛苦的爱情呀！你留着我这待死之身，却叫惨死的恐怖永远缠绕着我！

狱　吏　可怜！（同下）

第四场　安哲鲁府中一室

【安哲鲁上。

安哲鲁　我每次要祈祷沉思的时候，我的心思总是纷乱无主：上天所听到的只是我的口不应心的空言，我的精神却贯注在依莎贝拉身上。上帝的名字挂在我的嘴边咀嚼，心头的欲念，兀自在那里奔腾。我已经厌倦于我所矜持的尊严，正像一篇大好的文章一样，在久读之后，也会使人掩耳。现在我宁愿把我这岸然道貌，去换一根因风飘荡的羽毛。什么地位！什么面子！多少愚人为了你这虚伪的外表而凛然生畏，多少聪明人为了它而俯首帖服！可是人孰无情，不妨把善良天使的名号写在魔鬼的角上，冒充他的标志。

【一仆人上。

安哲鲁　啊，谁来了？

仆　人　一个叫依莎贝拉的修女求见大人。

安哲鲁　领她进来。（仆人下）天啊！我周身的血液为什么这样涌上心头，害得我心旌摇摇不定，浑身失去了气力？正像一群愚人七手八脚地围集在一个晕去的人的身边一样，本想救他，却因阻塞了空气的流通而使他醒不过来。又像一个圣明的君主手下的子民，各弃所业争先恐后地拥挤到宫廷里来瞻望颜色，无谓的忠诚反而造成了罪过。

【依莎贝拉上。

安哲鲁　啊，姑娘！

依莎贝拉　我来听候大人的旨意。

安哲鲁　我希望你自己已经知道，用不着来问我。你的弟弟不能活命。

依莎贝拉　好。上天保佑您！

安哲鲁　可是他也许可以多活几天。也许可以活得像你我一样长。可是他必须死。

依莎贝拉　您一定要判他死吗？

安哲鲁　是的。

依莎贝拉　那么请问他在什么时候受死？好让他在未死之前忏悔一下，免得灵魂受苦。

安哲鲁　哼！这种下流的罪恶！用暧昧的私情偷铸上帝的形象，就像从造化窃取一个生命，同样是不可饶恕的。用诈伪的手段剥夺合法的生命，和非法地使一个私生的孩子问世，完全没有差别。

依莎贝拉　这是天上的法律，人间却不是如此。

安哲鲁　你以为是这样的吗？那么我问你：你是愿意让公正无私的法律取去你兄弟的生命呢，还是愿意像那个被他奸污的姑娘一样，牺牲肉体的清白，把他救赎出来？

依莎贝拉　大人，相信我，我情愿牺牲肉体，也不愿玷污灵魂。

安哲鲁　我不是跟你讲什么灵魂。你知道迫不得已犯下的罪恶是只能充数，不必计较的。

依莎贝拉　您这话是什么意思？

安哲鲁　当然，我不能保证这点。因为我所说的将来还可以否认。回答我这一个问题：我现在代表着明文规定的法律，宣布你兄弟的死刑。假使为了救你的兄弟而犯罪，这罪恶是不是一件好事呢？

依莎贝拉　请您尽管去做吧，有什么不是，我愿用灵魂去担承。这是好事，根本不是什么罪恶。

安哲鲁　那么按照同样的方式权衡轻重，你也可以让灵魂冒险去犯罪呀！

依莎贝拉　倘使我为他向您乞恕是一种罪恶，那么我愿意担当上天的惩罚。倘使您准许我的请求是一种罪恶，那么我会每天清晨祈祷上天，让它归并到我的身上，绝对不拖累你。

安哲鲁　不，你听我。你误会了我的意思了。也许是你不懂我的话，也许你假装不懂，那可不大好。

依莎贝拉　我除了有一点自知之明之外，宁愿什么都不懂，事事都不好。

安哲鲁　智慧越是遮掩，越是明亮，正像你的美貌因为蒙上黑纱而十倍动人。可是听好，我必须明白告诉你，你兄弟必须死。

依莎贝拉　噢。

安哲鲁　按照法律，他所犯的罪名应处死刑。

依莎贝拉　是。

安哲鲁　我现在要这样问你，你的兄弟已经难逃一死，可是假使有这样一条出路——其实无论这个或任何其他做法，当然都不可能，这只是为了抽象地说明问题——假使你，他的姐姐，给一个人爱上了，他可以授意法官，或者运用他自己的权力，把你的兄弟从森严的法网中解救出来，唯一的条件是你必须把你肉体上最宝贵的一部分献给此人，不然他就得送命，那么你预备怎样？

依莎贝拉　为了我可怜的弟弟，也为了我自己，我宁愿接受死刑的宣判，让无情的皮鞭在我身上留下斑斑的血迹，我会把它当作鲜明的红玉。即使把我粉身碎骨，我也会从容就死，像一个疲倦的旅人奔赴他的渴慕的安息，我却不愿让我的身体蒙上羞辱。

安哲鲁　那么你的兄弟就再不能活了。

依莎贝拉　还是这样的好，宁可让一个兄弟在片刻的惨痛中死去，也不要让他的姐姐因为救他而永远沉沦。

安哲鲁　那么你岂不是和你所申斥的判决同样残酷吗？

依莎贝拉　卑劣的赎罪和大度的宽赦是两件不同的事情。合法的慈悲，是不可和肮脏的徇纵同日而语的。

安哲鲁　可是你刚才把法律视为暴君，把你兄弟的过失，认作一时的游戏而不是罪恶。

依莎贝拉　原谅我，大人！我们因为希望达到我们所追求的目的，往往发出违心之论。我爱我的弟弟，所以才会在无心中替我所痛恨的事情辩解。

安哲鲁　我们都是脆弱的。

依莎贝拉　如果你所说的脆弱，只限于我兄弟一人，其他千千万万的男人都毫无沾染，那么他倒是死得不冤了。

安哲鲁　不，女人也同样的脆弱。

依莎贝拉　是的，正像她们所照的镜子一样容易留下影子，也一样容易碎裂。女人！愿上天帮助她们！男人若是利用她们的弱点来占便宜，恰恰是污毁了自己。不，你尽可以说我们是比男人十倍脆弱的，因为我们的心性像我们的容颜一样温柔，经不起虚伪的摧残。

安哲鲁　我同意你的话。你既然自己知道你们女人的柔弱，我想我们谁都抵抗不住罪恶的引诱，那么恕我大胆，我要用你的话来劝告你自己：请你保持你女人的本色吧。你既然不能做一个超凡绝俗的神仙，而从你一切秀美的外表看来，都不过是一个女人，那么就该接受一个女人不可避免的命运。

依莎贝拉　我只有一片舌头，说不出两种言语。大人，请您还是用您原来的语调对我说话吧。

安哲鲁　老老实实说，我爱你。

依莎贝拉　我的弟弟爱朱丽叶，你却对我说他必须因此受死。

安哲鲁　依莎贝拉，只要你答应爱我，就可以免他一死。

依莎贝拉　我知道你自恃德行高超，无须检点，但是这样对别人漫意轻薄，似乎也有失体面。

安哲鲁　凭着我的名誉，请相信我的话出自本心。

依莎贝拉　嘿！相信你的名誉！你那卑鄙龌龊的本心！好一个虚有其表的正人君子！安哲鲁，我要公开你的罪恶，你等着瞧吧！快给我签署一张赦免我弟弟的命令，否则我要向世人高声宣布你是一个怎样的人。

安哲鲁　谁会相信你呢，依莎贝拉？我的洁白无瑕的名声，我的持躬的严正，我的振振有词的驳斥，我的柄持国政的地位，都可以压倒你的控诉，使你自取其辱，人家会把你的话当作挟嫌诽谤，我现在一不做二不休，不再控制我的情欲，你必须满足我的饥渴，放弃礼法的拘束，解脱一切的忸怩，这些对你要请求的事情是有害无利的。把你的肉体呈献给我，来救你弟弟的性命，否则他不但不能活命，而且因为你的冷酷无情，我要叫他遍尝各种痛苦而死去。明天给我答复，否则我要听任感情的支配，叫他知道些厉害。你尽管向人怎样说我，我的虚伪会压倒你的真实。（下）

依莎贝拉　我将向谁诉说呢？把这种事情告诉别人，谁会相信我？凭着一条可怕的舌头，可以操纵人的生死，把法律供自己的驱使，是非善恶，都由他任意判断！我要去看我的弟弟，他虽然因为一时情欲的冲动而堕落，可是他是一个爱惜荣誉的人，即使他有二十颗头颅，他也宁愿让它们在二十个断头台上被人砍落，而不愿让他姐姐的身体遭受如此的污辱。依莎贝拉，你必须活着做一个清白的人，让你的弟弟死去吧，贞操是比兄弟更为重要的。我还要去把安哲鲁的要求告诉他，叫他准备一死，使他的灵魂得到安息。（下）

第三幕

第一场　狱中一室

【公爵着教士装及克劳狄奥、狱吏同上。

公　爵　那么你在希望安哲鲁大人的赦免吗？

克劳狄奥　希望是不幸者的唯一药饵。我希望活，可是也准备着死。

公　爵　能够抱着必死之念，那么活果然好，死也无所惶虑。对于生命应当作这样的譬解：要是我失去了你，我所失去的，只是一件愚人才会加以爱惜的东西，你不过是一口气，寄托在一个多灾多难的躯壳里，受着一切天时变化的支配。你不过是被死神戏弄的愚人，逃避着死，结果却奔进他的怀里，你并不高贵，因为你所有的配备，都沾濡着污浊下贱。你并不勇敢，因为你畏惧着微弱的蛆虫的柔软的触角。睡眠是你所渴慕的最好的休息，可是死是永恒的宁静，你却对它心惊胆裂。你不是你自己，因为你的生存全赖着泥土中所生的谷粒。你并不快乐，因为你永远追求着你所没有的事物，而遗忘了你所已有的事物。你并不固定，因为你的脾气像月亮一样随时变化。你即使富有，也和穷苦无异，因为你正像一头不胜重负的驴子，背上驮载着金块在旅途上跋涉，直等死来替你卸下负荷。你没有朋友，因为即使是你自己的骨血，嘴里称你为父亲尊长，心里也在诅咒着你不早早伤风发疹而死。你没有青春也没有年老，二者都只不过是你在餐后的睡眠中的一场梦境。因为你在年轻的时候，必须像一个衰老无用的人一样，向你的长者乞讨周济。到你年老有钱的时候，你的感情已经冰冷，你的四肢已经麻痹，你的容貌已经丑陋，纵有财富，也享不到丝毫乐趣。那么所谓生命这东西，究竟有什么值得宝爱呢？在我们的生命中隐藏着千万次的死亡，可是我们对于结束一切痛苦的死亡很那样害怕。

克劳狄奥　谢谢您的教诲。我本来希望活命，现在却唯求速死。我要在死亡中寻求永生，让它临到我的身上吧。

依莎贝拉　（在内）有人吗！愿这里平安有福！

狱　吏　是谁？进来吧，这样的祝颂是应该得到欢迎的。

公　爵　先生，不久我会再来看你。

克劳狄奥　谢谢师傅。

【依莎贝拉上。

依莎贝拉　我要跟克劳狄奥说两句话儿。

狱　吏　欢迎得很。瞧，先生，你的姐姐来了。

公　爵　狱吏，让我跟你说句话儿。

狱　吏　您尽管说吧。

公　爵　把我带到一个地方去，可以听见他们说话，却不让他们看见我。（公爵及狱吏下）

克劳狄奥　姐姐，你给我带些什么安慰来？

依莎贝拉　我给你带了最好的消息来了。安哲鲁大人有事情要跟上天接洽，想差你马上就去，你可以永远住在那边。所以你赶快准备好，明天就要出发了。

克劳狄奥　没有挽回了吗？

依莎贝拉　没有挽回了，除非为了要保全一颗头颅而劈碎了一颗心。

克劳狄奥　那么还有办法可想吗？

依莎贝拉　是的，弟弟，你可以活。法官有一种恶魔样的慈悲，你要是恳求他，他可以放你活命，可是你将终身披戴镣铐直到死去。

克劳狄奥　永久的禁锢吗？

依莎贝拉　是的，永久的禁锢。纵使你享有广大的世界，也不能挣脱这一种束缚。

克劳狄奥　是怎样一种束缚呢？

依莎贝拉　你要是屈服应承了，你的廉耻将被完全褫夺，使你毫无面目做人。

克劳狄奥　请明白告诉我吧。

依莎贝拉　啊，克劳狄奥，我在担心着你。我害怕你会爱惜一段狂热的生命，重视有限的岁月，甚于永久的荣誉。你敢毅然就死吗？死的惨痛大部分是心理上造成的恐怖，被我们践踏的一只无知的甲虫，它的肉体上的痛苦，和一个巨人在临死时所感到的并无异样。

克劳狄奥　你为什么要这样羞辱我？你以为温柔的慰藉，可以坚定我的决心吗？假如我必须死，我会把黑暗当作新娘，把它拥抱在我的怀里。

依莎贝拉　这才是我的好兄弟，父亲地下有知，也一定会这样说的。是的，你必须死，你是一个正直的人，绝对不愿靠着卑鄙的手段苟全生命。这个外表俨如神圣的摄政，板起面孔摧残着年轻人的生命，像鹰隼一样不放松他人的错误，却不料他自己正是一个魔鬼。他的污浊的灵魂要是揭露出来，就像是一口地狱一样幽黑的深潭。

克劳狄奥　正人君子的安哲鲁，竟是这样一个人吗？

依莎贝拉　啊，这是地狱里狡狯的化装，把罪恶深重的犯人装扮得像一个天神。你想得到吗，克劳狄奥？要是我把我的贞操奉献给他，他就可以把你释放。

克劳狄奥　天啊，那真太岂有此理了！

依莎贝拉　是的，我要是容许他犯这丑恶的罪过，他对你的罪恶就可以置之不顾了。今夜我必须去干那我所不愿把它说出口来的丑事，否则你明天就要死。

克劳狄奥　那你可干不得。

依莎贝拉　唉！他倘若要的是我的命，那我为了救你的缘故，情愿把它毫不介意地抛掷了。

克劳狄奥　谢谢你，亲爱的依莎贝拉。

依莎贝拉　那么克劳狄奥，你预备着明天死吧。

克劳狄奥　是。他也有感情，使他在执法的时候自己公然犯法吗？那一定不是罪恶。即使是罪恶，在七大重罪中也该是最轻的一项。

依莎贝拉　什么是最轻的一项？

克劳狄奥　倘使那是一件不可赦的罪恶，那么他是一个聪明人，怎么会为了一时的游戏，换来了终身的愧疚？啊，依莎贝拉！

依莎贝拉　弟弟你怎么说？

克劳狄奥　死是可怕的。

依莎贝拉　耻辱的生命是尤其可恼的。

克劳狄奥　是的，可是死了，到我们不知道的地方去，长眠在阴寒的囚牢里发霉腐烂，让这有知觉有温暖的、活跃的生命化为泥土。一个追求着欢乐的灵魂，沐浴在火焰一样的热流里，或者幽禁在寒气砭骨的冰山，无形的飙风把它吞卷，回绕着上下八方肆意狂吹。也许还有比一切无稽的想象所能臆测的更大的惨痛，那太可怕了！只要活在这世上，无论衰老、病痛、穷困和监禁给人怎样的烦恼苦难，比起死的恐怖来，也就像天堂一样幸福了。

依莎贝拉　唉！唉！

克劳狄奥　好姐姐，让我活着吧！你为了救你弟弟而犯的罪孽，上天不但不会责罚你，而且会把它当作一件善事。

依莎贝拉　呀，你这畜生！没有信心的懦夫！不知廉耻的恶人！你想靠着我的丑行而活命吗？为了苟延你自己的残喘，不惜让你的姐姐蒙污受辱，这不简直是伦常的大变吗？我真想不到！愿上帝教我母亲不曾失去过贞操。像你这样一个下流荒唐的不肖子，也太不像我父亲的亲骨肉了！从今以后，我和你义断恩绝，你去死吧！即使我只须举手之劳就可以把你救赎出来，我也宁愿瞧着你死。我要用千万次的祈祷求你快快死去，却不愿说半句话救你活命。

克劳狄奥　不，听我说，依莎贝拉。

依莎贝拉　呸！呸！呸！你的犯罪不是偶然的过失，你已经把它当作一件不足为奇的常事。对你怜悯的，自己也变成了淫媒。你还是快点儿死吧。（欲去）

克劳狄奥　啊，听我说，依莎贝拉。

【公爵重上。

公　爵　年轻的妹妹，许我跟你说句话儿。

依莎贝拉　请问有何见教？

公　爵　你要是有工夫，我有些话要跟你谈谈。我所要向你探问的事情，对你自己也很有关系。

依莎贝拉　我没有多余的工夫，留在这儿会耽误其他的事情。可是我愿意为你稍驻片刻。

公　爵　（向克劳狄奥旁白）孩子，我已经听到了你们姐弟俩的谈话。安哲鲁并没有向她图谋非礼的意思，他不过想试探试探她的品性，看看他对于人性的评断有没有错误。她因为是一个冰清玉洁的女子，断然拒绝了他的试探，那正是他所引为异常欣慰的。我曾经监临安哲鲁的忏悔，知道这完全是事实。所以你还是准备着死吧，不要抱着错误的希望，使你的决心动摇。明天你必须死，赶快跪下来祈祷吧。

克劳狄奥　让我向我的姐姐赔罪。现在我对生命已经毫无顾恋，但愿速了此生。

公　爵　打定这个主意吧，再会。（克劳狄奥下）

【狱吏重上。

公　爵　狱吏，跟你说句话儿。

狱　吏　师傅有什么见教？

公　爵　你现在来了，可是我希望你离开。让我和这位姑娘谈一会儿话，你可以相信我的内心和我的誓言，我不会加害于她。

狱　吏　我就去。（下）

公　爵　造物神给你美貌，也给你美好的德行。没有德行的美貌，是转瞬即逝的。可是因为在你的美貌之中，有一颗美好的灵魂，所以你的美貌是永存的。安哲鲁对你的侮辱，已经被我偶然知道了。倘不是他的堕落已有先例，我一定会对他大惑不解。你预备怎样满足这位摄政，搭救你的兄弟呢？

依莎贝拉　我现在就要去答复他，我宁愿让我的弟弟死于国法，不愿有一个非法而生的孩子。唉！我们那位善良的公爵是多么受了安哲鲁的欺骗！等他回来以后，我要是能够当着他的面，一定要向他揭穿安哲鲁的治绩。

公　爵　那也好，可是照现在的情形看来，他仍旧可以有辞自解，他可以说，那不过是试试你罢了。所以我劝你听我的劝告，我因为喜欢帮助人家，已经想出了一个办法。我相信你可以对一位受委屈的、可怜的小姐做一件光明正大的好事，从愤怒的法律下救出你的兄弟，不但不使你冰清玉洁的身体白璧蒙玷，而且万一公爵回来后知道了这件事情，也一定会十分高兴的。

依莎贝拉　请你说下去。只要是无愧良心的事，我什么都敢去做。

公　爵　有德必有勇，正直的人决不胆怯。你知道溺海而死的勇士弗莱德里克有一个妹妹名叫玛利安娜吗？

依莎贝拉　我曾经听人说起过这位小姐，提起她的名字的时候人家总是称赞她的好处。

公　爵　她和这个安哲鲁本来已经缔下婚约，婚期也已选定了，可是就在订婚以后举行婚礼以前，她的哥哥弗莱德里克在海中遇难，他妹妹的嫁妆就在那艘失事的船上，也一起同归于尽了。这位可怜的小姐真是倒霉透顶，她既然失去了一位高贵知名的哥哥，他对她是一向爱护备至的。而且她的嫁妆，她的大部分的财产，也随着他葬身鱼腹。这还不算，她又失去了一个已经订婚的丈夫，这个假道学的安哲鲁。

依莎贝拉　有这种事？安哲鲁就这样把她遗弃了吗？

公　爵　他把她遗弃不顾，让她以泪洗面，也不向她说半句安慰的话儿。故意说他发现了她的品行不端，把盟约完全撕毁。她直到如今，还在为他的薄幸而哀伤泣血，可是他像一块大理石一样，眼泪洗不软他的硬心肠。

依莎贝拉　这位可怜的姑娘活着还不如死去，可是让这个家伙活在人世，那真是毫无天理了！可是我们现在怎么能够帮助她呢？

公　爵　这一个裂痕你可以很容易把它修补。你要是能够成全这一件好事，不但可以救活你的兄弟，也可以保全你的贞节。

依莎贝拉　好师傅，请你指点我。

公　爵　我所说起的这位姑娘，始终保持着专一的爱情。他的薄情无义，照理应该使她斩断情丝，可是像一道受到阻力的流水一样，她对他的爱反而因此更加狂烈。你现在可以去见安哲鲁，屈意应承他的要求，可是必须提出这样的条件：你和他约会的时间不能过于长久，而且必须在天黑人静以后便于来往的地方。他答应了这样的条件，我们就可以去劝这位受屈的姑娘顶替着你如约前往。这次的幽会将来暴露出来，他不能不设法向她补偿。这样你的兄弟可以救出，你自己的清白不受污损，可怜的玛利安娜因此重圆破镜，淫邪的摄政也可以得到教训。我会去向这位姑娘说，叫她依计而行。你要是愿意这样做，那么虽然是一种骗局，可是因为它有这么多重的好处，尽可问心无愧。你的意思怎样？

依莎贝拉　想象到这一件事，已使我感觉安慰，我相信它一定会得到美满的结果。

公　爵　那可全仗你的出力。快到安哲鲁那边去，他即使要在今夜向你求欢，你也一口答应他。我现在就要到圣路加教堂去，玛利安娜所住的田庄就在它的附近，你可以在那边找我，事情要干得愈快愈妙。

依莎贝拉　谢谢你的好主意。再见，好师傅。（各下）

第二场　监狱前街道

【公爵着教士装上；爱尔博、庞贝及差役等自对方上。

爱尔博　嘿，要是你们不肯改邪归正，一定要把男人女人像牲畜一样买卖，那么这世界上要碰来碰去都是私生子了。

公　爵　天啊！又是什么事情？

庞　贝　真是一个煞风景的世界！咱们放风月债的倒够了霉，他们放高利贷的，法律却让他穿起皮袍子来，怕他着了凉。那皮袍子是外面狐皮里面羊皮，因为狡猾的狐狸比善良的绵羊值钱，这世界到处是好人吃苦，坏人出头！

爱尔博　走吧，朋友。您好，师傅！

公　爵　您好，大哥。请问这个人所犯何事？

爱尔博　不瞒师傅说，他冒犯了法律，而且我们看他还是个贼，因为我们在他身上搜到了一把撬锁的东西，已经送到摄政老爷那里去了。

公　爵　好一个不要脸的王八！你靠着散播罪恶，做你活命的根本。你肚里吃的，身上穿的，没有一件不是用龌龊的造孽钱换来。你自己想一想，你喝着肮脏，吃着肮脏，穿着肮脏，住着肮脏，你还能算是一个人吗？快去好好地改过自新吧。

庞　贝　不错。肮脏是有些肮脏，可是我可以证明——

公　爵　哼，如果魔鬼给罪恶出过证明，你当然也可以证明了。官差，把他带到监狱里去吧。重刑和教诲必须同时使用，才可以叫这畜生畏法知过。

爱尔博　我们要把他带去见摄政老爷，他早就警告过他了。摄政老爷最恨的是这种王八羔子。一个乌龟要是来到摄政老爷面前，他就该上路了。

公　爵　我们要是大家都能像有些人在表面看来那样立身无过，犯了过错又能不加掩饰，那就好了！

爱尔博　您就要得到他的小命啦，只差一根绳索，师傅。

庞　贝　谢天谢地，救命的人来了，我的朋友到了。

【路西奥上。

路西奥　啊，尊贵的庞贝！你给恺撒捉住了吗？他们奏凯归来，把你拖在车轮上面游行吗？难道你现在已经没有姑娘们应市，可以让你掏空人家的钱袋吗？你怎么说？哈，这个调门儿、这场把戏、这个办法不坏吧？上次下大雨没淹着吗？你怎么说，师傅？世界已经换了样子变得沉默寡言了吗？这是怎么一回事？

公　爵　世界永远是这样，向着堕落的路上跑！

路西奥　你那宝贝女东家好不好？她现在还在干那老行当吗？

庞　贝　不瞒您说，大爷，她已经坐吃山空，连裤子都当光了。

路西奥　啊，那很好，俏姐儿、骚鸨儿，免不了有这么一天。你现在到监狱里去吗，庞贝？

庞　贝　是的，大爷。

路西奥　啊，那也很好，庞贝，再见！你去对他们说是我叫你来的。是为了欠了人家的钱吗，庞贝？还是为了什么？

庞　贝　他们因为我是个王八才抓我。

路西奥　好，那么把他关起来吧。他是个道地的王八，而且还是个世袭的哩。再见，好庞贝，给我望望坐牢的朋友们。这回你可以安分守己了，庞贝。因为你只好大门不出、二门不迈了。

庞　贝　好大爷，我想请您把我保出来。

路西奥　不，那不成，庞贝，我是不干那行的。我可以为你祈祷，求上天把你关长久一些。要是你没有耐性，在牢里惹是生非，那正说明你是个好样的。回头见，好庞贝。——祝福你，师傅。

公　爵　祝福你。

路西奥　布利吉姑娘还那么爱打扮吗，庞贝？

爱尔博　走吧，朋友，走吧。

庞　贝　那么您不肯保我吗？

路西奥　不保，庞贝。师傅，外面有什么消息？

爱尔博　走吧，朋友，快走。

路西奥　庞贝，钻到狗洞里去吧。（爱尔博、庞贝及差役等下）师傅，关于公爵你知道有什么消息？

公　爵　我不知道。你可以告诉我一些吗？

路西奥　有人说他去看俄罗斯皇帝，有人说他在罗马，可是你想他到底在哪里？

公　爵　我不知道。可是无论他在什么地方，我愿他平安。

路西奥　他这样悄悄溜走，不在朝里享福，倒去做一个云游的叫花子，简直是在发疯。安哲鲁大人代理他把地方治得很好，犯罪的都逃不过他。

公　爵　是的，他代理得很好。

路西奥　其实他对于犯奸淫的人稍微放松一点，也是不碍什么事的，像他这样子，未免太苛刻了。

公　爵　这种罪恶太普遍了，必须用严刑方才能够矫正过来。

路西奥　对啊，这种罪恶是人人会犯的。可是师傅，你要是想把它完全消灭，那你除非把吃喝也一起禁止了。他们说这个安哲鲁不是像平常人那样爷娘生下来的，你想这话真不真？

公　爵　那么他是怎么生下来的呢？

路西奥　有人说他是女人鱼产下的卵，有人说他的父母是两条风干的鲞鱼。可是我的的确确知道他撒下的尿都冻成了冰，我也的的确确知道他是个活动的木头人。

公　爵　先生，你太爱开玩笑了。

路西奥　嘿，人家的鸡巴不安分，他就要人家的命，这还成什么话儿！公爵倘使还在这儿，他也会这样吗？哼，他不但不因为人家养了一百个私生子而把人家吊死，他还要自己拿出钱来抚养一千个私生子哩。他自己也是喜欢逢场作戏的，所以他不会跟别人苦苦作对。

公　爵　我可从来不知道公爵也是喜欢玩女人的，他不是那样一个人吧。

路西奥　那你可受了人家的欺了，师傅。

公　爵　不见得吧。

路西奥　嘿，他看见了一个五十岁的老乞婆，也会布施她一块钱呢。他这人是有些想入非非的。告诉你知道吧，他还是个爱喝酒的人。

公　爵　你把他说得太不成话了。

路西奥　我跟他非常熟悉。这位公爵是一个害羞的人，他这次离开的原因我是知道的。

公　爵　请问是什么原因呢？

路西奥　对不起，这是一个不能泄露的秘密。可是我可以让你知道，一般人都认为这位公爵很有智慧。

公　爵　啊，他当然是很有智慧的。

路西奥　他是个浅薄愚笨、没有头脑的家伙。

公　爵　也许是你妒忌他，也许是你自己愚蠢，也许是你看错了人，所以才会这样信口胡说。他的立身处世和他的操劳国事，都可以证明你所说的话完全不对。只要按照他的言行来检验，那么即使妒忌他的人，也不得不承认他是一个学者、一个政治家和一个军人。你这样诽谤他，足见你自己的无知。或者，即使你略有所知，也是由于心怀恶意而故意掩盖真相。

路西奥　我认识他，我跟他很有交情哩。

公　爵　有交情就不会说这种话。真有交情，谈话里就会体现出更真挚的友情。

路西奥　算了吧，我可不会随便瞎说的。

公　爵　这我可不相信，因为你不知道你自己在说些什么话。可是公爵倘使有一天回来——这是我们众人都馨香祷祝的——我要请你当着他的面回答我的问话。你现在说的倘是老实话，那时候一定不会否认。我们后会有期。请教尊姓大名？

路西奥　鄙人名叫路西奥，公爵是很熟悉我的。

公　爵　要是我有机会向他谈起你的话，他一定会更加熟悉你的。

路西奥　我恐怕你不能吧。

公　爵　啊，你希望公爵永远不会回来，也许你以为我是个无足轻重的对手。当然，我的话恐怕伤害不了你，因为你准会矢口否认的。

路西奥　我要是否认就不得好死，你别看错人了。可是这些话不必多说。你知道克劳狄奥明天会不会死？

公　爵　他为什么要死？

路西奥　为什么？为了把一只漏斗插进人家的瓶子里去。但愿我们刚才所说的那位公爵早点儿回来，这个绝子绝孙的摄政要叫大家不许生男育女，好让维也纳将来死得不剩一个人。就是麻雀在他的屋檐下做窠，他也要因为它们的淫荡而把它们赶掉呢。公爵在这里的时候，对于这种不干不净的事情是不闻不问的，他绝对不会把它们在光天化日之下揭露出来，要是他回来了就好了！这个克劳狄奥就是因为松了松裤带，才给判了死罪。再见，好师傅，请你给我祈祷祈祷。我再告诉你吧，公爵在持斋的日子会偷吃羊肉。他人老心不老，看见个女叫花子也会拉住亲个嘴儿，尽管她满嘴都是黑面包和大蒜的气味。你就说我这样告诉你。再见。（下）

公　爵　人间的权力尊荣，总是逃不过他人的讥弹。最纯洁的德行，也免不了背后的诽谤。哪一个国王有力量堵塞住谗言的唇舌呢？可是有谁来了？

【爱斯卡勒斯、狱吏及差役等牵咬弗动太太上。

爱斯卡勒斯　去，把她送到监狱里去！

咬弗动太太　好老爷，饶了我吧。您是一个慈悲的好人，我的好爷爷！

爱斯卡勒斯　再三告诫过你，你还是不知道悔改吗？无论怎样慈悲的人，看见像你这种东西，也会变成铁面阎罗的。

狱　吏　禀大人，她当鸨妇已经当了十一年了。

咬弗动太太　老爷，这都是路西奥那家伙跟我作对信口胡说的。公爵老爷在朝的时候，他把一个姑娘弄大了肚子，他答应娶她，那孩子到今年五月一日就该有一岁多了，我一直替他养着，现在他反而到处说我的坏话！

爱斯卡勒斯　那家伙是个淫棍，去把他找来。把她送到监狱里去！走吧，别多说了。（差役推咬弗动太太下）狱吏，我的同僚安哲鲁意见已决，克劳狄奥明天必须处决。给他请好神父。预备好一切身后之事。安哲鲁不肯发半点怜悯之心，我也没有办法。

狱　吏　禀大人，这位师傅曾经去看过克劳狄奥，跟他谈论过死生的大道理。

爱斯卡勒斯　晚安，神父。

公　爵　愿大人有福！

爱斯卡勒斯　你是从哪儿来的？

公　爵　我不是本国人，只是由于偶然的机缘，目前在这里居留。我是一个以慈悲为事的教门的教徒，新近奉教皇之命，从教廷来办一些公务。

爱斯卡勒斯　外边有什么消息没有？

公　爵　没有，可是我知道过于热衷为善，需要一服解热的药剂。只有新奇的事物是众人追求的目标。习见既久，即成陈腐。常道一成不变，持恒即为至德。人心不可测，择交当谨慎。世间的事情，大抵就像这几句哑谜。虽然是老生常谈，可是每天都可以发现类似的例子。请问大人，公爵是个什么样的人？

爱斯卡勒斯　他是一个重视自省工夫甚于一切纷争扰攘的人。

公　爵　他有些什么嗜好？

爱斯卡勒斯　他喜欢看见人家快乐，甚于自己追寻快乐，他是一个淡泊寡欲的君子。可是我们现在不用说他，但愿他平安如意吧。请你告诉我你看见克劳狄奥自知将死以后，有些什么准备？我听说你已经去访问过他了。

公　爵　他承认他所受的判决是情真罪当，愿意俯首听候法律的处分。可是他也抱着几分侥幸免死的妄想，我已经替他把这种妄想扫除，现在他已经安心待死了。

爱斯卡勒斯　你已经对上天尽了你的责任，也替这罪犯做了一件好事。我曾经多方设法营救他，可是我的同僚是这样的铁面无私，我不能不承认他是个严明的法官。

公　爵　他自己做人倘使也像他判决他人一样严正，那就很好了。要是他也有失足的一天，那么他现在已经对他自己下过判决了。

爱斯卡勒斯　我还要去看看这个罪犯。再会。

公　爵　愿您平安！（爱斯卡勒斯及狱吏下）

欲代上天行惩，
先应玉洁冰清。
持躬唯谨唯慎，
孜孜以德自绳。
诸事扪心反省，
待人一秉至公。
决不滥加残害，
对己放肆纵容。
安哲鲁则反之，
实乃羊皮虎质。
严谴他人小过，
自身变本加厉！
貌似正人君子，
企图一手遮天。
使尽狡猾伎俩，
索得名誉金钱。
何不以诈易诈，
令其弄假成真？
弱女虽遭遗弃，
亦可旧约重申。
即以其人之道，
还治其人之身。（下）

第四幕

第一场　圣路加教堂附近的田庄

【玛利安娜及童儿上；童儿唱歌。

童　儿　莫以负心唇，
婉转弄辞巧。
莫以薄幸眼，
颠倒迷昏晓。
定情密吻乞君还，
当日深盟今已寒！

玛利安娜　别唱下去了，你快去吧，有一个可以给我安慰的人来了，他的劝告常常宽解了我的怨抑的情怀。（童儿下）

【公爵仍着教士装上。

玛利安娜　原谅我，师傅，我希望您不曾看见我在这里好像毫无心事似的听着音乐。可是相信我吧，音乐不能给我快乐，我只是借它抒泄我的愁怀。

公　爵　那很好，虽然音乐有一种魔力，可以感化人心向善，也可以诱人走上堕落之路。请你告诉我，今天有人到这儿来探问过我吗？我跟人家约好要在这个时候见面。

玛利安娜　我今天一直坐在这儿，不见有人问起过您。

公　爵　我相信你的话。现在时候就要到了，请你进去一会儿，也许随后我还要来跟你谈一些和你有切身利益的事。

玛利安娜　谢谢师傅。（下）

【依莎贝拉上。

公　爵　你来得正好，欢迎欢迎。你从这位好摄政那边带了些什么消息来？

依莎贝拉　他有一个周围砌着砖墙的花园，在花园西面有一座葡萄园，必须从一道板门里进去，这片大钥匙便是开这板门的。从葡萄园到花园之间还有一扇小门，可以用这一片钥匙去开。我已经答应他在今夜夜深时分，到他花园里和他相会。

公　爵　可是你已经把路认清了吗？

依莎贝拉　我已经把它详详细细地记在心头。他曾经用不怀好意的殷勤，用耳语低声给我指点，领我在那条路上走了两趟。

公　爵　你们有没有约定其他应注意的事项必须叫他遵守？

依莎贝拉　没有，我只对他说我们必须在黑暗中相会，我也告诉他我不能久留，因为我假意对他说有一个仆人陪着我来，他以为我是为了我弟弟的事情而来的。

公　爵　这样很好。我还没有对玛利安娜说知此事。喂！出来吧！

【玛利安娜重上。

公　爵　让我介绍你跟这位姑娘认识，她是来帮助你的。

依莎贝拉　我愿意为您效劳。

公　爵　你相信我是很尊重你的吧？

玛利安娜　好师傅，我一直知道您对我是一片诚心的。

公　爵　那么请你把这位姑娘当作你的好朋友，她有话要对你讲。你们进去谈谈，我在外面等着你们。可是不要太长久，苍茫的暮色已经逼近了。

玛利安娜　请了。（玛利安娜、依莎贝拉同下）

公　爵　啊，地位！尊严！无数双痴愚的眼睛在注视着你，无数种虚伪矛盾的流言在传说着你的行动，无数个玩弄机巧的人把你奉若神明，在幻想中把你讥讽嘲弄！

【玛利安娜及依莎贝拉重上。

公　爵　欢迎！你们商量得怎样了？

依莎贝拉　她愿意干那件事，只要你以为不妨一试。

公　爵　我不但赞成，而且还要求她这样做。

依莎贝拉　你和他分别的时候，不必多说什么，只要轻轻地说：“别忘了我的弟弟。”

玛利安娜　都在我身上，你放心好了。

公　爵　好孩子，你也不用担心什么。他跟你已有婚约在先，用这种诡计把你们牵合在一起，不算是什么罪恶，因为你和他已经有了正式的名分了，这就使欺骗成为合法。来，咱们去吧，要收获谷实，还得等待我们去播种。（同下）

第二场　狱中一室

【狱吏及庞贝上。

狱　吏　过来，小子，你会杀头吗？

庞　贝　老爷，他要是个光棍汉子，那就好办。可是他要是个有老婆的，那么人家说丈夫是妻子的头，叫我杀女人的头，我可下不了这个手。

狱　吏　算了吧，别胡扯了，痛痛快快回答我。明儿早上要把克劳狄奥跟巴那丁处决。我们这儿的刽子手缺少一个助手，你要是愿意帮他，就可以脱掉你的脚镣恕你无罪。否则就要把你关到刑期满了，再狠狠抽你一顿鞭子，然后放你出狱，因为你是一个罪大恶极的王八。

庞　贝　老爷，我做一个偷偷摸摸的王八也不知做了多少时候了，可是我现在愿意改行做一个正正当当的刽子手。我还要向我的同事老前辈请教请教哩。

狱　吏　喂，阿伯霍逊！阿伯霍逊在不在？

【阿伯霍逊上。

阿伯霍逊　您叫我吗，老爷？

狱　吏　这儿有一个人，可以在明天行刑的时候帮助你。你要是认为他可用，就可以和他订一年合同，让他在这儿跟你住在一起。不然的话，暂时让他帮帮忙，再叫他去吧。他不能从你那得到什么尊重：他本来是一个王八。

阿伯霍逊　是个王八吗，老爷？他妈的！他要把咱们干这行巧艺的脸都丢尽了。

狱　吏　算了吧，你也比他高不了多少。完全是半斤八两。（下）

庞　贝　大哥，请您赏个脸——您的脸长得倒真是不错，就是有点杀气腾腾的味道——给我解释解释：您是管您这一行叫巧艺吗？

阿伯霍逊　不错，老弟，称得起是巧艺。

庞　贝　我听人说调脂涂色算是巧艺。可是，大哥，您知道窑姐儿们都很拿手，她们是我的同僚，这就证明我干的那行也是巧艺。可是绞死人有何巧可言，不瞒您说，就是绞死我，我也想不出来。

阿伯霍逊　老弟，那确是巧艺。

庞　贝　有何为证？

阿伯霍逊　良民的衣服，贼穿上很合适。要是贼穿着小点，良民会认为是够大的。要是贼穿着大点，他自己会认为是够小的。所以，良民的衣服，贼穿上永远合适。

【狱吏重上。

狱　吏　你们说定了没有？

庞　贝　老爷，我愿意给他当下手。因为我发现当刽子手确实是比当王八更高尚的职业。每逢杀人之前，他总得说一声：“请您宽恕。”

狱　吏　你记着点。明天早上四点钟把斧头砧架预备好。

阿伯霍逊　来吧，王八，让我传授给你一点手艺。跟我来。

庞贝　我很愿意领教，要是您有一天用得着我，我愿意引颈而待，报答您的好意。

狱　吏　去把克劳狄奥和巴那丁叫来见我。（庞贝、阿伯霍逊同下）我很替克劳狄奥可惜，可是那个杀人犯巴那丁，却是个死不足惜的家伙。

【克劳狄奥上。

狱　吏　瞧，克劳狄奥，这是执行你死刑的命令，现在已经是午夜，明天八点钟你就要与世永辞了。巴那丁呢？

克劳狄奥　他睡得好好的，像一个跋涉长途的疲倦的旅人一样，叫都叫不醒。

狱　吏　对他有什么办法呢？好，你去准备着吧。（内敲门声）听，什么声音？——愿上天赐给你灵魂安静！（克劳狄奥下）且慢。这也许是赦免善良的克劳狄奥的命令下来了。

【公爵仍着教士装上。

狱　吏　欢迎，师傅。

公　爵　愿静夜的良好气氛降临到你的身上来，善良的狱吏！刚才有什么人来过没有？

狱　吏　熄灯钟鸣以后，就没有人来过。

公　爵　依莎贝拉也没有来吗？

狱　吏　没有。

公　爵　大概他们就要来了。

狱　吏　关于克劳狄奥有什么好消息没有？

公　爵　也许会有。

狱　吏　我们这位摄政是一个忍心的人。

公　爵　不，不，他执法的公允，正和他立身的严正一样。他用崇高的克制功夫，摒绝他自己心中的人欲，也运用他的权力，整饬社会的风纪。假如他明于责人，暗于责己，那么他所推行的诚然是暴政。可是我们现在不能不称赞他的正直无私。（内敲门声）现在他们来了。（狱吏下）这是一个善良的狱吏，像他这样仁慈可亲的狱吏，倒是难得的。（敲门声）啊，谁在那里？门敲得这么急，一定有什么要事。

【狱吏重上。

狱　吏　他必须在外面等一会儿，我已经把看门的人叫醒，去开门让他进来了。

公　爵　你没有接到撤回成命的公文，克劳狄奥明天一定要死吗？

狱　吏　没有，师傅。

公　爵　天虽然快亮了，在破晓以前，大概还会有消息来的。

狱　吏　也许你对内幕有所了解，可是我相信撤回成命是不可能的。因为这种事情毫无先例，而且安哲鲁大人已经公开表示他绝对不会徇私枉法，怎么还会网开一面呢？

【一使者上。

狱　吏　这是他派来的人。

公　爵　他拿着克劳狄奥的赦状来了。

使　者　（以公文交狱吏）安哲鲁大人叫我把这公文送给你，他还要我吩咐你，叫你依照命令行事，不得稍有差池。现在天差不多亮了，再见。

狱　吏　我一定服从他的命令。（使者下）

公　爵　（旁白）这是用罪恶换来的赦状，赦罪的人自己也变成了犯罪的人。身居高位的如此以身作则，在下的还不翕然从风吗？法官要是自己有罪，那么为了同病相怜的缘故，犯罪的人当然可以逍遥法外。——请问这里面说些什么？

狱　吏　告诉您吧，安哲鲁大人大概以为我有失职的地方，所以要在这时候再提醒我一下。奇怪得很，他从来不曾有过这样的事情。

公　爵　请你读给我听。

狱　吏　“克劳狄奥务须于四时处决，巴那丁于午后处决，不可轻听人言，致干未便。克劳狄奥首级仰于五时送到，以凭察验。如有玩忽命令之处，即将该员严惩不贷，切切凛遵毋违。”师傅，您看这是怎么一回事？

公　爵　今天下午处决的这个巴那丁是个怎么样的人？

狱　吏　他是一个在这儿长大的波希米亚人，在牢里已经关了九年了。

公　爵　那个公爵为什么不放他出去或者把他杀了？我听说他惯常是这样的。

狱　吏　他有朋友们给他奔走疏通。他所犯的案子，直到现在安哲鲁大人握了权，方才有了确确凿凿的证据。

公　爵　那么现在案情已经明白了吗？

狱　吏　再明白也没有了，他自己也并不抵赖。

公　爵　他在监狱里自己知道不知道忏悔？他心里感觉怎样？

狱　吏　在他看来，死就像喝醉了酒睡了过去一样没有什么可怕，对于过去现在或未来的事情，他毫不关心，毫无顾虑，也一点没有忧惧。死在他心目中不算怎么一回事，可是他是一个彻头彻尾的凡人。

公　爵　他需要劝告。

狱　吏　他可不要听什么劝告。他在监狱里是很自由的，给他机会逃走，他也不愿逃。一天到晚喝酒，喝醉了就一连睡上好几天。我们常常把他叫醒了，假装要把他拖去杀头，还给他看一张假造的公文，可是他无动于衷。

公　爵　我们等会儿再说他吧。狱吏，我一眼就知道你是个诚实可靠的人，我的老眼要是没有昏花，那么我是不会看错人的，所以我敢大着胆子，跟你商量一件事。你现在奉命执行死刑的克劳狄奥，他所犯的罪并不比判决他的安哲鲁所犯的罪更重。为了向你证明我这一句话，我要请你给我四天的时间，同时你必须现在就帮我做一件危险的事情。

狱　吏　请问师傅要我做什么事？

公　爵　把克劳狄奥暂缓处刑。

狱　吏　唉！这怎么办得到呢？安哲鲁大人有命令下来，限定时间，还要把他的首级送去验明，我要是稍有违背他的命令之处，我的头也要跟克劳狄奥一样保不住了。

公　爵　你要是听我吩咐，我可以保你没事。今天早上你把这个巴那丁处决了，把他的头送到安哲鲁那边去。

狱　吏　他们两人安哲鲁都见过，他认得出来。

公　爵　啊，人死了脸会变样子，你可以再把他的头发剃光，胡子扎起来，就说犯人因为表示忏悔，在临死之前要求这样，你知道这是很通行的一种习惯，假如你因为干了这事，不但得不到感激和好处，反而遭到责罚，那么凭我所信奉的圣徒起誓，我一定用我的生命为你力保。

狱　吏　原谅我，好师傅，这是违背我的誓言的。

公　爵　你是向公爵宣誓呢，还是向摄政宣誓的？

狱　吏　我向他也向他的代理人宣誓。

公　爵　要是公爵赞许你的行动，那么你总不以为那是一件错事吧？

狱　吏　可是公爵怎么会赞许我这样做呢？

公　爵　那不仅是可能的，而且是一定的。可是你既然这样胆小，我的服装、我的人格和我的谆谆劝诱，都不能使你安心听从我，那么我可以比原来打算的更进一步，替你解除一切忧虑。你看吧，这是公爵的亲笔签署和他的印信，我相信你认识他的笔迹，这图章你也看见过。

狱　吏　我都认识。

公　爵　这里面有一通公爵就要回来的密谕，你等会儿就可以读它，里面说的是公爵将在这两天内到此。这件事情安哲鲁也不知道，因为他就在今天会接到几封古怪的信，也许是说公爵已经死了，也许是说他已经出家修行了，可是都没有提起他就要回来的话。瞧吧，晨星已经从云端里出现，召唤牧羊人起来放羊了。你不用惊奇事情会如此突兀，真相大白以后，一切的为难都会消释。把刽子手喊来，叫他把巴那丁杀了。我就去劝他忏悔去。来，不用惊讶，你马上就会明白一切的。天差不多已经大亮了。（同下）

第三场　狱中另一室

【庞贝上。

庞　贝　我在这里倒是很熟悉，就像回到妓院里一样。人们很可能错认这是咬弗动太太开的窑子，因为她的许多老主顾都在这儿。头一个是纨绔少爷，他借了人家一笔债，为了一笔大买卖——全是些废纸和生姜——折合一百九十七镑。可是脱手的时候才卖了五马克现钱。这也是没办法的事，因为当时生姜赶上滞销，爱吃姜的老婆子们全都死了。还有一个舞迷少爷，是让锦绣商店的老板告下来的，前后共欠桃红色缎袍四身，这会儿他可成为衣不蔽体的叫花子了。还有傻大爷，风流哥儿，贾黄金，喜欢拿刀动剑的磁公鸡，专给人闭门羹吃的浪荡子，在演武场上显手段的快马先生，周游列国、衣饰阔绰的鞋带先生，因为醉酒闹事把白干扎死的烧酒大爷……此外还有不知多少。原来都是挥金如土的阔少，这会儿只能向囚窗外面的过路人哀求施舍了。

【阿伯霍逊上。

阿伯霍逊　小子，去把巴那丁带来！

庞　贝　巴那丁大爷！您现在应该起来杀头了，巴那丁大爷！

阿伯霍逊　喂，巴那丁！

巴那丁　（在内）他妈的！谁在那儿大惊小怪？你是哪一个？

庞　贝　是你的朋友刽子手。请你好好地起来，让我们把你杀死。

巴那丁　（在内）滚开！混账东西，给我滚开！我还要睡觉呢。

阿伯霍逊　对他说他非赶快醒来不可。

庞　贝　巴那丁大爷，请你醒醒吧，等你杀过了头，再睡觉不迟。

阿伯霍逊　跑进去把他拖出来。

庞　贝　他来了，他来了，我听见他的稻草在响了。

阿伯霍逊　斧头预备好了吗，小子？

庞　贝　预备好了。

【巴那丁上。

巴那丁　啊，阿伯霍逊！你来干吗？

阿伯霍逊　老实对你说，我要请你赶快祈祷，因为命令已经下来了。

巴那丁　混账东西，老子喝了一夜的酒，现在怎么能死去？

庞　贝　啊，那再好没有了，因为你喝了一夜的酒，到早上杀了头，你就可以痛痛快快睡他一整天了。

阿伯霍逊　瞧，你的神父也来了，你还以为我们在跟你开玩笑吗？

【公爵仍着教士装上。

公　爵　闻知尊驾不久就要离开人世，我因为被不忍之心所驱使，特地前来向你劝慰一番，我还愿意跟你一起祈祷。

巴那丁　师傅，我还不想死哩。昨天晚上我狂饮了一夜，他们要我死，我可还要从容准备一下，尽管他们把我脑浆打出都没用。无论如何，要我今天就死我是不答应的。

公　爵　哎哟，这是没有法想的，你今天一定要死，所以我劝你还是准备走上你的旅途吧。

巴那丁　我发誓不愿在今天死，什么人劝我都没用。

公　爵　可是你听我说。

巴那丁　我不要听，你要是有话，到我房间里来吧，我今天一定不走。（下）

【狱吏上。

公　爵　不配活也不配死，他的心肠就像石子一样！你们快追上去把他拖到刑场上去。（阿伯霍逊、庞贝下。）

狱　吏　师傅，您看这犯人怎样？

公　爵　他是一个毫无准备的家伙，现在还不能就让他死去。叫他在现在这种情形之下糊里糊涂死去，是上天所不容的。

狱　吏　师傅，在这监狱里有一个名叫拉戈静的著名海盗，今天早上因为发着厉害的热病而死了，他的年纪跟克劳狄奥差不多，须发的颜色完全一样。我看我们不如把这无赖暂时放过，等他头脑明白一点的时候再把他处决，至于克劳狄奥的首级，可以把拉戈静的头割下来顶替，您看好不好？

公　爵　啊，那是天赐的机会！赶快动手，安哲鲁预定的时间快要到了。你就依此而行，按照命令把首级送去验看，我还要去劝这个恶汉安心就死。

狱　吏　好师傅，我一定就这么办。可是巴那丁必须在今天下午处死，还有克劳狄奥却怎样安置呢？假使人家知道他还活着，那我可怎么办？

公　爵　就这么吧，你把巴那丁和克劳狄奥两人都关在秘密的所在，在太阳对世界的另一半照临两次之前，你就可以平安无事。

狱　吏　我一切都信托着您。

公　爵　快去吧，首级割了下来，就去送给安哲鲁。（狱吏下）现在我要写信给安哲鲁，叫狱吏带去给他。我要对他说我已经动身回来，进城的时候要让全体人民知道。他必须在城外九英里的圣泉旁边接我，在那边我要不动声色，一步一步去揭露安哲鲁的罪恶。

【狱吏重上。

狱　吏　首级已经取来，让我亲自送去。

公　爵　那再好没有。快些回来，我还要告诉你一些不能让别人听见的事情。

狱　吏　我绝对不耽搁时间。（下）

依莎贝拉　（在内）有人吗？愿你们平安！

公　爵　依莎贝拉的声音。她是来打听她弟弟的赦状有没有下来的。可是我要暂时把实在的情形瞒过她，让她在绝望之后，突然发现她的弟弟尚在人世，而格外感到惊喜。

【依莎贝拉上。

依莎贝拉　啊，师傅请了！

公　爵　早安，好孩子！

依莎贝拉　多谢师傅。那摄政有没有颁下我弟弟的赦令？

公　爵　依莎贝拉，他已经使他脱离烦恼的人世了。他的头已经割下，送去给安哲鲁了。

依莎贝拉　啊，那是不会有的事。

公　爵　确有这样的事。你是个聪明人，事已如此，也不用悲伤了。

依莎贝拉　啊，我要去挖掉他的眼珠。

公　爵　他会不准你去见他的。

依莎贝拉　可怜的克劳狄奥！不幸的依莎贝拉！万恶的世界！该死的安哲鲁！

公　爵　你这样于他无损，于你自己也没有什么益处，所以还是平心静气，一切信任上天做主吧。听好我的话，你会发现我的每一个字都没有虚假。公爵明天要回来了。——把你的眼泪揩干了，——我有一个同道是他的亲信，是他告诉我的。他已经送信去给爱斯卡勒斯和安哲鲁，他们预备在城外迎接他，就在那边归还他们的政权。你要是能够遵照我所指点给你的一条大道而行，就可以向这恶人报复你心头的仇恨，并且还可以得到公爵的眷宠，享受莫大的尊荣。

依莎贝拉　请师傅指教。

公　爵　你先去把这信送给彼得神父，公爵要回来就是他通知我的。你对他说，我要请他今晚在玛利安娜的家里会面。我把你和玛利安娜的事情详细告诉他以后，他就可以带你们去见公爵，你们可以放胆指着安哲鲁控告他。我自己因为还要履行一个神圣的誓愿，不能亲自出场。这信你拿去吧，不要再伤心落泪了。我绝对不会误你的事的。谁来了？

【路西奥上。

路西奥　您好，师傅！狱吏呢？

公　爵　他出去了，先生。

路西奥　啊，可爱的依莎贝拉，我见你眼睛哭得这样红肿，我心里真是疼，你要宽心忍耐。这会儿一天两顿饭我只能喝水吃糠，根本不敢把肚子喂饱，一顿盛餐就可以要我的命。可是他们说公爵明天就要回来了。依莎贝拉，令弟是我的好朋友。那个惯会偷偷摸摸的疯癫公爵要是在家，他就不会送了命。（依莎贝拉下）

公　爵　先生，听你说起来，好像你很不满意这位公爵。可是幸而他并不是像你所说的那样一个人。

路西奥　师傅，你知道他哪里有我知道他那样仔细。你瞧不出他倒是一个猎艳的好手呢。

公　爵　嘿，有一天他会跟你算账的。再见。

路西奥　不，且慢，咱们一块儿走。我要告诉你关于公爵的一些有趣的故事。

公　爵　你的话倘使是真的，那么你已经告诉我太多了。倘使你说的都是假话，那么你一辈子也编造不完，我可没有工夫听你。

路西奥　有一次我因为跟一个女人有了孩子，被他传去问话。

公　爵　你干过这样的事？

路西奥　是的，亏得我发誓说没有这样的事，否则他们就要叫我跟那个烂婊子结婚了。

公　爵　你不是个老实人，再见。

路西奥　不，我一定要陪你走完这条小巷。你要是不喜欢听那种下流话，我就不说好了。师傅，我就像是一根芒刺一样，钉住了人不肯放松。（同下）

第四场　安哲鲁府中一室

【安哲鲁及爱斯卡勒斯上。

爱斯卡勒斯　他每一次来信，都跟上回所说的不同。

安哲鲁　他的话说得颠颠倒倒。他的行动也真有点疯头疯脑的。求上天保佑他不要真的疯了才好！他为什么要我们在城门外迎接他，就在那边把我们的政权交还他呢？

爱斯卡勒斯　我猜不透他的意思。

安哲鲁　他为什么又要我们在他进城以前的一小时内，向全体人民宣告，倘有什么冤枉的事，可以让他们拦道告状呢？

爱斯卡勒斯　他的理由大概是他以为这么一来，人家有不满意我们的可以当场控诉，当场发落，免得在我们归政之后，再有谁想来暗中算计我们。

安哲鲁　好，那么就请你这样宣布出去吧。明天一早我就到你家里来，各色人等需要他们一同去迎接的，都请你通告他们一声。

爱斯卡勒斯　是，大人，下官失陪了。

安哲鲁　再见。（爱斯卡勒斯下）这件事情害得我心神无主，做事也变得毫无头脑。一个失去贞操的女子，奸污她的却是禁止他人奸污的堂堂执法大吏！倘不是因为她不好意思当众承认她的失身，她将会怎样到处宣扬我的罪恶！可是她知道这样做是不聪明的，因为我的地位威权得人信仰，不是任何诽谤所能摇动。攻击我的人，不过自取其辱罢了。我本来可以让他活命，可是我怕他年轻气盛，假如知道他自己的生命是用耻辱换来的，一定会图谋报复。现在我倒希望他尚在人世！唉！我们一旦把羞耻放在脑后，所作所为，就没有一件事情是对的。又要这么做，又要那么做，结果总是一无是处。（下）

第五场　郊　外

【公爵着本来装束及彼得神父同上。

公　爵　这几封信给我在适当的时候送出去。（以信交彼得神父）我们的计划，狱吏是知道的。事情一着手以后，你就谨记我的吩咐做去。有时看着情形的需要，你自己也可以变通一下。现在你先去看弗来维厄斯，告诉他我耽搁在什么地方。然后你再去通知伐伦提纳斯、罗兰特和克拉苏，叫他们把喇叭手召集起来，在城门口集合。可是你先去叫弗来维厄斯来。

彼　得　是，我马上就去。（下）

【凡里厄斯上。

公　爵　谢谢你，凡里厄斯，你来得很快。来，我们一路走去吧，还有别的朋友们就会来迎接我。（同下）

第六场　城门附近的街道

【依莎贝拉及玛利安娜上。

依莎贝拉　我喜欢说老实话，要我这样绕圈子说话可真有点不高兴。可是他这样吩咐我，说是事实的真相必须暂时隐瞒，方才能达到全部的目的。他要叫你告发安哲鲁所干的事。

玛利安娜　你就听他的话吧。

依莎贝拉　而且他还对我说，假如他有时对我说话不客气，仿佛站在反对的一方，那也不用惊疑，因为良药的味道总是苦的。

玛利安娜　我希望彼得神父——

依莎贝拉　啊，别吵！神父来了。

【彼得神父上。

彼　得　来，我已经给你们找到一处很好的站立的地方，公爵经过那里的时候，一定会看见你们。喇叭已经响了两次了。有身份的士绅们都已恭立在城门口，公爵就要进来了。快去吧。（同下）

第五幕

第一场　城门附近的广场

【玛利安娜蒙面纱及依莎贝拉、彼得神父各立道旁；公爵、凡里厄斯、众臣、安哲鲁、爱斯卡勒斯、路西奥、狱吏、差役及市民等自各门分别上。

公　爵　贤卿，久违了！我的忠实的老友，我很高兴看见你。

安哲鲁、爱斯卡勒斯　殿下安然归来，臣等不胜雀跃！

公　爵　多谢两位。我在外面听人说起你们治理国政是怎样的公正严明，为了答谢你们的勤劳，让我在没有给你们其他的褒奖之前，先向你们表示我的慰劳的微意。

安哲鲁　蒙殿下过奖，小臣感愧万分。

公　爵　啊，你的功绩是有口皆碑的，它可以刻在铜柱上，永垂万世而无愧，我怎么可以隐善蔽贤呢？把你的手给我，让士民众庶知道表面上的礼遇，正可以反映出发自中心的眷宠。来，爱斯卡勒斯，你也应当在我的身旁一块儿走，你们都是我的良好的辅弼。

【彼得神父及依莎贝拉上前。

彼　得　现在你的时候已经到了，快去跪在他的面前，话说得响一些。

依莎贝拉　公爵殿下伸冤啊！请您低下头来看一个受屈含冤的——唉，我本来还想说，处女！尊贵的殿下！请您先不要瞻顾任何旁杂事务，直到您听我说完我没有半句谎言的哀诉，给我主持公道，主持公道啊！

公　爵　你有什么冤枉？谁欺侮了你？简简单单地说出来吧。安哲鲁大人可以给你主持公道，你只要向他诉说好了。

依莎贝拉　哎哟殿下，您这是要我向魔鬼求救了！请您自己听我说，因为我所要说的话，也许会因为不能见信而使我受到责罚，也许殿下会使我伸雪奇冤。求求您，就在这儿听着我吧！

安哲鲁　殿下，我看她有点儿疯头疯脑的。她曾经替她的兄弟来向我求情，她那个兄弟是依法处决的——

依莎贝拉　依法处决的！

安哲鲁　所以她怀恨在心，一定会说出些荒谬奇怪的话来。

依莎贝拉　我要说的话听起来很奇怪，可是的的确确是事实。安哲鲁是一个背盟毁约的人，这不奇怪吗？安哲鲁是一个杀人的凶手，这不奇怪吗？安哲鲁是一个淫贼，一个伪君子，一个蹂躏女性的家伙，这不是奇之又奇的事情吗？

公　爵　嗯，那真是太奇怪了。

依莎贝拉　奇怪虽然奇怪，真实却是真实，正像他是安哲鲁一样无法抵赖。真理是永远蒙蔽不了的。

公　爵　把她撵走了吧！可怜的东西，她因为失去了理智才说出这样的话来。

依莎贝拉　啊！殿下，假使您希望来世能得到超度，请不要以为我是个疯子而不理我。似乎不会有的事，不一定就不可能。世上最可恶的坏人，也许瞧上去就像安哲鲁那样拘谨严肃，正直无私。安哲鲁在庄严的外表、清正的名声、崇高的位阶的重重掩饰下，也许就是一个罪大恶极的凶徒。相信我，殿下，我绝对不是诬蔑他，要是我有更坏的字眼可以用来形容他，也绝对不会把他形容得过分。

公　爵　她一定是个疯子，可是她疯得这样有头有脑，倒是奇怪得很。

依莎贝拉　啊！殿下，请您别那么想，不要为了枉法而驱除理智。请殿下明察秋毫，别让虚伪掩盖了真实。

公　爵　有许多不疯的人，也不像她那样说得头头是道。你有些什么话要说？

依莎贝拉　我是克劳狄奥的姐姐，他因为犯了奸淫的罪，被安哲鲁判决死刑。立愿修道、尚未受戒的我，从路西奥的嘴里知道了这个消息——

路西奥　禀殿下，我就是路西奥，克劳狄奥叫我向她报信，请她设法运动安哲鲁大人，宽恕她弟弟的死刑。

公　爵　我没有叫你说话。

路西奥　是，殿下，可是您也没有叫我不说话。

公　爵　我现在就叫你不说话。等我有事情要问到你的时候，我倒希望你能说得动听一点。

路西奥　请您放心，绝对没错。

公　爵　这话用不着对我说。你自己当心点吧。

依莎贝拉　这位先生已经代我说出一些情况了——

路西奥　不错。

公　爵　她虽然不错，你不该说话而开了口，却是大错了。说下去吧。

依莎贝拉　我就去见这个恶毒卑鄙的摄政——

公　爵　你又在说疯话了。

依莎贝拉　原谅我，可是我说的是事实。

公　爵　好，就算是事实。那么你说下去吧。

依莎贝拉　我怎样向他哀求恳告，怎样向他长跪泣请，他怎样拒绝我，我又怎样回答他，这些说来话长，也不必细说。最后的结果，一提起就叫人羞愤填膺，难于启口。他说我必须把我这清白的身体，供他发泄他的兽欲，方才可以释放我的弟弟。在无数次反复思忖以后，手足之情，使我顾不得什么羞耻，我终于答应了他。可是到了下一天早晨，他的目的已经达到，却下了一道命令要我可怜的弟弟的首级。

公　爵　哪会有这等事！

依莎贝拉　啊，那是千真万确的！

公　爵　无知的贱人！你不知道你自己在说些什么话，也许你受了什么人的指使，有意破坏安哲鲁大人的名誉。第一，他为人正直，是谁都知道的。第二，他这样迫不及待地惩治自己也有的过错，在道理上是完全说不通的。要是他自己也干了那一件坏事，那么他推己及人，怎么会一定要把你的兄弟处死？一定是有人在背后指使着你，快给我从实招来，谁叫你到这儿来呼冤的？

依莎贝拉　竟是这样吗？天上的神明啊！求你们给我忍耐吧！天理昭彰，暂时包庇起来的罪恶，总有一天会揭露出来的。愿上天保佑殿下，我只能含冤莫诉，就此告辞了。

公　爵　我知道你现在想要逃走了。来人！给我把她关起来！难道可以让这种恶意的诽谤诬蔑我所亲信的人吗？这一定是一种阴谋。是谁给你出的主意，叫你到这儿来的？

依莎贝拉　是洛度维克神父，我希望他也在这儿。

公　爵　是一个教士吗？有谁认识这个洛度维克？

路西奥　殿下，我认识他，他是一个爱管闲事的教士。我一见他就讨厌，要是他不是出家人，我一定要把他痛打一顿，因为他曾经在您的背后说过您的坏话。

公　爵　说过我的坏话！好一个教士！还要教唆这个坏女人来诬告我们的摄政！去把这教士找来！

路西奥　就在昨天晚上，我看见她和那个教士都在监狱里。他是一个放肆的教士，一个下流不堪的家伙。

彼　得　上帝祝福殿下！我方才始终在旁边听着，发现他们都在欺骗您。第一，这个女人控告安哲鲁大人的话都是假的，他碰也没有碰过她的身体。

公　爵　我相信你的话。你认识他所说起的那个教士洛度维克吗？

彼　得　我认识他，他是一个道高德重的人，并不像这位先生所说的那么下贱，那么爱管闲事，我可以担保他从来没有说过殿下一句坏话。

路西奥　殿下，相信我，他把您说得不堪入耳呢。

彼　得　好，有一天他总会给自己洗刷清楚的，可是禀殿下，他现在害着一种奇怪的毛病。他知道有人要来向您控告安哲鲁大人，所以他特意叫我前来，代他说一说他所知道的是非真相。这些话将来如果召他来，他都能宣誓证明。第一，关于这个女人对这位贵人的诬蔑之词，我可以当着她的面证明她的话完全不对，并且迫使她自己承认。

公　爵　师傅，你说吧。（差役执依莎贝拉下，玛利安娜趋前）安哲鲁，你对于这一幕戏剧觉得可笑吗？天啊，无知的人们是多么痴愚！端几张座椅来。来，安哲鲁贤卿，我对这件案子完全处于旁观者的地位，你自己去做审判官吧。师傅，这个是证人吗？先让她露出脸来再说话。

玛利安娜　恕我，殿下。我要得到我丈夫的准许，才敢露脸。

公　爵　啊，你是一个有夫之妇吗？

玛利安娜　不，殿下。

公　爵　你是一个处女吗？

玛利安娜　不，殿下。

公　爵　那么是一个寡妇吗？

玛利安娜　也不是，殿下。

公　爵　咦，这也不是，那也不是。既不是处女，又不是寡妇，又不是有夫之妇，那么你究竟是什么？

路西奥　殿下，她也许是个婊子，许多婊子都既不是处女，又不是寡妇，又不是有夫之妇。

公　爵　叫那家伙闭嘴！但愿有朝一日他犯了案，那时候我会让他有说话的份儿。

路西奥　是，殿下。

玛利安娜　殿下，我承认我从来没有结过婚。我也承认我已经不是处女。我曾经和我的丈夫发生过关系，可是我的丈夫不知道他曾经和我发生过关系。

路西奥　殿下，那时他大概喝醉了酒，不省人事。

公　爵　你要是也喝醉了酒就好了，免得总这样唠唠叨叨。

路西奥　是，殿下。

公　爵　这妇人不能做安哲鲁大人的证人。

玛利安娜　请殿下听我分说。刚才那个女子控告安哲鲁大人和她通奸，同时也就控告了我的丈夫。可是她说他和她幽叙的时间，他正在我的怀抱里两情缱绻呢。

安哲鲁　她所控告的不仅是我一个人吗？

玛利安娜　那我可不知道。

公　爵　不知道？你刚才不是说起你的丈夫吗？

玛利安娜　是的，殿下，那就是安哲鲁。他以为他所亲近的是依莎贝拉的肉体，却不知道他所亲近的是我的肉体。

安哲鲁　这一派胡言，说得太荒谬离奇了。让我们看一看你的脸吧。

玛利安娜　我的丈夫已经吩咐我，现在我可以露脸了。（取下面纱）狠心的安哲鲁！这就是你曾经发誓说它是值得爱顾的脸。这就是你在订盟的当时紧紧握过的手。这就是在你的花园里代替依莎贝拉的身体。

公　爵　你认识这个女人吗？

路西奥　据她说，不仅认识，还发生过关系哩。

公　爵　不准你再开口！

路西奥　遵命，殿下。

安哲鲁　殿下，我承认我认识她。五年以前，我曾经和她有过婚姻之议，可是后来未成事实，一部分的原因是她的嫁妆不足预定之数，主要的原因却是她的名誉不大好。从那时起直到现在，五年以来，我可以发誓我从来不曾跟她说过话，从来不曾看见过她，也从来不曾听到过她的什么消息。

玛利安娜　殿下，天日在上，我已经许身此人，无可更移，而且在星期二晚上，我们已经在他的花园里行过夫妇之道。倘使我这样的话是谎话，让我跪在地上永远站不起来，变成一座石像。

安哲鲁　我刚才还不过觉得可笑，现在可再也忍耐不住了。殿下，给我审判他们的权力吧。我看得出来这两个无耻的妇人，都不过是给人利用的工具，背后都有有力的人在那儿操纵着。殿下，让我把这种阴谋究问出来吧。

公　爵　很好，照你的意思把她们重重地处罚吧。你这愚蠢的教士，你这刁恶的妇人，你们跟那个妇人串通勾结，你们以为指着一个个神圣的名字起誓，就可以破坏一个大家公认的正人君子的名誉吗？爱斯卡勒斯，你也陪着安哲鲁坐下来，帮助他推究出谁是这件事的主谋。还有一个指使他们的教士，快去把他抓来。

彼　得　殿下，他要是也在这儿，那就再好也没有了，因为这两个女人正是因为受他的怂恿，才来此呼冤的。他住的地方狱吏知道，可以叫他去召他来。

公　爵　快去把他抓来。（狱吏下）贤卿，这件案子与你有关，你可以全权听断，照你所认为最适当的办法，惩罚这一辈中伤你名誉的人。我且暂时离开你们，可是你们不必起座，把这些造谣诽谤之徒办好了再说吧。

爱斯卡勒斯　殿下，我们一定要彻底究问。（公爵下）路西奥，你不是说你知道那个洛度维克神父是个坏人吗？

路西奥　他只是穿扮得像个学道修行之人，心里头可是千刁万恶。他把公爵骂得狗血喷头呢。

爱斯卡勒斯　请你在这儿等一等，等他来了，把他向你说过的话和他当面对质。这个神父大概是一个很刁钻的人。

路西奥　正是，大人，他的刁钻在维也纳可谓是首屈一指。

爱斯卡勒斯　把那依莎贝拉叫回来，我还要问她话。（一侍从下）大人，请您让我审问她，您可以看看我怎样对付她。

路西奥　听她方才的话，您未必比安哲鲁大人更对付得了她吧。

爱斯卡勒斯　你认为这样吗？

路西奥　我说，大人，您要是悄悄地对付她，她也许就会招认一切。当着众人的面，她会怕难为情不肯说的。

爱斯卡勒斯　我要暗地里想些办法。

路西奥　那就对了，女人在光天化日之下是一本正经的，到了半夜三更才会轻狂起来。

【差役等拥依莎贝拉上。

爱斯卡勒斯　（向依莎贝拉）来，姑娘，这儿有一位小姐说你的话完全不对。

路西奥　大人，我所说的那个坏蛋，给狱吏找了来了。

爱斯卡勒斯　来得正好。你不要跟他说话，等我问到你的时候再说。

【公爵着教士装，随狱吏上。

路西奥　噤声！

爱斯卡勒斯　来，是你叫这两个女人诽谤安哲鲁大人吗？她们已经招认是受你的主使。

公　爵　没有那回事。

爱斯卡勒斯　怎么！你不知道你现在是在什么地方吗？

公　爵　尊重你的地位！让魔鬼在他灼热的火椅上受人暂时的崇拜吧！公爵在哪里？他应该在这里听我说话。

爱斯卡勒斯　我们就代表公爵，我们要听你怎样说话，你可要说得小心一点。

公　爵　我可要大胆地说。唉！你们这批可怜的人！你们想要在这一群狐狸中间找寻羔羊吗？你们的冤屈是没有伸雪的希望了！公爵去了吗？那么还有谁给你们做主？这公爵是个不公的公爵，把你们事实昭彰的控诉置之不顾，却让你们所控告的那个恶人来审问你们。

路西奥　就是这个坏蛋，我说的就是他。

爱斯卡勒斯　怎么，你这无礼放肆的教士！你唆使这两个妇人诬告好人，难道还不够，还敢当着他的面，这样把他辱骂吗？你居然还敢把公爵也牵连在内，批评他审案不公！来，给他上刑！我们要敲断你的每一个骨节，好叫你老老实实招认出来。哼！不公！

公　爵　别发这么大的脾气。就是公爵自己也不敢弯一弯我的手指，正像他不敢弯痛他自己的手指一样。我不是他的子民，也不是这地方的人。因为有事到此，使我有机会冷眼旁观这里的一切。我看见维也纳教化废弛，政令失修，各项罪恶虽然在法律上都有处罚的明文，可是因为当局的纵容姑息，严厉的法律反而像是牙科郎中门口挂起的一串碎牙，只能让人指点当笑话取笑。

爱斯卡勒斯　你竟敢毁谤政府！把他抓进监狱里去！

安哲鲁　路西奥，你有什么话要告发他的？他不就是你向我们说起的那个人吗？

路西奥　正是他，大人。过来，好秃老头儿，你认识我吗？

公　爵　我听见你的声音，就记起你来了。公爵没有回来的时候，我们曾经在监狱门口会面过。

路西奥　啊，你还记得吗？那么你记不记得你说过公爵什么坏话？

公　爵　我记得非常清楚哩。

路西奥　真的吗？你不是说他是一个色鬼、一个蠢货、一个懦夫吗？

公　爵　先生，你要是把那样的话当作我说的，那你一定把你自己当作我了。你才真这样说过他，而且还说过比这更厉害、更不堪的话呢。

路西奥　哎呀，你这该死的家！我不是因为你出言无礼，曾经扯过你的鼻子吗？

公　爵　我可以发誓，我爱公爵就像爱我自己一样。

安哲鲁　这坏人到处散布大逆不道的妖言，现在倒又想躲赖了！

爱斯卡勒斯　这种人还跟他多讲什么。把他抓进监狱里去！狱吏在哪里？把他抓进监狱里去，好好地关起来，让他不再搬嘴弄舌。那两个淫妇跟那另外一个同党也都给我一起抓起来。（狱吏欲捕公爵）

公　爵　且慢，等一会儿。

安哲鲁　什么！他想反抗吗？路西奥，你帮他们捉住他。

路西奥　好了，师傅，算了吧。哎呀，你这撒谎的贼秃，你一定要戴着你那顶头巾吗？让我们瞧瞧你那奸恶的尊容吧。他妈的！我们倒要看看你是怎样一副豺狼面孔，然后再送你的终。你不愿意脱下来吗？（扯下公爵所戴的教士头巾，公爵现出本相）

公　爵　你是第一个把教士变成公爵的恶汉。狱吏，这三个无罪的好人，先让我把他们保释了。（向路西奥）先生，别溜走啊！那个教士要跟你说两句话儿。把他看起来。

路西奥　糟糕，我的罪名也许还不止杀头呢！

公　爵　（向爱斯卡勒斯）你刚才所说的话，不知者无罪，你且坐下吧。我要请他起身让座。（向安哲鲁）对不起了。你现在还可以凭借你的口才、你的机智和你的厚颜来为你自己辩护吗？如果你自认为还能，就请辩护吧。等一会儿我开口的时候，你就没得可讲了。

安哲鲁　啊，我的威严的主上！您像天上的神明一样炯察到我的过失，我要是还以为可以在您面前掩饰过去，那岂不是罪上加罪了吗？殿下，请您不用再审判我的丑行，我愿意承认一切。求殿下立刻把我宣判死刑，那就是莫大的恩典了。

公　爵　过来，玛利安娜。你说，你是不是和这女子订过婚约？

安哲鲁　是的，殿下。

公　爵　那么快带她去立刻举行婚礼。神父，你去为他们主婚吧。完事以后，再带他回到这儿来。狱吏，你也同去。（安哲鲁、玛利安娜、彼得及狱吏下）

爱斯卡勒斯　殿下，这事情虽然出人意表，可是更使我奇怪的是他会有这种无耻的行为。

公　爵　过来，依莎贝拉。你的神父现在是你的君王了。可是我的外表虽然有了变化，内心却仍是一样的，当初我顾问着你的事情，现在我仍旧愿意为你继续效劳。

依莎贝拉　草野陋质，冒昧无知，多多劳动殿下，还望殿下恕罪！

公　爵　恕你无罪，依莎贝拉，今后你不用拘礼吧。我知道你为了你兄弟的死去，心里很是悲伤。你也许会不懂为什么我这样隐姓埋名，设法营救他，却不愿直接爽快地运用我的权力，阻止他的处决。啊，善良的姑娘！我想不到他会这样快就被处死了，以致破坏了我原来的目的。可是愿他死后平安！他现在可以不用忧生怕死，比活着心怀恐惧快乐得多了，你也用这样的思想宽慰你自己吧。

依莎贝拉　我也是这样想着，殿下。

【安哲鲁、玛利安娜、彼得神父及狱吏重上。

公　爵　这个新婚的男子，虽然他曾经用淫猥的妄想侮辱过你的无瑕的贞操，可是为了玛利安娜的缘故，你必须宽恕他。不过他既然把你的兄弟处死，自己又同时犯了奸淫和背约的两重罪恶，那么法律无论如何仁慈，也要高声呼喊出来，"克劳狄奥怎样死，安哲鲁也必须照样偿命！"一个死得快，一个也不能容他缓死，用同样的处罚抵销同样的罪，这才叫报应循环！所以，安哲鲁，你的罪恶既然已经暴露，你就是再想抵赖，也无从抵赖，我们就判你在克劳狄奥授首的刑台上受死，也像他一样迅速处决。把他带去！

玛利安娜　啊，我的仁慈的主！请不要空给我一个名义上的丈夫！

公　爵　给你一个名义上的丈夫的，是你自己的丈夫。我因为顾全你的名誉，所以帮你完成了婚礼，否则你已经失身于他，你的终身幸福要受到影响。至于他的财产，按照法律应当由公家没收，可是我现在把它全部判给你，你可以凭着它去找一个比他好一点的丈夫。

玛利安娜　啊，好殿下，我不要别人，也不要比他更好的人。

公　爵　不必为他求情，我的主意已经定了。

玛利安娜　（跪下）求殿下大发慈悲——

公　爵　你这样也不过白费唇舌而已。快把他带下去处死！（向路西奥）朋友，现在要轮到你了。

玛利安娜　哎哟，殿下！亲爱的依莎贝拉，帮助我，请你也陪着我跪下来吧，生生世世，我永不忘记你的恩德。

公　爵　你请她帮你求情，那岂不是笑话！她要是答应了你，她的兄弟的鬼魂也会从坟墓中起来，把她抓了去的。

玛利安娜　依莎贝拉，好依莎贝拉，你只要在我一旁跪下，把你的手举起，不用说一句话，一切由我来说。人家说，最好的好人，都是犯过错误的过来人。一个人往往因为有一点小小的缺点，将来会变得更好。那么我的丈夫为什么不会也是这样？啊，依莎贝拉，你愿意陪着我下跪吗？

公　爵　他必须抵偿克劳狄奥的性命。

依莎贝拉　（跪下）仁德无涯的殿下，请您瞧着这个罪人，就当作我的弟弟尚在人世吧！我想他在没有看见我之前，他的行为的确是出于诚意的，既然是这样，那么就饶他一死吧。我的弟弟犯法而死，咎有应得。安哲鲁的用心虽然可恶，幸而他的行为并未贻害他人。只好把他当作图谋未遂看待，应当减罪一等。因为思想不是具体的事实，居心不良，不能作为判罪的根据。

玛利安娜　对啊，殿下。

公　爵　你们的恳求都是没用的，站起来吧。我又想起了一件错误。狱吏，克劳狄奥怎么不在惯例的时辰处死？

狱　吏　这是命令如此。

公　爵　你执行此事有没有接到正式的公文？

狱　吏　没有，卑职只接到安哲鲁大人私人的手谕。

公　爵　你办事这样疏忽，应当把你革职。把你的钥匙交出来。

狱　吏　求殿下开恩，卑职一时糊涂，干下错事，后来仔细一想，非常懊悔，所以还有一个囚犯，本来也是奉手谕应当处死的，我把他留下来没有执行。

公　爵　他是谁？

狱　吏　他名叫巴那丁。

公　爵　我希望你把克劳狄奥也留下来就好了。去，把他带来，让我瞧瞧他是怎样一个人。（狱吏下）

爱斯卡勒斯　安哲鲁大人，像您这样一个人，大家都看您是这样聪明博学，居然会堕落至此。既然克制不住自己的情欲，事后又是这么鲁莽灭裂，真太叫人失望了！

安哲鲁　我真是说不出的惭愧懊恼，我的内心中充满了悔恨，使我愧不欲生，但求速死。

【狱吏率巴那丁、克劳狄奥及朱丽叶上；克劳狄奥以布罩首。

公　爵　哪一个是巴那丁？

狱　吏　就是这一个，殿下。

公　爵　有一个教士曾经向我说起过这个人。喂，汉子，他们说你有一个冥顽不灵的灵魂，你的一生都在浑浑噩噩中过去，不知道除了俗世以外还有其他的世界。你是一个罪无可逭的人，可是我赦免了你的俗世的罪恶，从此洗心革面，好好为来生做准备吧。神父，你要多多劝导他，我把他交给你了。——那个罩住了头的家伙是谁？

狱　吏　这是另外一个给我救下来的罪犯，他本来应该在克劳狄奥枭首的时候受死，他的相貌简直就跟克劳狄奥一模一样。（取下克劳狄奥的首罩）

公　爵　（向依莎贝拉）要是他真和你的兄弟生得一模一样，那么我为了你兄弟的缘故赦免了他。为了可爱的你的缘故，我还要请你把你的手给我，答应我你是属于我的，那么他也将是我的兄弟。可是那事我们等会儿再说吧。安哲鲁现在也知道他的生命可以保全了，我看见他的眼睛里似乎突然发出光来。好吧，安哲鲁，你的坏事干得不错，好好爱着你的妻子吧，她是值得你敬爱的。可是我什么人都可以饶恕，只有一个人却不能饶恕。（向路西奥）你说我是一个笨伯、一个懦夫、一个穷奢极侈的人、一头蠢驴、一个疯子。我究竟什么地方得罪了你，你竟这样辱骂我？

路西奥　真的，殿下，我不过是说着玩玩而已。您要是因此而把我吊死，那也随您的便。可是我希望您还是把我鞭打一顿算了吧。

公　爵　先把你抽一顿鞭子，然后再把你吊死。狱吏，我曾经听他发誓说过他曾经跟一个女人相好有了孩子，你给我去向全城宣告，有哪一个女人受过这淫棍之害的，叫她来见我，我就叫他跟她结婚。婚礼完毕之后，再把他鞭打一顿吊死。

路西奥　求殿下开恩，别让我跟一个婊子结婚。殿下刚才还说过，您本来是一个教士，是我把您变成了一个公爵，那么好殿下，您就是为了报答我起见，也不该叫我变成一个乌龟呀。

公　爵　你必须和她结婚。我赦免了你的诽谤，其余的罪名也一概宽免。把他带到监狱里去，好好照着我的意思执行。

路西奥　殿下，跟一个婊子结婚，那可要了我的命，简直就跟压死以外再加上鞭打、吊死差不多。

公　爵　侮辱君王，应该得到这样的惩罚。克劳狄奥，你应当好好补偿你那位为你而受苦的爱人。玛利安娜，愿你从此快乐！安哲鲁，你要待她好一点，我曾经听过她的忏悔，知道她是一位贤淑的女子。爱斯卡勒斯，我的好朋友，谢谢你的贤劳，我以后还要重重酬答你。狱吏，因为你的谨慎机密，我要给你一个好一点的官职。安哲鲁，他用拉戈静的首级冒充克劳狄奥的，把你蒙混过去，你不要见怪于他，这完全是出于好意。亲爱的依莎贝拉，我心里有一种意思，对于你的幸福大有关系。你要是愿意听我的话，那么我的一切都是你的，你的一切也都是我的，来，打道回宫，我还要慢慢地把许多未了之事让你们大家知道。（同下）